A ORIGEM da Escola do Bem e do Mal

SOMAN CHAINANI

A ORIGEM da ESCOLA do BEM e do MAL

Ilustrações: RaidesArt
Tradução: Flávia Souto Maior

Copyright © 2023 Soman Chainani (texto)
Copyright © 2023 RaidesArt (ilustrações)

Esta edição foi publicada mediante acordo com a HarperCollins Children's Books, uma divisão da HarperCollins Publishers.

Título original: *Rise of the School for Good and Evil*.

Todos os direitos reservados pela Editora Gutenberg. Nenhuma parte desta publicação poderá ser reproduzida, seja por meios mecânicos, eletrônicos, seja via cópia xerográfica, sem a autorização prévia da Editora.

EDITORA RESPONSÁVEL
Flavia Lago

PREPARAÇÃO DE TEXTO
Vanessa Gonçalves

REVISÃO
Claudia Barros Vilas Gomes

ILUSTRAÇÕES
RaidesArt

CAPA
Alberto Bittencourt

DIAGRAMAÇÃO
Waldênia Alvarenga

Dados Internacionais de Catalogação na Publicação (CIP)
Câmara Brasileira do Livro, SP, Brasil

Chainani, Soman

A origem da Escola do Bem e do Mal / Soman Chainani ; tradução Flávia Souto Maior. -- 1. ed. -- São Paulo : Gutenberg, 2023. -- (A Escola do Bem e do Mal ; edição especial)

Título original: *Rise of the School for Good and Evil*

ISBN 978-85-8235-683-8

1. Ficção de fantasia I. Título II. Série.

22-134152

CDD-813.5

Índices para catálogo sistemático:

1. Ficção de fantasia : Literatura norte-americana 813.5

Aline Graziele Benitez - Bibliotecária - CRB-1/3129

A **GUTENBERG** É UMA EDITORA DO **GRUPO AUTÊNTICA**

São Paulo
Av. Paulista, 2.073, Conjunto Nacional
Horsa I . Sala 309 . Bela Vista
01311-940 . São Paulo . SP
Tel.: (55 11) 3034 4468

Belo Horizonte
Rua Carlos Turner, 420
Silveira . 31140-520
Belo Horizonte . MG
Tel.: (55 31) 3465 4500

www.editoragutenberg.com.br
SAC: atendimentoleitor@grupoautentica.com.br

A Pena escreve o nome do novo Diretor da Escola.

Mas desta vez ela não escreve só um nome.

Escreve dois.

A Pena se chama Storian.

Longa e acerada, com ambas as extremidades afiadas.

Ela flutua no ar sobre os dois garotos, sua ponta é como um olho.

Então fala.

A voz é cordial e atemporal. Nem masculina nem feminina.

> *Em troca da imortalidade*
> *Em troca da juventude eterna*
> *Escolho vocês.*
> *Dois irmãos.*
> *Um para o Bem.*
> *Um para o Mal.*
> *A lealdade de vocês ao sangue deve ser maior que a lealdade a um dos lados.*
> *Enquanto se amarem, o mundo permanece em equilíbrio.*
> *Bem e Mal.*
> *Irmão e irmão.*
> *Mas todo Diretor da Escola passa por um teste.*
> *O de vocês é o amor.*
> *Traiam esse amor e não passarão no teste.*
> *Vocês definharão e morrerão.*
> *Serão substituídos.*
> *Ergam as mãos para selar este juramento.*

Os garotos fazem o que foi pedido, gêmeos com o mesmo rosto.

Rhian, pele dourada, cabelos revoltos, ergue a mão.

A Pena brilha, esquenta e talha sua palma. Rhian grita.

Depois Rafal, pele branca como leite, cabelos como espigas prateadas.

A Pena perfura sua mão e Rafal nem recua.

O brilho da Pena esmorece, seu aço esfria.

Os gêmeos se entreolham, fervilhando de questionamentos.

Mas, por fim, fazem apenas uma pergunta.

"O que aconteceu com o último Diretor da Escola?"

A Pena não responde.
Em vez disso, uma voz trêmula surge das sombras.
Um velho mirrado.
"Eu falhei", ele diz.

PARTE 1

MAGIA HOSTIL

1

Não fosse por um garoto chamado Aladim, a Escola do Bem e do Mal talvez nunca tivesse começado a sequestrar Leitores como vocês.

Vocês estariam na cama em segurança em vez de serem levados para um mundo em que contos de fadas se tornam realidade para alguns... e terminam em morte para outros.

Mas é com Aladim que a história começa.

A história sobre o que aconteceu entre os Diretores da Escola.

Os dois irmãos, Bem e Mal, que comandavam a lendária escola.

Mas Aladim não tem a menor ideia de que faz parte de uma história maior.

Ele está ocupado demais pensando em sua lâmpada mágica.

Deveria estar trabalhando na alfaiataria da família, mas, como sempre, escapou assim que seu pai virou as costas e correu para o Mercado Mahaba em busca da sorte grande. O Mahaba o despertava para a vida – os aromas, os sons, as *garotas* – e uma hora ali valia por mil dias na loja da família. Ele sabia que deveria trabalhar na loja, é claro, sabia que um bom garoto fazia o que lhe diziam para fazer... Mas alfaiates não se casavam com a filha do sultão, e era com isso que ele sonhava. Com uma princesa, uma coroa e o respeito do povo; o tipo de respeito que ninguém tinha por ele.

"Bom dia, Raja! Mais ocupada do que nunca hoje!", Aladim cumprimentou a vendedora de frutas.

Raja olhou feio para ele.

"Que dia adorável, Shilpa! Veja toda essa gente!", Aladim disse à vendedora de peixes.

Shilpa cuspiu em sua direção.

"Que tal um jogo de dados, Bassu?", Aladim perguntou a um homem magro que estava na esquina.

Bassu fugiu.

Aladim suspirou e enfiou as mãos nos bolsos da jaqueta azul esfarrapada. Ele possuía fama de ladrão, trapaceiro e indolente, mas que outra escolha tinha, sem dinheiro, status, nem nome nesse mundo? E, para conquistar essas coisas, às vezes é preciso pegar atalhos. O dia estava perfeito para agir, o mercado estava tumultuado como se fosse feriado, repleto de crianças sendo paparicadas pelos pais, que compravam suas guloseimas preferidas. Aladim nunca havia visto o Mahaba desse jeito, nem mesmo no Ano-Novo...

Foi quando ouviu dois homens conversando em uma viela enquanto passava. Dois homens que conhecia bem: Salim e Aseem.

"É *a* lâmpada mágica!", Salim estava dizendo.

"Como conseguiu?", Aseem perguntou.

"O sultão encontrou a Caverna dos Desejos, mas sua caravana foi roubada por ladrões no caminho de volta ao palácio", Salim confidenciou. "Os ladrões não sabiam que se tratava de uma lâmpada valiosa e a venderam diretamente a mim."

"Faça seus três desejos, então!", Aseem exclamou.

Aladim ficou de antenas ligadas. A lâmpada mágica fazia parte de uma lenda de milhares de anos, mas ninguém nunca a havia encontrado. E agora esses dois idiotas a tinham nas mãos?

"Uma história plausível", Aladim disse, entrando na viela.

Salim escondeu a lâmpada de imediato.

"Eu já vi. Sem dúvida é falsa", Aladim zombou, bafejando em seus cabelos pretos. "Mas vá em frente. Prove que é a lâmpada mágica. Prove que ela tem algum valor."

Salim e Aseem se entreolharam.

Então Salim levantou a lâmpada e a esfregou com a palma da mão...

De repente, a lâmpada brilhou e saiu uma fumaça vermelha e densa de seu bico, até que Salim o tampou com o dedo e ela voltou a seu estado normal.

"Não quero libertar o gênio aqui, ou podemos acabar na prisão do sultão", Salim alertou.

Os olhos de Aladim brilharam. A lâmpada era... *verdadeira*?

Ele se aproximou rapidamente.

"Me venda a lâmpada!"

Salim riu.

"Não está à venda, seu tolo."

"Tudo nesse mundo está à venda", Aladim insistiu.

"Menos isso", Aseem desdenhou. "E muito menos para um rato que trapaceia e tira dinheiro de mim e de Salim."

"Um rato inútil que mancha a reputação de sua família", Salim acrescentou.

Aladim sorriu por entre os dentes. Eles podiam insultá-lo à vontade. Em uma negociação, ganha quem quiser mais aquela coisa, e Aladim não só

queria a lâmpada. Ele *precisava* dela. Imagine a princesa que poderia desejar...
Imagine o homem que poderia ser, finalmente alguém digno de respeito...

"Vamos decidir nos dados", Aladim insistiu. "Se eu ganhar, fico com a lâmpada. Se vocês ganharem, pago tudo que já tirei de vocês e nunca mais piso no Mercado Mahaba."

Ele imaginou que os dois homens fossem rir da oferta, já que mal tinha o suficiente para o almoço, muito menos um baú de economias dando sopa... mas, para a surpresa de Aladim, Salim e Aseem trocaram olhares misteriosos.

"Hum", Salim disse. "Ele já tirou tanto dinheiro de nós com suas trapaças que, se devolver tudo, dá para cada um comprar uma casa perto da Praia Bahim..."

"Fora a possibilidade de nunca mais termos de ver sua cara encardida e desagradável...", Aseem afirmou.

Os dois viraram para Aladim.

"Negócio fechado."

"É mesmo?", Aladim perguntou, perplexo.

"Acima de seis, você ganha. Abaixo de seis, nós ganhamos", Aseem explicou.

Aladim não perdeu tempo. No bolso esquerdo, tinha dados entalhados para marcar mais de seis; no bolso direito, dados entalhados para marcar menos. Ele pegou os do bolso esquerdo e os jogou na rua suja.

"Ganhei", Aladim comemorou, estendendo a mão. "Podem me dar a lâmpada."

"Você trapaceou", Salim protestou.

"Combinado é combinado", Aladim disse com firmeza.

Os dois homens se olharam. Com um suspiro, Salim entregou a lâmpada.

Aladim saiu assobiando, guardando o tesouro sob a jaqueta.

Não conseguiu ver o sorriso que se formou no rosto dos dois homens que ele tinha acabado de derrotar.

2

Havia desejos a serem feitos. Casar-se com uma princesa. Usar coroa de sultão. Ter seu nome lembrado para sempre…

Mas primeiro ele precisava limpar banheiros.

Era o preço por ter faltado no trabalho, o que era melhor do que ficar sem jantar, castigo que sua mãe havia decretado por algumas noites, até se dar conta de que ele preferiria morrer de fome a dar duro na loja, tendo então que tentar alguma outra coisa.

"Para que você serve?", ela berrou da cozinha enquanto ele esfregava o banheiro, mas Aladim estava com a barriga muito cheia de seu guisado de frango e de arroz com cereja para se incomodar. Ele havia escondido a lâmpada debaixo da cama ao chegar em casa. Assim que seus pais dormissem, ele a levaria para o jardim e faria seu primeiro desejo, porque não parecia prudente soltar um gênio em uma casa com paredes tão finas. Sua mãe levantou a voz. "O filho de Hagrifa com certeza vai ser levado para a Escola do Bem e vai ficar rico e famoso, enquanto meu filho está aqui roubando *pani puri* e enganando pessoas no Mercado Mahaba. Acha que eu não sei? Todo mundo sabe!"

Aladim paralisou. Ele havia esquecido que era noite do sequestro. Olhou pela janela que dava para a rua, para a fileira de casas com pratos de *halva* e biscoitos de mel no parapeito das janelas, com o intuito de atrair o Diretor da Escola. Por isso o mercado estava tão lotado! Aquelas mães e aqueles pais tinham levado os filhos ao Mahaba imaginando – e esperando! – que seria o último dia que passariam juntos. Que à noite o Diretor da Escola apareceria e levaria seus filhos e filhas para o lugar onde as lendas nasciam. Afinal, se uma criança fosse levada como uma Sempre ou uma Nunca, seus pais seriam celebrados em Shazabah, convidados para as festas mais luxuosas, teriam acesso à melhor mesa do restaurante de Giti e até receberiam flores do próprio sultão. É claro, a maioria das crianças levadas de Shazabah ia para a Escola do Bem, já que se tratava de um dos reinos Sempre da Floresta Sem Fim. Mas, no decorrer dos anos, um punhado de Nuncas também havia sido levado, uma vez que, independentemente de um reino se intitular do Bem ou do Mal, espíritos dissidentes sempre conseguiam se infiltrar.

Não que alguma dessas coisas se aplicasse a Aladim. Ele era egoísta, larápio, mas não era do Mal. Não em seu âmago, como as almas que o Diretor da Escola queria. Lembra quando ele dividiu sua torta de pistache com aquele cachorro vira-lata? (Sim, a torta era roubada, mas e daí?) E a vez que ajudou uma menina da escola com a lição de casa? (O fato de ela ser bonita não teve nada a ver com isso.) Contudo, ele tampouco era do Bem. Até seus pais concordariam. A Escola do Bem era para outras crianças. Aquelas nascidas para seguir trilhas mais claras. Aquelas que não enfrentavam tantos desafios para encontrar seu caminho. Mas pelo menos esses desafios tinham sido recompensados. Ele não precisava ir para a Escola do Bem e do Mal para conquistar seus sonhos. Estava com a lâmpada agora, *a* lâmpada mágica, que lhe daria mais riquezas e poder do que os Diretores da Escola. Finalmente, as pessoas prestariam atenção nele. As pessoas saberiam seu nome. Mas como fazer a lâmpada funcionar? Salim tinha apenas esfregado o objeto, não tinha? Ou havia alguma palavra mágica? Ele descobriria. Primeiro, precisava terminar a limpeza e fingir estar dormindo antes de seu pai chegar em casa, senão teria que ouvir uma hora de sermões.

No andar de baixo, a porta se abriu.

"Aladim!", uma voz retumbou.

O garoto se encolheu.

Não teria sido tão ruim se seu pai não tivesse sentado com tudo na cama de Aladim, bem na parte em que a lâmpada estava escondida sob o colchão. E o pai era tão grande que o garoto achou que a lâmpada seria esmagada, assim como o gênio que vivia dentro dela.

"O que há com você, Aladim?", seu pai perguntou, ainda suando depois de ter subido as escadas. "O que te afasta tanto da minha loja?"

Aladim se imaginou vivendo com uma bela princesa em um palácio mil vezes maior que sua casa, com trancas em todas as portas para que ninguém pudesse entrar sem sua permissão, um palácio que ele pediria em um desejo assim que seu pai saísse de seu quarto.

"Aladim?"

"Hã?", o garoto disse.

O pai olhou para ele.

"Acho que você não quer trabalhar em minha loja porque acha que pode arrumar coisa melhor. Que vai ser um figurão, morar em um castelo e se casar com a filha de um rei em vez de trabalhar humildemente como todos nós. Você fica sonhando acordado e não vê que já tem uma vida ótima. Isso nunca acaba bem. Qualquer um que conheça os contos do Storian pode afirmar."

Você não acredita em mim, Aladim pensou. *Acha que não sou capaz de conquistar uma garota dessas e de me tornar alguém na vida. Você e a mamãe me acham um inútil, como disse Salim.*

Mas ele não disse nada disso em voz alta.

Em vez disso, bocejou.

"Sim, pai."

"Então amanhã você vai estar bem cedinho na loja?"

"Sim, pai."

"Bom rapaz."

Ele deu um abraço em Aladim, saiu e fechou a porta, e o garoto logo pegou a lâmpada embaixo do colchão. Era pequena, feita de bronze, como uma chaleira com bico alongado, com luas e estrelas gravadas. Embora não houvesse arranhões e danos em sua superfície, Aladim supôs que o objeto era muito, muito antigo. Por quanto tempo havia ficado na Caverna dos Desejos, com o gênio preso em seu interior, aguardando as ordens de um novo mestre? Por quanto tempo o destino teria antecipado este dia em que *ele*, Aladim, seria esse novo mestre? Ele aproximou a lâmpada do rosto, analisando seu nariz grande e as sobrancelhas grossas no reflexo do metal. Dentro dessa lâmpada estava a vida que ele pretendia viver. O amor e o respeito que merecia encontrar. Lentamente, ele estendeu a palma da mão na direção da superfície.

Batidas altas fizeram sua porta tremer.

"Hagrifa, Moorle e Roopa estão colocando seus melhores *ladoos* do lado de fora para o Diretor da Escola!", a mãe dele gritou. "Elas perguntaram o que eu faria para recebê-lo. Sabe o que eu respondi? Que me esconderia de vergonha."

Aladim apagou a vela e roncou, fingindo estar dormindo. Abraçou a lâmpada sob a camisa, sentindo o metal frio junto à pele. Logo seus pais estariam na cama e ele teria sua chance. Até lá, ficaria acordado, ensaiando os desejos que faria…

3

Aladim acordou com um forte calafrio e o assobio do vento.

Ele sentou-se na cama e viu que o trinco da janela estava aberto, deixando entrar a noite de novembro. A lâmpada tinha rolado para o chão, parando perto de uma pilha de roupas sujas.

Por quanto tempo ele havia dormido? Com certeza seus pais já estavam na cama àquela altura. Ele pegou a lâmpada e vestiu um casaco, com a intenção de sair para o jardim para libertar o gênio. Mas primeiro fechou o trinco da janela, olhando para a lua sobre a via escura.

Aladim deu um salto para trás.

Havia alguma coisa na janela.

Uma sombra com olhos azuis brilhantes.

Encostada no vidro.

Abrindo o trinco.

Aladim tentou correr para as escadas, porém a sombra o pegou pelo colarinho e o puxou para fora, arrastando-o pelo jardim. O rapaz estava aturdido demais para gritar. Mas então ele se recompôs e se deu conta de que um monstro o sequestrava, um monstro sem *rosto*. Ele tentou agarrar a sombra, mas sua mão a atravessou, o que o deixou ainda mais assustado, descontrolado e se debatendo, até que a sombra lançou um olhar severo em sua direção e o puxou mais rápido pela grama, cada vez mais veloz, sem soltar o colarinho de Aladim, balançando o garoto como um martelo, a 30 m do chão...

Um pássaro o pegou.

Se é que se pode chamar de pássaro uma criatura com *pelos*.

Sua pele parecia veludo preto, a cabeça era coberta de penas pretas brilhosas, terminando em um bico afiado, como se um morcego tivesse cruzado com um corvo e gerado algo muito maior. Com um guincho furioso, colocou Aladim nas costas. Depois abriu as asas, puxando o ar em respirações curtas e rápidas, seguiu em frente e se chocou com nuvens de tempestade que disparavam raios para todos os lados, como fogos de artifício.

Ele só podia estar sonhando, Aladim pensou, protegendo os ouvidos dos trovões estrondosos. Certamente ainda estava na cama, imaginando toda essa loucura.

Mas então o pássaro mergulhou no ar, saindo do meio das nuvens, e Aladim viu o céu repleto dessas criaturas lustrosas e peludas, todas carregando crianças de aparência ameaçadora nas costas. Sob eles, havia uma mansão esburacada que parecia ter afundado em lama.

A Escola do Mal.

Um a um, os pássaros soltaram as crianças, deixando-as cair na escuridão infernal.

O coração de Aladim ficou apertado.

Então tinha acontecido.

Ele era do Mal, no fim das contas.

Agora seria condenado a uma vida de vilania. Isso é, se conseguisse sobreviver ao período que passaria na escola com assassinos e monstros...

Mas então aconteceu algo peculiar.

Seu pássaro não o soltou na Escola do Mal.

Ele a sobrevoou, e seguiu até o *outro* lado da mesma mansão, deixando todas as outras crianças do Mal para trás. Esse lado da casa era branco como marfim, com uma alameda de cerejeiras carregadas de flores que derramavam suas pétalas ao sol.

Com um chiado repugnante, o pássaro jogou Aladim para baixo. O garoto gritou, chocado, em queda livre rumo à morte certa.

Até que uma árvore o conteve em seus galhos.

Extremamente confuso, Aladim ergueu a cabeça.

Por todos os lados, meninos e meninas se levantavam do chão, asseados e luminosos.

Os novos alunos dessa escola.

Alunos do *Bem*.

Aladim piscou. *Impossível*, ele pensou. *Eu... do Bem?*

Foi quando ele sentiu os contornos metálicos de algo no bolso de seu casaco e lentamente um sorriso se formou no rosto do garoto.

A lâmpada.

Só podia ser.

Ele nem tinha feito o primeiro pedido ainda e sua sorte já tinha começado a mudar.

4

Pouco antes do meio-dia, os dois Diretores da Escola saíram de seu escritório e foram para o teatro dar as boas-vindas aos novos alunos.

"Se Aladim estava em sua lista do Mal, como veio parar em *minha* escola?", Rhian perguntou, de ombros largos e bronzeado, os cachos revoltos.

Rafal olhou para ele, com os cabelos espetados cor de neve, pálidos como sua pele.

"Pergunte aos stymphs."

"Eles são seus pássaros e estão sob o seu comando", lembrou o irmão do Bem.

"Até hoje", Rafal se queixou. "Eles insistem que deixaram Aladim onde ele deveria ficar."

"Aquele larápio trapaceiro? Um Sempre?", Rhian perguntou.

Rafal fez que sim com a cabeça.

"Tentei trocá-lo de lugar no livro de registros também, mas o Storian apagou seu nome da lista do Mal e o colocou de volta na sua."

O Diretor da Escola do Bem encarou fixamente o irmão gêmeo.

"Então isso é coisa do Storian."

"Ao que parece, pela primeira vez a Pena invalidou nosso julgamento", Rafal presumiu.

"E ela acha que cometemos um *erro*?", Rhian perguntou. "Não cometemos erros no que diz respeito a almas."

"Uma das poucas coisas com que estamos de acordo", Rafal afirmou.

Ele sorriu para o irmão, mas Rhian estava pensativo enquanto caminhavam pela escola, um modesto castelo não maior que uma casa de campo ou uma vivenda de interior. Os irmãos gostavam que fosse assim, um ambiente mais íntimo que favorecia o senso de comunidade em vez de ambições grandiosas ou egoístas. Os alunos do Bem ficavam na ala leste, os do Mal na oeste. Sempres e Nuncas compartilhavam a maior parte das aulas, além de salas comunitárias que serviam tanto ao Bem quanto ao Mal. No início, eles cogitaram separar o Bem do Mal de forma mais definida, mas assim como Rhian e Rafal protegiam a escola juntos, apesar de suas almas opostas, queriam que os alunos mantivessem uma rivalidade saudável ao mesmo tempo que respeitassem o equilíbrio da Floresta. Por isso o Storian havia nomeado os gêmeos Diretores da Escola. Porque o amor de um pelo outro era maior do que a lealdade deles a um dos lados. Contando que o amor entre os dois continuasse forte, Bem e Mal em equilíbrio, o Storian refletia esse equilíbrio em contos de fadas. Às vezes o Bem vencia no fim de uma história. Às vezes o Mal. E eram essas vitórias e derrotas que motivavam cada lado a se esforçar para fazer melhor. Dessa forma, a Pena movia o mundo adiante, uma história por vez.

Quanto ao lugar da escola nisso tudo, os contos do Storian acompanhavam a trajetória de alunos que tinham se formado na famosa instituição, e era por isso que jovens Sempres e Nuncas se esforçavam tanto nas aulas, esperando que a Pena um dia contasse sua história após a formatura e os transformasse em lendas. As paredes do escritório dos Diretores da Escola eram repletas de caixas com essas histórias – *O Príncipe Sapo, O Pequeno Polegar, Maria Sabida, Cachinhos Dourados*, e mais –, cada conto de fadas já narrado, cada livro um tributo a um ex-aluno.

Ao se aproximarem da sala de jantar, Rafal notou que seu irmão estava quieto demais.

"Com certeza esse larápio não vale tanta preocupação."

Rhian olhou para ele.

"A Pena deve ter uma razão para essa troca. E se Aladim *for* do Mal… mas a Pena achar que posso *torná-lo* do Bem? E se for um teste?"

"Transformar um Nunca em um Sempre?", Rafal franziu a testa. "Impossível."

"Mas ambos concordamos que esse garoto não é do Bem e que não cometemos erros quando se trata de uma alma", Rhian respondeu. "Contudo, se eu puder *torná-lo* do Bem… se puder transformá-lo em um Sempre…"

"Então o que te impediria de fazer isso com *todas* as almas do Mal?", Rafal zombou, esperando que Rhian risse.

Mas o irmão não riu. Em vez disso, sorriu, como se estivesse pensando exatamente a mesma coisa.

Rafal ficou gelado.

"O que aconteceu com o *equilíbrio*?"

"É o teste do Storian, não é? Vá discutir com a Pena", Rhian ironizou. Então viu a expressão obscura no rosto do irmão. "Estou só brincando, Rafal. Uma alma não pode ser modificada. Ou estamos errados e ele *é* do Bem…"

"Nós nunca estamos errados", Rafal disse.

"…ou a Pena está errada, e minhas tentativas de transformá-lo em Sempre vão falhar", Rhian afirmou.

"E falhar terrivelmente", Rafal informou. Ele olhou para o irmão. "Mas ainda assim vai tentar?"

"Você não tentaria, se achasse que o Storian pudesse estar do seu lado?", Rhian provocou, cutucando-o.

"Talvez", Rafal respondeu. Mas ele se afastou, como se um desafio tivesse sido lançado.

Cada irmão reivindicava em silêncio o aluno para seu time.

Um aluno que ainda teriam que conhecer.

Os Diretores da Escola chegaram ao teatro. Rhian olhou para seu irmão do Mal, vendo que agora era ele que estava pensativo.

"Sabe, Rafal, desde que viramos adolescentes, você ficou muito temperamental."

"Somos adolescentes há cem anos", Rafal respondeu.

"Exatamente", Rhian disse, antes de encostar as mãos nas portas de madeira e empurrar para abri-las.

5

Como a maioria dos garotos e garotas da Floresta Sem Fim, Aladim tinha imaginado que a Escola do Bem seria um festim de esgrima, meninas bonitas e travessuras tarde da noite nos dormitórios.

O que ele não esperava era que houvesse tantas regras.

"Regra número dez", disse a Professora Mayberry, Reitora do Bem, uma mulher elegante, de pele escura, que tinha a postura tão aprumada e pronunciava as consoantes com tanta nitidez que deixou Aladim tenso. "Bem e Mal são convidados para o Baile da Neve, a festa de inverno que acontece na véspera de Natal. A presença de todos os Sempres é obrigatória."

"E todos os Nuncas são encorajados a *não* comparecer", resmungou um homem esquelético ao lado dela. Sua pele tinha um tom de cinza peculiar, o cabelo era mais branco que preto, e as sobrancelhas, grossas e bem escuras. Ele era o Professor Humburg, Reitor do Mal. "Depois do primeiro ano, vocês serão divididos em três cursos, de acordo com seu desempenho. Um para Líderes, um para Capangas e Escudeiros e um para Mogrifs."

Aladim bocejou e puxou a gravata borboleta, entediado até o último fio de cabelo e irritado por ter sido obrigado a usar aquele traje ridículo, cheio de babados e uma cauda, como se fosse um macaco de circo. (Além disso, que raios era um *mogrif*?) Ele observou o teatro, tão afrescalhado quanto seu uniforme, com bancos de madeira ornamentados e janelas rosáceas, e ficou se perguntando como os alunos do Mal eram capazes de suportar toda essa extravagância. De fato, os Nuncas estavam sentados do outro lado do corredor, cerca de cinquenta deles com o mesmo uniforme cheio de babados dos alunos do Bem, enquanto ao lado dele, vinte e cinco garotos Sempres escutavam os reitores com obediência, assim como as vinte e cinco garotas Sempres sentadas nas fileiras de trás. Uma delas havia chamado sua atenção, uma menina pequena cujos pés mal tocavam o chão, com sombra rosa-choque, bochechas coradas e laços de fita roxos nos cabelos pretos. Aladim tentou fazer contato visual, mas toda a atenção dela estava voltada para a Professora Mayberry.

"Regra número onze. O escritório dos Diretores da Escola é território proibido", declarou a Reitora do Bem, "assim como as salas dos professores…"

Se quisesse regras, teria ficado em Shazabah, Aladim se queixou em silêncio. A esta altura, já teria feito seus três desejos e teria uma princesa, um palácio e todos ali saberiam seu nome. Ele sentiu a lâmpada no bolso do paletó. Não havia tido um segundo a sós desde que a ganhara de Salim. Para que servia estar com a lâmpada se nunca tinha a chance de *usá-la*?

Aladim olhou para os Nuncas, vestidos exatamente como os Sempres, mas depois os observou com mais atenção e viu que estavam alterando sutilmente os uniformes, cortando mangas e abrindo buracos nas camisas, enquanto exibiam cicatrizes, tatuagens e as armas que tinham conseguido levar escondido.

Infratores de regras, Aladim pensou.

Certamente aquele era seu pessoal.

Ele virou para a menina com laços roxos.

"Quer ver uma coisa?"

A menina o ignorou, mantendo os olhos no palco.

"Regra número doze", Mayberry estava dizendo. "É proibido sair dos dormitórios após as nove horas da noite…"

"Olha só", Aladim insistiu, colocando a mão no bolso. "É a lâmpada mágica."

"Com certeza", a garota retrucou, sem olhar para ele.

Ao lado de Aladim, um garoto alto, de pele clara e cabelos ruivos gargalhou.

"Boa sorte. Essa é Kyma, a princesa de Maidenvale. Todos os garotos estão de olho nela para o Baile da Neve, inclusive Hefesto."

Ele apontou com a cabeça para a ponta do banco, onde havia um garoto moreno musculoso, de cabelo raspado e olhos verdes, para quem todos os outros garotos Sempres olhavam, procurando sua aprovação, mesmo que Hefesto parecesse alheio à existência deles.

"O que significa que você não tem a mínima chance", o garoto ruivo alertou Aladim.

Não era a coisa certa a se dizer, porque agora que Aladim tinha a lâmpada mágica, poderia desejar o que quisesse, incluindo acabar com Hefesto em uma luta ou levar a Princesa Kyma ao Baile da Neve. Mas isso era uma coisa ainda menos certa a se dizer, porque agora que podia conquistar a princesa com a lâmpada, queria conquistá-la sem a ajuda dela.

Ele virou-se novamente para Kyma.

"Juro que é a lâmpada mágica. Diretamente da Caverna dos Desejos."

Kyma suspirou.

"Não, não é, porque todo mundo, incluindo meu pai, tentou encontrar a Caverna dos Desejos e ela não pôde ser encontrada. Então, fique à vontade para continuar a contar mentiras, mas não para mim, pois mentiras deixam um certo odor no hálito, e o seu está começando a cheirar mal."

Aladim ficou corado e rangeu os dentes.

"Acho que vou ter que te *mostrar*, então."

Ele ergueu a lâmpada para esfregá-la...

"Você aí!", uma voz exclamou do palco.

Um mar de Sempres e Nuncas se virou para Aladim.

O garoto paralisou, como um gato tentando se misturar ao entorno.

Kyma abriu um sorriso malicioso.

"Gostaria de compartilhar alguma coisa conosco?", a Professora Mayberry perguntou, franzindo a testa.

"Não", Aladim respondeu.

"Ele diz que está com a lâmpada mágica!", o garoto ruivo à sua direita interrompeu.

"A lâmpada da Caverna dos Desejos!", gritou outro garoto à sua esquerda, que estava escutando a conversa.

Alunos dos dois lados do teatro achavam graça e tentavam abafar o riso.

Aladim pôde ver Hefesto olhando para ele com pena.

"E estou mesmo! E tem um gênio dentro dela!", Aladim se defendeu com indignação, erguendo a lâmpada, mas as risadas ficaram mais altas. Era um teatro repleto de alunos novos unidos a zombar de um tonto. Aladim ficou em pé, levantando a voz. "Quando eu fizer meu primeiro desejo, vou transformar todos em sapos! Aí vocês vão ver!"

"Espero que não chegue a esse ponto", ecoou uma voz masculina.

Todos no teatro ficaram em silêncio, incluindo os reitores.

Aladim viu os gêmeos Diretores da Escola entrarem, deslizando pelo corredor, o irmão do Mal com cabelos brancos espetados e pele pálida como leite, o irmão do Bem cordial e de cabelos revoltos, os dois usando túnicas azuis combinando. Aladim tinha ouvido rumores sobre esses dois adolescentes imortais que comandavam a escola e protegiam o Storian, que escrevia os contos da Floresta. Mas agora, na presença deles, sentia o poder por trás de seus olhos claros. Olhos focados completamente *nele*.

"Me deixe ver isso", ordenou o irmão do Bem.

Aladim não ousou desobedecer, mesmo que se separar da lâmpada o deixasse com náuseas. Ele entregou seu tesouro.

O Diretor da Escola do Bem a inspecionou, depois olhou para o irmão gêmeo antes de oferecer a lâmpada de volta a Aladim.

"É falsa. Sem dúvida nenhuma."

O Diretor da Escola do Mal analisou a lâmpada por sobre o ombro dele, também nem um pouco impressionado... Mas logo algo mudou em sua expressão. Um brilho nos lagos congelados de seus olhos, como se o gelo tivesse rachado.

"Não sei se concordo, irmão", ele disse, apanhando a lâmpada antes que Aladim pudesse pegá-la de volta.

O Diretor da Escola do Bem lançou um olhar confuso para o irmão do Mal, mas o outro já estava caminhando pelo corredor e entregando a lâmpada para o Reitor Humburg, antes de sussurrar um tanto quanto alto.

"Tranque isso em sua sala, onde ninguém possa pegar."

O Reitor Humburg olhou feio para Aladim.

"Pode deixar, Diretor Rafal."

O irmão do Bem pareceu desconcertado com tudo isso e perguntou ao gêmeo:

"Podemos prosseguir com os discursos de boas-vindas ou devemos investigar os objetos de outros alunos, caso alguém esteja com o Santo Graal?"

"Por favor, faça seu discurso primeiro", Rafal respondeu. "Você sabe, já que o Storian está do *seu* lado."

Rhian apertou os lábios.

"Com esse seu comportamento, talvez ele tenha razão em estar."

Os dois Diretores se entreolharam, depois olharam para os alunos.

Para *um* aluno.

Mas Aladim não notou os olhares. O rapaz estava consumido por um único pensamento.

Como entrar na sala do Reitor Humburg.

Um pensamento que o Diretor da Escola do Mal pareceu encorajar, pois ele sorriu para Aladim justamente no instante em que o rapaz bolou um plano.

6

Instigar um ladrão nunca é uma boa ideia, principalmente um ladrão que acha que ele próprio foi roubado.

Como o Professor Humburg era Reitor do Mal, sua sala ficava na parte oeste da mansão, o que significava que Aladim teria de escapar de seu quarto, esgueirar-se para a ala do Mal, encontrar o covil de Humburg e recuperar sua lâmpada sem ser pego. Até mesmo para um otimista descarado como Aladim, o desafio era grande. Por sorte, os dormitórios do Bem não eram vigiados depois que os professores iam para a cama, pois confiavam na virtude de seus alunos. Assim, pouco depois da meia-noite, Aladim passou na ponta dos pés por seus colegas de quarto adormecidos e saiu pelo corredor em direção à escadaria.

Ele logo parou.

Hefesto e Kyma estavam nos degraus, no meio da escadaria, jogando cartas. Hefesto vestia uma camisa justa, sem mangas, e Kyma estava de pijama roxo, combinando com as fitas em seus cabelos. Nenhum dos dois disse nada e nem fez som algum, mas, pela forma com que se olhavam após cada movimento, com ar de triunfo ou sorrisos, o jogo parecia mais romântico do que se ele tivesse flagrado os dois se beijando.

Aladim bufou de raiva, e os dois Sempres esticaram o pescoço, mas Aladim já se dirigia para a escadaria dos fundos, de punhos cerrados. Ele queria invadir a sala da Professora Mayberry e dedurá-los por quebrarem as regras; queria ver aqueles pombinhos arrogantes serem *punidos*. Mas, como ele também tinha fugido do quarto para fazer coisa ainda pior, devia apenas engolir a amargura e se ater a seu plano. Como ela podia preferir aquele idiota inexpressivo e bombado a ele? Como ela podia ser tão previsível? Aladim suspirou. Kyma era como todos em Shazabah. Todos os que o subestimavam e subestimavam seu valor.

Não importava.

Logo ele estaria com a lâmpada, e a Princesa Kyma seria sua.

Não importava como ele conquistaria o amor dela. O que importava é que o mundo o visse como *digno* desse amor. Então ele seria como Hefesto: desejado e valorizado, não só na cabeça dos outros, mas também por si próprio.

Mas primeiro o mais importante. A sala de Humburg.

Ele desceu as escadas às pressas, cruzando o saguão que levava à escadaria da ala oeste.

Aladim parou de repente.

Mayberry.

Vindo da sala de jantar, vestindo um roupão de veludo e comendo um pudim de chocolate que trazia para o lanchinho da meia-noite.

Ela levantou a cabeça, prestes a ver Aladim.

De repente, a reitora ficou paralisada, como se tivesse sido petrificada, com a colherada de pudim ainda na boca.

Ele esperou que ela se mexesse, mas Mayberry ficou ali parada, olhando fixamente para além dele.

Devagar, Aladim estendeu o braço e tocou o rosto dela, sentindo sua pele quente, o pulso forte. Mas ela não se encolheu e nem se moveu, dura como uma estátua.

Aladim hesitou, sem saber o que tinha acabado de acontecer.

Mas como ele havia aprendido ao se deparar com a lâmpada em uma viela do mercado, não se deve questionar a sorte.

Ele passou por ela e subiu as escadas.

Quando olhou para baixo, a Professora Mayberry já não estava mais paralisada, comia mais uma colherada de pudim e seguia seu caminho.

Mas existe uma diferença entre sorte e muita sorte.

No instante em que ele entrou na ala oeste, forças pareciam estar derrubando os obstáculos, como se ele pertencesse àquele ambiente.

Como se o Mal fosse seu *verdadeiro* lugar.

Os corredores do dormitório eram escuros demais à noite para ele se localizar, um labirinto de passagens e escadarias. Ainda assim, sempre que Aladim chegava a uma intersecção, um rato ou barata passavam e indicavam – *"Por aqui!"* – apontando a direção certa.

Quando um professor caolho virou no corredor em que ele estava, a parede se esticou e puxou Aladim para trás.

Um guarda ogro caiu no sono no instante em que avistou o garoto.

Depois, dois morcegos passaram voando e trissaram *"Humburg, Humburg, Humburg"*, conduzindo-o até uma porta no fim do corredor, com o nome do reitor gravado.

E se tudo isso não fosse prova suficiente de que o Mal estava conspirando a seu favor… a porta da sala do Professor Humburg destrancou-se misteriosamente para ele.

Aladim deslizou para dentro, supondo que teria de procurar onde o reitor havia escondido a lâmpada. Mas, em vez disso, ele ouviu uma pancada em uma gaveta da escrivaninha no canto – uma gaveta que, quando ele não conseguiu arrombar a fechadura, abriu com um rangido exasperado, como se não tivesse tempo para amadores.

Assim que ele colocou os olhos nela, a lâmpada brilhou como uma joia, depois esquentou nas mãos de Aladim, ronronando suavemente, como se desejasse que o garoto a encontrasse e agora estivesse em casa.

Então era a lâmpada que estava me ajudando o tempo todo? Aladim reconsiderou, observando seu reflexo na superfície do objeto. *Talvez eu seja mesmo do Bem, então. Senão, por que a lâmpada ajudaria alguém do Mal?*

Um ronco veio de outro cômodo. O quarto de Humburg.

Aladim pegou seu tesouro e saiu correndo.

Quem, o que ou *por que* não importavam.

A lâmpada tinha voltado a ser dele.

Logo, ele já tinha descido as escadas e se encontrava do lado do Bem. E foi ali, na sacada de seu quarto, enquanto seus colegas dormiam, que Aladim finalmente teve paz e silêncio para segurar seu prêmio sob o luar e o esfregar com força, uma vez, duas, três vezes...

Uma fumaça vermelha saiu, formando uma sombra rastejante, uma cobra elevando-se no alto da noite, antes de aproximar bem o rosto do de Aladim.

"Jovem messstre", ela sibilou. *"Qual é o ssseu primeiro desssejo?"*

Aladim recuou. Ele sempre tinha imaginado que o gênio seria mais afável, mais terno e menos... escamoso.

"Fale, rapazzz!", o gênio exclamou, com os olhos vermelhos brilhando.

Aladim criou coragem. Não importava quem estava concedendo seu desejo. Não importava se ele era do Bem ou do Mal. O que importava era o desejo em si, feito com a mais pura e Boa das intenções.

Ele olhou bem nos olhos da cobra.

"Desejo que a Princesa Kyma se apaixone perdidamente por mim."

7

Alguns andares acima, em seu escritório, os irmãos estavam jantando.

"Vangloriando-se de ter a lâmpada? Ameaçando transformar todos em sapos? Como alguém pode pensar que esse garoto é do Bem?", Rafal queixou-se, dando uma mordida no seu bife. "A Pena está errada a respeito dele. O que significa que não podemos mais confiar no Storian."

"A Pena que *nos* nomeou Diretores da Escola? A Pena que mantém nosso mundo *vivo*?", Rhian perguntou, cortando um pedaço de peixe. "Desculpe-me se ainda confio mais no Storian do que em você. Se ele diz que Aladim é do Bem, deve ser verdade. Espere e verá."

"Se ele *é* do Bem, então por que você não notou desde o início?", Rafal o desafiou.

"E por que *você* não notou?", Rhian retrucou.

Rafal explodiu.

"Por que o Storian está interferindo em nossa escola? Por que *agora*? O Bem ganhou cinco contos seguidos, e de repente a Pena está te dando meus merecidos alunos também?" Ele jogou o prato da mesa, que se chocou contra uma estante. "Vamos supor que você esteja certo. E se a Pena *estiver* do seu lado? E se ela quiser abolir totalmente o Mal? O que vai acontecer?"

Rhian suspirou.

"Calma. O equilíbrio vai se estabelecer, como sempre. Enquanto isso, você acabou de desperdiçar um ótimo jantar. De novo." Ele se ajoelhou e limpou a bagunça. "Além disso, são só quatro contos. A Pena ainda não terminou a história de Peter Stumpf. Ele foi um dos seus melhores alunos enquanto esteve aqui, não foi? Agora é um lobisomem canibal que pode muito bem ter sua chance."

Rafal caminhou até a mesa de pedra branca enquanto o objeto de aço encantado gravava FIM na última página de um livro.

"Bem, Peter Stumpf acabou de ser queimado em uma estaca e um cachorro está lambendo seus ossos, então acho que não posso contar como uma vitória."

Rhian tomou um gole de vinho.

"Ah."

Rafal jogou o livro finalizado no chão.

"Bem, se Aladim mostrar que é do Mal, isso vai reequilibrar as coisas. E vai provar que sempre estivemos certos a respeito dele. Que estávamos fazendo nosso *trabalho*. Os dias de confiança cega no Storian estão contados. Já era hora de termos confiança em nosso julgamento – no dos Homens, não no da Pena."

Rhian não disse nada, apenas tomou o restante do vinho.

"É uma pena aquele Ladrãozinho não ter mais sua lâmpada", Rafal acrescentou. "Seu desejo seria muito esclarecedor."

Rhian olhou para ele com desconfiança.

"Sei o que está pensando", Rafal disse. "Está pensando: *Por que meu irmão sempre arruma confusão em vez de se contentar com as coisas como elas são? Por que ele não pode ser mais parecido comigo?*"

"Estou pensando que, sem mim, você não saberia que é do Mal, e sem você eu não saberia que sou do Bem", Rhian disse.

"É verdade, mas todos os gêmeos sabem que tem um que foi criado melhor", Rafal alfinetou o irmão. "É o segredo que os une."

"Achei que o segredo fosse o amor", Rhian respondeu. "Principalmente porque é nosso amor que nos mantêm jovens e imortais. Se esse laço for rompido, vamos envelhecer e morrer."

"Posso te amar e continuar achando que sou melhor", Rafal disse. "E é por isso que quando Aladim se revelar do Mal, vou gostar de ver você se contorcer."

Eles ouviram um som estridente ao fundo.

No canto, o Storian havia aberto um novo livro e começado a escrever.

"Que estranho", Rhian observou. "Normalmente, ele tira uns dias de descanso depois que termina um livro."

Eles levantaram e viram a Pena pintando um retrato colorido de um garoto que ambos conheciam.

"Aladim", Rafal afirmou.

Ele estava segurando uma lâmpada mágica, com um gênio em forma de cobra revelando-se em meio à fumaça vermelha.

Rhian olhou feio para Rafal.

"*É uma pena aquele Ladrãozinho não ter mais sua lâmpada...*"

"Oops", Rafal disse sorrindo. "Vamos ver se ele se sai melhor que Peter Stumpf!"

Mas a Pena não escreveu sobre Aladim.

Em vez disso, a Pena escreveu outra coisa.

Era uma vez, dois Diretores de Escola gêmeos, do Bem e do Mal, cujo amor mantinha o mundo equilibrado. Enquanto os irmãos amassem um ao outro, a Pena não favoreceria o Bem nem o Mal, cada lado seria igualmente poderoso na Floresta Sem Fim. Até que um dia chegou um aluno que mudaria tudo entre eles.

Rhian e Rafal se entreolharam, perplexos.

O Storian nunca havia escrito nada sobre os Diretores da Escola.

Em *nenhum* de seus contos.

A Pena e seus protetores sempre tinham se mantido separados.

Ansiosamente, os irmãos olharam para baixo, aguardando a próxima parte da história de Aladim.

Uma história que, pela primeira vez, parecia ser sobre *eles*.

8

Na manhã seguinte, Aladim acordou cantando uma canção de amor.

Amor com uma nota de vingança, porque logo ele chegaria à sala de jantar não apenas para ver uma princesa de verdade se jogar para cima dele diante da escola inteira, mas também para testemunhar o namorado imbecil dela sendo abandonado e traído... Haveria felicidade maior do que ver um desejo se realizar?

A sala de jantar tinha forma de arena, como um teatro que oferecia uma boa visão da ação, independentemente de onde ela estivesse acontecendo. Sempres e Nuncas deveriam fazer as refeições juntos, mas os Nuncas costumavam ficar acordados até muito tarde e perdiam o café, deixando o salão todo para os alunos do Bem todas as manhãs. Atrás de uma cortina, panelas e frigideiras encantadas ferviam e borbulhavam, enchendo pratos em uma sinfonia rítmica, panquecas com cerejas, ovos à francesa e bananas com mel, que flutuavam até as mesas. Flores preenchiam os arranjos de centro e esculturas de cupidos saltitantes ladeavam as paredes, como uma caça infinita ao amor.

Quando Aladim entrou, cantarolando e absorvendo os aromas açucarados, ele notou a Princesa Kyma sentada com Hefesto em uma mesa central, um bando de garotos tentando se aproximar dela e um grupo de meninas se insinuando para ele, enquanto o casal só tinha olhos um para o outro.

Sem a mínima hesitação, Aladim foi até lá, surrupiou uma banana do prato de Hefesto e deu uma mordida nela, empoleirando-se na mesa e inclinando-se na direção de Kyma.

"E então?", ele sorriu.

Kyma o encarou com um olhar fulminante.

"E então o quê?"

Aladim esticou os lábios.

"Você não tem nada a dizer?"

"Só que garotos que ficam ostentando lâmpadas falsas e pegando as bananas dos outros não merecem minhas palavras", Kyma disse.

O estômago de Aladim revirou.

"Mas achei que você estaria... você deveria estar..."

Uma sombra surgiu sobre ele, musculosa e de cabelo raspado, tornando-o minúsculo no centro do salão. Os outros alunos se afastaram, deixando os dois gladiadores prestes a brigar.

Agora Aladim tinha certeza.

A lâmpada não tinha funcionado.

E, se a lâmpada não tinha funcionado, Kyma não estava apaixonada por ele. E, se Kyma não estava apaixonada por ele, então ele havia simplesmente acabado de roubar a comida de Hefesto. Hefesto, que estava bem atrás dele, prestes a esmagá-lo como a banana que Aladim tinha na mão.

Aladim se virou.

Hefesto olhou para ele.

Os grandes olhos verdes do rapaz brilharam. Seus lábios estavam úmidos e entreabertos. As mãos entrelaçadas sobre o coração como se ele tivesse sido atingido por uma flecha.

"Oi... O-Olá... Aladim...", Hefesto gaguejou, desprovido de toda a sua petulância e autoconfiança. "Sei que acabamos de nos conhecer... mas... você gostaria de... ir ao Baile da Neve comigo?"

Aladim derrubou a banana.

Ah, não.

Nãããão.

A lâmpada. Aquela lâmpada ordinária e falsa.

Ela não fez Kyma se apaixonar por ele.

Fez *Hefesto* se apaixonar por ele.

Uma quietude sem som algum tomou o local, como o silêncio escuro e vazio do fundo do mar. Ninguém na sala de jantar se moveu. Até mesmo as panelas encantadas tinham paralisado no meio do processo de virar massa de panqueca e quebrar ovos.

Aladim ficou boquiaberto, procurando as palavras certas, mas tudo o que saiu foi uma tosse áspera, como se estivesse com bolas de naftalina na boca. Ele levou a mão à lâmpada no bolso do casaco, como se ela fosse seu coração, um coração que o havia decepcionado.

A Princesa Kyma também parecia ter levado um tapa na cara. Seu pretenso príncipe havia perdido o interesse nela e agora babava justamente pelo garoto que ela desprezava. Mas então ela observou Hefesto mais atentamente, o vazio em seus olhos, todo o corpo entregue e submisso. Devagar, ela voltou a olhar para Aladim... para sua mão sobre a lâmpada, brilhando dentro do casaco... uma lâmpada falsa que tinha sido confiscada... uma lâmpada falsa que ele insistia que podia conceder desejos... E, de repente, a Princesa

Kyma compreendeu a história. Aqui, em uma escola mágica, o primeiro ato de magia consequente havia acontecido. Magia hostil.

Ela olhou atentamente para Aladim.

"E então? Hefesto está te convidando para o Baile da Neve. Não vai responder?"

Aladim achou graça, esperando que Kyma risse da própria piada. Mas ela não riu. Ninguém riu.

"Espere, vocês não querem que eu vá com...", Aladim se atrapalhou para falar.

"Hefesto?", Kyma disse com frieza. Ela virou para seu ex-objeto de afeto. "Hefesto, por favor, diga a Aladim por que ele deveria ir com você ao Baile da Neve."

Hefesto se ajoelhou.

"Porque ele é o sol que ilumina partes do meu coração que eu nem conhecia. É o primeiro pedaço de terra que avisto quando estou à deriva no mar. É a trilha para atravessar uma floresta bem, bem escura. Não conheço outro amor, além de Aladim. E, quando o amor é verdadeiro, deve ser anunciado em voz alta. Porque isso é Bondade. Honrar nosso coração. Mostrar quem somos sem medo. É por isso que te convido para ir ao Baile da Neve, Aladim, aqui, diante de toda a escola. Porque se você disser sim, não vai apenas me honrar, mas vai honrar todos nós que nos curvamos ao amor."

Aladim revirou os olhos, prestes a censurar esse tonto de uma vez por todas...

Mas então ouviu um som inesperado à sua volta.

Fungadas.

Suspiros.

Sempres estavam com as mãos sobre o coração, derramando lágrimas, contendo a emoção, comovidos pelas palavras de Hefesto. Até Kyma parecia impressionada.

"De jeito nenhuuuuum", Aladim retrucou, virando-se para Hefesto. "De jeito nenhum eu vou com *você* ao Baile da Neve. Só por cima do meu cadáver."

"Bem, eu não vou comer até você dizer sim", Hefesto afirmou com rebeldia. Ele sentou-se no chão e se amarrou ao pé de uma cadeira com a gravata. "Nosso amor vai me alimentar."

Aladim fez um gesto de desdém.

"Ótimo. Vá viver de amor. É melhor que seja o seu cadáver, e não o meu."

O salão voltou a ficar em silêncio. Como se todo o ar tivesse sido sugado.

Kyma encarou Aladim.

"Estamos na Escola do *Bem*, lembra? Sempres acreditam em amor verdadeiro. Me parece que zombar disso seria uma coisa que um Nunca faria.

E, considerando que você interrompeu o evento de boas-vindas, mentiu sobre ter a lâmpada mágica e está menosprezando e humilhando Hefesto depois que ele declarou seu amor, como se você nem ao menos acreditasse em amor... seria razoável pensar que você trapaceou para entrar aqui? Que não é nem um pouco digno de uma vaga nesta escola?"

A tensão cresceu. Todos na sala de jantar olhavam de um jeito diferente para Aladim.

Até mesmo os cupidos nas paredes o humilhavam com seus olhares.

As bochechas de Aladim ficaram vermelhas.

Indigno em casa.

Indigno aqui.

E uma princesa de verdade, sua única chance de ter amor, de ter *respeito*, olhando com desprezo para ele, como se ele não fosse nada.

Ele não sabia o que fazer... sua alma estava em pânico... e antes que se desse conta, ele estava virando-se, olhando para Hefesto, e as seguintes palavras saíam de sua boca:

"A-a-acha que devemos combinar a roupa que vamos usar no Baile?"

9

Rafal caiu na gargalhada ao ver o Storian pintando a cena que acontecia sala de jantar.

"*Acha que devemos combinar a roupa que vamos usar no Baile?*", ele leu, praticamente se curvando de tanto rir. "Seu precioso garotinho Sempre, apaixonado por uma menina, e agora tendo que ir ao Baile com o menino por quem *ela* está apaixonada. E o Baile da Neve ainda demora meses, então imagine o sofrimento que ainda os aguarda. Aposto que o Storian não imaginou uma coisa dessas."

"O Storian está contando uma história sobre *nós* pela primeira vez. A Pena que deveria escrever sobre nossos alunos. Você não está nem um pouco incomodado?", Rhian o censurou, cruzando os braços enquanto se encostava em uma estante. "Ah, esqueci. Você está muito ocupado se intrometendo em um baile!"

"Devido à minha intromissão, essa história *não é* mais sobre nós", Rafal retrucou. "A Pena disse que Aladim mudaria tudo entre nós. Bem, nada mudou e ela não deu um pio a respeito disso desde então. Por outro lado, garanti que cada palavra dessa história seja sobre um garoto que você pensou que poderia transformar em alguém do Bem, e que agora provou ser do Mal."

"Mas por que o Storian estava escrevendo sobre nós, para começo de conversa?", Rhian questionou. "E nem comece. Você não provou nada. Enganou aquele garoto e o fez pensar que a lâmpada era real, atraiu-o para o seu castelo e praticamente entregou a lâmpada de volta para ele..."

"Só um idiota insensato acharia que a lâmpada é real", Rafal resmungou. "Estava recoberta com magia hostil, uma espécie de feitiçaria caseira concebida para punir quem fizesse os desejos. E, como seu garoto Sempre é um ladrão, com certeza havia muita gente em Shazabah enganada por ele e ávida por jogar uma maldição sobre o rapaz."

"Bem, seja lá o que você fez, quero que conserte", disse o irmão.

"E por que eu deveria fazer isso?"

Rhian o confrontou.

"Porque é seu dever proteger a Pena e a escola, tanto quanto meu, e seu truque barato não é só uma tentativa grosseira de sabotar a Pena, mas também um ataque deliberado ao bem-estar de nossos alunos. E, tendo em vista que você nunca tinha chegado ao ponto de interferir nos assuntos do Bem antes, começo a me questionar se você ainda tem discernimento para ser Diretor da Escola. Uma guinada na história que é essencialmente sobre *nós*. Então talvez você tenha caído na trama do conto, exatamente como a Pena planejou."

O sorrisinho desapareceu do rosto de Rafal. Ele sentiu uma mágoa tão profunda que nem conseguiu falar. Seu irmão jamais havia questionado sua integridade ou seu comprometimento com a escola. O que começou como uma brincadeira, uma aposta inofensiva a respeito das inclinações da alma de um garoto, havia supurado e se transformado em algo mais áspero e significativo. Como se uma podridão profunda e oculta tivesse finalmente se revelado.

Ele desviou os olhos para a janela.

"Bem, agora é tarde demais. Não tem como consertar. Só existe um antídoto para magia hostil. Torná-la boa. O que significa que o garoto vai ter que conquistar o desejo original por conta própria."

Rhian se irritou.

"Deixa eu ver se entendi bem. Para Hefesto parar de ficar sonhando acordado com o rapaz, Aladim precisa conquistar o amor de Kyma *por merecimento*?"

"Mais do que só amor. Um *beijo* de amor verdadeiro."

"Um beijo. De uma garota que não tem interesse nenhum nele, que suspeita que ele tentou lançar um feitiço de amor nela e que sem dúvida quer ver o rapaz ser punido?"

Rafal abriu um sorriso afetado novamente.

"Isso mesmo. Você disse que poderia fazer uma alma se tornar do Bem. Agora é a sua vez de provar que *você* tem discernimento para ser Diretor da Escola."

Rhian se encolheu, olhando nos olhos do irmão.

Atrás deles, o Storian escrevia as palavras de Rafal sob uma ilustração dos gêmeos se confrontando.

O que ele não escreveu foi o pensamento que passava pela cabeça do Diretor da Escola do Bem.

Que confusão aquilo havia se tornado. E tudo por causa de uma aposta boba.

Consertar aquilo não podia ficar a cargo dos alunos.

Se seu irmão ia se intrometer nessa história em nome do Mal, então ele interviria em nome do Bem.

Esse sempre era o melhor caminho para resolver as coisas, não era?

Equilíbrio.

10

A primeira semana de aulas fez Aladim querer ser devorado por um stymph.

Ele esperava que aceitando o convite de Hefesto para o Baile ganharia mais tempo para dar um jeito de reverter a feitiçaria do gênio, mas, mais uma vez, seu plano tinha dado errado. Para começar, não conseguiu fazer o gênio sair da lâmpada de novo, não importa o quanto a tenha esfregado, a quinquilharia de latão agora estava fria e opaca, desprovida de qualquer maldição que carregasse antes. Além disso, Hefesto o seguia para todo canto como um cachorrinho afetuoso, cobrindo-o de presentes caseiros e poemas de amor tão horríveis que Aladim não sabia dizer se eram parte da maldição do gênio ou se Hefesto era mesmo muito idiota.

"Acho que são uma graça", opinou seu colega de quarto, um garoto pálido e esbelto chamado Rufius, que passava todo o seu tempo livre preparando *beignets* e torrones em tons pastel.

Aladim ficou enfurecido.

"Um relógio mágico que fala *Hefesto te ama!* a cada quinze minutos? Uma caneca de cerâmica disforme com nossas iniciais gravadas? Uma caixa de chocolates com nossos rostos pintados? Quem dá chocolates para um *garoto*?"

"Os chocolates foram ideia minha", Rufius disse em voz baixa. "Ajudei Hefesto a fazer."

Aladim ficou boquiaberto. Ele queria perguntar como alguém era capaz de acreditar que Hefesto, o garoto que estava apaixonado por Kyma, de repente se apaixonaria por ele. Como ninguém estava vendo que se tratava de um feitiço de amor muito óbvio e que estava acabando com sua vida?

O problema, é claro, era que ele não podia confessar seu crime, não depois de Kyma tê-lo chamado de trapaceiro e ladrão. Se admitisse ter amaldiçoado o garoto mais adorado da escola, ele seria mais detestado do que já era. Além disso, eles estavam em uma escola que celebrava o amor, toda forma de amor, e quanto mais Aladim questionasse isso, mais impopular se tornaria. (Rufius não tinha ajudado nem um pouco contando para todo mundo sobre os chocolates.)

"Eu bem que gostaria que um garoto *me* desse chocolates", Kyma disse ao passar por Aladim a caminho da aula de História. "Talvez eu devesse *desejar* que um garoto me amasse." Ela ficou um bom tempo olhando persistentemente para ele até virar no corredor.

O coração de Aladim implodiu.

Ela sabia!

É claro que sabia.

Kyma era tão esperta quanto bonita.

O que significava que ela sabia que ele havia tentado conquistar seu coração por meio de trapaça.

Como conseguiria conquistá-la agora?

Apesar de tudo isso, Aladim ainda tinha que assistir às aulas.

E ele não estava se dando muito bem nelas.

A maioria das aulas da escola reunia Sempres e Nuncas, parte do método dos Diretores para cultivar o respeito entre os dois lados. Além do mais, isso fomentava o debate espirituoso entre Bem e Mal e a competição saudável nos desafios que determinavam suas notas. Mas, independentemente de quem – Sempres ou Nuncas – se saísse melhor em determinados testes, Aladim costumava ficar no fim da lista.

Em Educação Física, ele abandonou sua equipe para capturar a bandeira, quebrando uma regra básica. Em um desafio sobre Cavalheirismo, Hefesto o ajudou com um impulso para subir em uma árvore e Aladim continuou escalando, ávido para se livrar dele, em vez de auxiliar Hefesto a subir também. ("Esse foi o teste?", ele perguntou incrédulo. "Por que eu deveria ajudá-lo a subir se ele é forte o suficiente para escalar sozinho?" O professor olhou para ele impassível: "Cavalheirismo".) Nos Grupos Florestais, em que Sempres e Nuncas entravam na floresta para aprender sobre flora e fauna, ele confundiu um ninho de vespas com um ninho de fadas e seu grupo todo acabou sendo picado.

Agora aquela palavra "mogrif" voltava para assombrá-lo. Pois aqueles que tivessem as piores notas não apenas teriam que conviver com a humilhação do fracasso. Também seriam transformados em animal ou... *planta*. Para sempre.

"É *isso* que significa mogrif?", Aladim questionou.

"Onde você acha que as princesas arrumam aqueles animais prestativos, ou os gigantes conseguem seus pés de feijão?", Rufius perguntou. "Eles são treinados aqui na escola."

"Por que alguém frequentaria uma escola em que pode ser transformado em um lêmure ou em um pinheiro?"

"Ou em uma lesma ou em uma erva daninha, se tiver notas tão ruins quanto as suas", Rufius acrescentou. "É o risco que se corre ao vir para cá:

conquistar a glória ou viver uma eternidade de vergonha. É melhor ir bem no desafio dos Peixes do Desejo. É só para os Sempres. E tem um peso alto nas notas."

Felizmente, o desafio dos Peixes do Desejo parecia bem fácil.

Ele acontecia às margens de um lago atrás da escola, liderado pelo professor de Comunicação Animal, um centauro dourado e musculoso, de cabelos ruivos, chamado Maxime, que explicou que os Sempres se revezariam mergulhando o dedo no lago e se concentrando para mentalizar seu mais profundo desejo, até que mil minúsculos Peixes do Desejo, brancos como neve, iriam à superfície e pintariam o desejo de sua alma. Contanto que o aluno produzisse um desejo de intenções do Bem, ele passaria no teste.

"Estou curiosa com o que o *seu* desejo vai mostrar", Kyma disse ao lado de Aladim. "Mais lâmpadas falsas, talvez?"

"Provavelmente", Aladim suspirou.

Kyma franziu a testa.

"Não é piada. Se você reprovar, serão três reprovações seguidas. Com certeza você vai acabar se tornando um mogrif."

"Veja só o Maxime", Aladim disse, apontando com a cabeça para o centauro, alto e forte sob a luz do sol. "Ele é um mogrif e está numa boa."

Kyma revirou os olhos.

"Ele não é um mogrif. Maxime nasceu centauro e deve ter se formado entre os melhores da turma, se agora é professor. A mosca voando perto do *traseiro* dele é um mogrif."

A garganta de Aladim fechou.

Rufius foi primeiro, colocou a ponta do dedo indicador dentro do lago e os peixes entraram em ação, pintando um rapaz em frente a uma loja – Patisserie Rufius – com lindos pães, doces e chocolates na vitrine.

"Esse é o máximo de Bondade que sua mente consegue mentalizar?", Maxime pressionou Rufius, arqueando a sobrancelha. "Desejar sua própria *padaria*?"

"Onde eu daria *croissants* de graça todas as manhãs para as crianças pobres do vilarejo", Rufius justificou.

"Não estou vendo criança nenhuma", Maxime retrucou.

"Elas estão dormindo", Rufius afirmou.

"Reprovado", Maxime disse. "Próximo."

Aladim ficou ainda mais tenso. Se o doce e prestativo Rufius, que fez chocolates para Hefesto, não passou, como *ele* passaria?

Na vez de Kyma, os Peixes do Desejo pintaram seu pai dançando com ela em seu casamento após anos sofrendo por um problema no quadril.

"Pura Bondade", Maxime a elogiou.

É claro, Aladim pensou. Além de bela e esperta, ela era virtuosa também.

Então chegou a vez de Hefesto, que desejou que seu irmão gêmeo ficasse com sua vaga na escola.

"Ele merecia mais do que eu", Hefesto confessou.

Kyma olhou para ele com os olhos transbordando de amor.

"Sinceramente, achei que ele me desejaria", Aladim confessou.

Ela lançou um olhar fulminante a ele.

"Peixes do Desejo encontram seu desejo mais profundo. E não desejos falsos plantados por feitiçaria de quinta categoria."

Aladim se encolheu.

"Por que não me dedurou, então?"

"Porque você é mais do que capaz de cavar a própria cova", ela disse.

"Aladim, você é o próximo", Maxime o chamou.

O garoto engoliu em seco.

Lentamente, ele se aproximou da água. Os peixes eram uma massa de sombras cintilantes sob a superfície, como diamantes a serem extraídos. Aladim sentiu os Sempres reunidos atrás dele, torcendo para que fracassasse.

Deseje algo Bom, ele encorajou a si mesmo. *Deseje algo que Kyma desejaria. Ou Hefesto. Ou qualquer outra pessoa aqui, menos eu...*

Ele mergulhou o dedo.

Instantaneamente, os peixes começaram a se movimentar, pintando uma poltrona vermelha em cima de uma montanha de ouro, o trono do Sultão de Shazabah, Aladim coroado e coberto de seda, os dedos repletos de anéis, uma multidão de milhares se curvando a seus pés. E, se já não fosse ruim o bastante, ele estava segurando alguma coisa no colo... uma lâmpada mágica... a lâmpada mágica *verdadeira*...

Maxime estreitou os olhos.

Kyma cruzou os braços.

Aladim se contraiu, balbuciando: *não, não, não, não...*

Então, de repente, os peixes se dispersaram formando uma massa irregular.

Suas escamas voltaram a ficar brancas, apagando todos os vestígios do desejo de Aladim, até voltarem a se movimentar, pintando uma nova cena...

Aladim, um idoso careca e enrugado, preparando o café da manhã e mimando a pessoa que o acompanhava em sua casinha aconchegante. Uma figura de cabelos grisalhos, corcunda, que parecia muito com...

Hefesto.

Aladim tirou a mão da água. Ele virou-se e viu toda sua turma boquiaberta, inclusive Hefesto. Os olhos do garoto estavam cheios d'água ao contemplar o futuro dos dois juntos.

"A alma de um verdadeiro Sempre", Maxime afirmou em tom saudosista, observando os peixes enquanto ainda mantinham a cena. "Que você e Hefesto encontrem o seu Felizes para Sempre."

Aladim abanou os braços.

"Espere um minuto. Esse desejo não faz sentido... esse não pode ser o meu..."

Então ele viu Kyma.

Ela não estava mais olhando para ele com ódio ou desdém.

Pela primeira vez, ela olhava para ele como se ele fosse uma pessoa de verdade. Reavaliando-o por dentro e por fora.

"Que desejo adorável", afirmou uma voz familiar.

Os Sempres se viraram e viram o Diretor da Escola do Bem chegando, usando uma longa túnica azul.

"Os peixes costumam se dispersar no instante em que seu dedo deixa a água, mas até eles querem se agarrar à alma de Aladim", Rhian disse, caminhando lentamente. "Os melhores desejos surpreendem todos nós, incluindo aquele que deseja. Prossiga, Maxime."

O Sempre seguinte foi chamado até a água, mas ninguém prestou atenção. Todos os olhos ainda se alternavam entre Aladim e Hefesto, como se tivessem encontrado um novo patamar para o amor.

Kyma chegou mais perto de Aladim, fazendo uma piada em voz baixa sobre como ele tinha escapado de ser transformado em salamandra para sempre.

Mas Aladim estava observando Rhian, que se afastava. Rhian, que tinha aparecido como um encanto bem na hora que o desejo de Aladim se corrigiu. Enquanto Aladim pensava nisso, o Diretor da Escola do Bem olhou para trás e sorriu para ele, da mesma forma que seu irmão do Mal havia sorrido para ele durante o evento de boas-vindas, antes de tudo dar errado.

11

Da janela do escritório dos Diretores, Rafal viu seu irmão sair da aula dos Sempres. A boca do Diretor da Escola do Mal se retorcia.

Como Rhian era amador. Achando que poderia simplesmente aparecer e trocar o conteúdo da alma de um garoto! Ele não podia apenas admitir que a Pena tinha cometido um erro? Que o garoto era um típico aluno do Mal? Certo, Rhian conseguira fazer aquela garota franzina e metida reconsiderar Aladim, mas quanto tempo isso duraria? Logo o garoto retomaria seu comportamento egoísta e afeito ao furto e Rhian não estaria lá para salvá-lo. Era apenas uma questão de tempo até que Aladim se revelasse do Mal de uma vez por todas.

Então Rhian teria que engolir suas palavras, todas aquelas coisas injustas que ele tinha dito sobre Rafal ser traiçoeiro, negligente e incompetente para o posto de Diretor da Escola. Pelo contrário, Rhian que seria o incompetente, por acreditar que poderia transformar Nuncas em Sempres e que a Pena sagrada estava do seu lado, quando tudo era uma questão de ego e ilusão. *Como você pode servir como Diretor da Escola se acredita que o equilíbrio te favorece?* O Storian tinha cometido um erro nítido com Aladim ao colocar o garoto na escola errada. Tanto ele quanto Rhian sabiam disso. Mas Rhian confiou na Pena e não em seu irmão, e não em *si mesmo*, e agora eles estavam em guerra pela alma de um garoto, os dois se intrometendo em um conto de fadas, e o trabalho deles como Diretores da Escola era não se intrometer nas histórias que deveriam proteger.

Rafal rangeu os dentes.

O que quer que acontecesse de agora em diante seria culpa de Rhian. Ele havia instigado essa história. *Ele* era o vilão.

E, da mesma forma como a Pena vinha humilhando vilões em seus últimos contos, Rhian seria humilhado também. Seria provado que Aladim era do Mal e o discernimento de Rafal seria considerado superior ao de uma Pena.

Seria um fim justo para um conto de fadas, não seria?

O Diretor da Escola do Mal respirou aliviado.

Sem dúvida o Garoto da Lampadinha estaria passando vergonha neste instante.

12

A princípio, Aladim estava quase certo de que o Diretor da Escola havia interferido com seus Peixes do Desejo. Que tinha sido o mago do Bem que havia redirecionado o mais profundo desejo de sua alma das riquezas do sultão para um amor singular e tranquilo. De que havia sido outra feitiçaria, manipulando Aladim da mesma forma que um gênio desonesto havia manipulado Hefesto. Para lhe ensinar uma lição, é claro. A tática de um feiticeiro para obrigá-lo a pensar duas vezes antes de mexer com feitiços de amor.

Mas então veio a aula de Boas Ações, outra aula só para os Sempres, conduzida pela Reitora Mayberry, que apresentou a eles o Desafio do Beijo do Sapo. Todos os Sempres foram vendados e Mayberry transformou metade deles em sapos. Esses sapos foram então jogados em um tanque com sapos *de verdade*, quando os Sempres ainda humanos tiraram as vendas e tiveram que distinguir entre os alunos sapos e os sapos de verdade. Cada humano poderia escolher um, e apenas um, sapo para beijar: quem beijasse um sapo que voltasse a se transformar em um aluno bípede garantiria a aprovação dos dois. Quem beijasse um reles sapo da lagoa seria reprovado.

Aladim e Rufius ficaram no grupo dos humanos; Kyma e Hefesto ficaram no grupo dos sapos.

Era um desafio quase impossível, pois todos os sapos eram idênticos e só sabiam coaxar e saltar. Mas, um por um, eles usaram Boas Ações para causar uma boa impressão – um sapo podia polir suas botas para ganhar um beijo, ou comer uma mosca que estava voando perto do seu nariz, ou fazer uma dancinha para você, como Kyma fez para Rufius – e logo todos os Sempres humanos tinham conseguido beijar os sapos e transformá-los novamente em alunos... à exceção de Aladim, que estava com muito medo de beijar um sapo e ele se transformar em Hefesto, porque beijar Hefesto Sapo seria quase como beijar Hefesto Real.

Outra reprovação.

Quando a aula terminou, ele se arrastou para a porta.

"Fiquei sabendo de seu desejo, Aladim", a Professora Mayberry disse.

Aladim virou-se, ruborizado.

"Aquele não era meu desejo. Os peixes se confundiram."

"Talvez", a Professora Mayberry respondeu, organizando papéis sobre sua mesa cor-de-rosa. "Ou talvez eles tenham sentido seu medo e vasculhado sob ele até encontrar sua verdade."

Aladim ficou abatido.

"Olha só, eu não tenho interesse em Hefesto..."

"Porque sua definição de amor é pequena e distorcida", a Reitora do Bem disse, olhando para ele. "Você enxerga o amor como os Nuncas, nada além de beijos e flores e coisas superficiais. Você provavelmente achou que o desafio de hoje tinha a ver com o beijo em si, e por isso ficou com medo de beijar. Mas um Sempre de verdade sabe que amor tem a ver com *conexão*. Tem a ver com ter um campeão, um companheiro de equipe, um porta-estandarte que enxerga quem você é de verdade por baixo da pele de sapo. Esse tipo de amor é maior do que o romance que você procura com uma garota. Como amor da família. O amor da comunidade. O amor de um amigo. E não é impossível que um dia você e Hefesto se tornem tão bons amigos, irmãos em armas, que no fim da vida cuidem um do outro. Que contem com a companhia um do outro. Você não poderia estar vendo isso em seu desejo? O desejo de algo mais duradouro do que uma bela princesa? O desejo de ser menos solitário?"

Aladim olhou para ela e uma calma tomou conta de seu coração.

"Peixes do Desejo são mais poderosos do que você pensa", a Professora Mayberry disse. "A sinceridade de seu desejo talvez tenha sido o único motivo de nem eu e nem os outros professores não termos transformado *você* em sapo."

Nos dias que se seguiram, Aladim pensou com cuidado nas palavras da reitora. A verdade é que ele nunca tinha tido um amigo de verdade. Em Shazabah, estava tão obcecado em conquistar fortuna e sair da opressão de sua casa que nunca se preocupou em encontrar aliados. Ele sempre presumiu que passaria a vida sozinho. Mesmo no que se referia ao amor, ele achava que teria que enganar uma garota para que o escolhesse. A ideia de conquistar o coração de alguém sem trapacear nunca lhe pareceu possível. Será que ele se subestimava tanto assim? E subestimava os outros tanto assim?

Talvez por isso estivesse tão constrangido com o amor de Hefesto por ele, enquanto todos os outros Sempres estavam tirando de letra. Porque, lá no fundo, Aladim sabia que tinha trapaceado para conquistar esse amor. Teria sido diferente se o gênio tivesse concedido seu desejo quando pediu o amor de Kyma? Ou Aladim teria se sentido humilhado por ele também, sabendo que era uma farsa desde o início? Se amor é conexão, como disse a reitora, de que adianta se não for real?

No fundo, sua alma ansiava por mais. Um vínculo, uma amizade que fosse sincera e verdadeira. A segurança de ser ele mesmo com alguém, mesmo que fosse um garoto que ele ludibriou.

Nesse caso...aqueles Peixes do Desejo podiam estar *certos*?

Mas ainda havia o problema de Hefesto. Um garoto que tinha sido tomado por um feitiço. Um garoto que Aladim tinha tratado mal. Como Aladim se sentiria se *ele* tivesse sido enfeitiçado como Hefesto? Se não pudesse escolher quem amar?

Aladim corou de vergonha.

Depois afastou os pensamentos.

Bastava de se sentir mal consigo mesmo.

Ainda faltava um mês para o Baile da Neve.

Era hora de conhecer o garoto que o acompanharia.

"De que coisas o Hefesto gosta?", ele perguntou, surgindo diante de Kyma durante o café da manhã.

Ela cuspiu o bolinho de mirtilo.

"O quê?"

"Você sabe... coisas que deixam ele feliz", Aladim disse, comendo algumas uvas do prato dela.

Kyma ajeitou o rabo de cavalo.

"Olha, se você for pregar outra peça nele..."

"Eu já o vi chutando uma bola por aí. E às vezes pratica arco e flecha. Então sei que ele gosta de esportes", Aladim pressionou. "Mais alguma coisa?"

Kyma ficou olhando para ele, desarmada por aquela franqueza.

"Hum... Eu sinceramente não conheço ele tão bem. Pelo menos não nesse sentido... Acho que ele gosta de sanduíche de queijo, porque come um monte deles depois de nadar. E ele joga pôquer muito bem..."

"Obrigado!", Aladim respondeu e saiu às pressas.

Kyma o observou, desnorteada.

Aquela noite, quando Kyma se preparava para dormir, ouviu movimento no corredor e vozes abafadas.

Ela espiou do lado de fora, acompanhando os sons... e viu Hefesto e Aladim, no meio da escadaria entre os andares, jogando pôquer. Hefesto pegou um sanduíche de queijo do alto de uma pilha e deu uma mordida.

"Esses sanduíches estão ótimos", Hefesto disse com a boca cheia. "Melhores do que os que costumo comer."

"Eu subornei uma panela encantada na cozinha para preparar os sanduíches", disse Aladim, pegando mais uma carta.

"Como se suborna uma panela encantada?"

"É só você limpar o fogão engordurado onde ela fica. Imaginei que devia ser como dormir em uma cama úmida e fedorenta."

"Ouvi dizer que os Nuncas dormem em camas úmidas", Hefesto disse. "Para irem aprendendo a sofrer e coisas do tipo."

"Quer sofrer? Tente crescer em uma casa em que seus pais te obrigam a ser alfaiate. Em nem *gosto* de roupas. Nem usaria se não fosse obrigado."

"Isso é porque você vem de um reino de deserto, onde o clima é superquente. Eu sou das montanhas, onde dois casacos de pele são pouco."

"E você não pode simplesmente... se mudar?", Aladim perguntou.

Hefesto franziu a testa.

"Lá é onde minha família está. É o nosso lar."

"Bem, se eu fosse você, me mudaria com toda a família para a Praia Bahim."

Hefesto riu.

"Você está parecendo o meu irmão."

"Achei que você tivesse dito que ele era o irmão do Bem", Aladim comentou.

Hefesto suspirou.

"Ele queria tanto ser um Sempre."

"Existe uma diferença entre querer ser do Bem e ser do Bem", Aladim afirmou. "Deve ser por isso que você está aqui e ele não."

"Você é melhor do que nós dois", Hefesto disse, baixando as cartas e mostrando um *straight flush*. "Está disposto a ir ao Baile da Neve comigo, mesmo querendo ir com a Princesa Kyma."

Aladim riu.

"Você só quer ir ao Baile da Neve comigo porque não está bem da cabeça."

"Minha cabeça vai muito bem, obrigado."

Aladim riu de novo, embaralhando as cartas.

"Kyma nunca iria ao Baile comigo."

"Por que não?"

"Porque ela enxerga quem eu sou de verdade. Um tonto egoísta", Aladim disse. "Você enxerga alguém que vale a pena conhecer. O tipo de cara que eu *gostaria* de ser. É bem diferente."

Ele olhou para o colega. Mas agora não havia nenhum romance grudento, motivado pelo feitiço, nos olhos de Hefesto. Era como se a maldição tivesse desaparecido e eles estivessem juntos, dois garotos vendo um ao outro pela primeira vez, percebendo que antes haviam se enganado. Aladim ficou inquieto, sentindo-se exposto, vulnerável, como se não estivesse mais na presença do Hefesto possuído, e sim do verdadeiro, e eles estivessem desfrutando da companhia um do outro por escolha, e não por magia. E aquela sensação não o assustava. Era acolhedora, agradável.

"Mais uma partida?", Aladim sugeriu.

"Posso ganhar de você a noite toda", Hefesto se vangloriou.

As cartas foram distribuídas mais uma vez.

Atrás da parede, Kyma sorriu e voltou para o quarto na ponta dos pés.

Talvez ela também tivesse se enganado.

Seus olhos escolhendo Hefesto, quando seu coração rapidamente havia se aproximado de outro.

Ela dormiu com um curioso sorriso no rosto...

Na manhã seguinte, uma tempestade acordou os alunos do Bem com um ataque violento de raios e trovões.

A chuva batia nas janelas, até que missivas chegaram voando com o vento, chocando-se contra todos os vidros, éditos em pergaminhos adornados com espinhos. Uma ordem do Diretor da Escola.

O Baile da Neve.

Ele tinha sido antecipado.

Para *aquela noite*.

13

Rhian irrompeu na sala, semivestido.

"Você não pode simplesmente antecipar o Baile!"

"Tarde demais", Rafal respondeu, vendo o Storian pintar seu irmão com o rosto vermelho e pingando suor. "Qual é o problema? Meus Nuncas estão prontos. Seus alunos são tão despreparados e frágeis que não podem enfrentar o desafio de uma *festa*?"

O Diretor da Escola do Bem soltou o verbo:

"Não seja ridículo, Rafal. O Baile da Neve sempre foi no mesmo dia, todos os anos, e os Sempres precisam de tempo para os pedidos, para os ensaios… Eles mal iniciaram as aulas! Ainda mal se conhecem! Além disso, seus Nuncas nem vão ao Baile da Neve. Eles só pregam peças, agem feito valentões e ficam perturbando. Nem deveriam ser convidados!"

"Bem, eles são convidados porque fazem parte dessa escola, assim como *eu*, por mais que você odeie admitir", Rafal respondeu, "e eu decidi que a data precisava ser alterada, e você estava ocupado demais nadando no lago…"

"Eu *sempre* nado a esta hora…"

"…e eu não quis esperar, então emiti um édito como fazem os Diretores da Escola. Porque ainda sou Diretor da Escola, não sou?"

Rhian respirou fundo.

"Você só está fazendo isso porque Aladim fez aquela garota olhar para ele com outros olhos, e com mais tempo ele vai conquistar o amor dela e quebrar o feitiço. O que significa que você sabe que o conto da Pena termina com o Bem vencendo e você ficando com cara de bobo, independentemente de suas tentativas idiotas de atrapalhar."

"E você também não atrapalhou? Você não interferiu tanto quanto eu?", Rafal provocou, botando lenha na fogueira. "Além do mais, como você disse, os Sempres *vivem* para os bailes. Então por que adiar? Não vejo motivos para esperar. Vamos nos entregar ao espírito do amor. É isso que você quer, não é? Que o Mal seja mais como o Bem. Que eu seja mais como *você*."

"Basta. Isso nunca teve a ver com o garoto nem com o Baile. Tem a ver com você tentando provar que sabe mais que a Pena e agora está aprendendo sua lição." Rhian o encarou, vestindo uma camisa. "Vou cancelar esse Baile." Ele virou-se para a porta.

Sons ecoavam atrás dela, gritos e berros e um estrondo de vozes.

Os dois irmãos se olharam... e então saíram correndo da sala.

Da escadaria, viram garotas e garotos Sempres apressados pelos corredores, braços cheios de tule, seda e cetim, trombando uns nos outros como galinhas sem cabeça, bradando em coro:

"O Baile! O Baile!"

Rafal lançou um sorriso irônico para o irmão gêmeo.

"Como eu disse... tarde demais."

14

Com algumas horas para se prepararem para o Baile da Neve em vez de semanas e meses, houve perdas.

As roupas, por exemplo. Não dá tempo de encomendar trajes das costureiras habituais; garotos e garotas precisam se virar com o que têm, em muitos casos algo muito distante do que a Professora Mayberry considera aceitável. ("É um terno!", Rufius insiste; "É um pijama!", Mayberry grita). A formação de pares também fica comprometida. Os garotos não conseguem as meninas que seriam sua primeira opção, já que elas entram em pânico e aceitam o pedido de qualquer ser vivo do sexo masculino por medo de não receberem nenhum outro convite. Os mais franzinos aproveitam esse pânico para conseguir garotas que normalmente os rejeitariam, o que deixa os garotos mais desejáveis nervosos, já que suas escolhidas não estão mais disponíveis, então, por sua vez, eles se antecipam e convidam qualquer menina que estiver passando. O resultado é que ninguém está feliz com seu par nem com suas roupas nem com as roupas de seu par, por isso o desfile dos casais pelo salão, normalmente uma ocasião alegre e emocionante, iniciada com uma sinfonia de grilos, agora tem o clima de uma ida em grupo ao dentista.

Mas então as portas se abrem e o Baile é revelado, uma Brinquedolândia colorida, com soldadinhos de chumbo gigantes, ursos de pelúcia dançantes e um trem de Natal iluminado sobre trilhos, enquanto neve mágica cai e se transforma em purpurina sobre a pista de dança e as paredes cintilam com gelo azul fosco. Dizem que o Diretor da Escola do Bem foi responsável pela decoração, que revigora os humores e serve de lembrete aos Sempres de que têm sorte de estarem em uma escola onde heróis se formam, e é seu dever como porta-estandartes do Bem não só tirar o melhor proveito de qualquer ocasião, como ser grato por ela. Seu laço é cristalizado quando os alunos do Mal irrompem para o trote tradicional, mas desta vez ele é fraco – bolinhas de gude jogadas na pista de dança, rapidamente varridas por algumas vassouras encantadas –, e logo depois os Nuncas vão embora, deixando nítido que tiveram seus planos apressados da mesma forma que os Sempres.

54

Quanto a Aladim e Hefesto, alguém deve estar se perguntando por que não houve menção a eles, o casal mais importante desta história, contudo, ainda não há nada a dizer, pois eles estão atrasados.

"Minha calça está caindo!", Aladim resmungou, puxando a calça na cintura e correndo atrás de seu par. "Correção. *Sua* calça!"

"Como você pôde vir para a escola sem trazer roupas apropriadas?", Hefesto perguntou enquanto corria na frente usando um gibão verde-esmeralda e uma calça justa.

"Eu fui sequestrado! Nem era para eu vir para esta escola!", Aladim retrucou, ajeitando o colete vermelho emprestado. "Isso é ridículo. Por que estamos indo a esse Baile idiota? Deixe os outros com aquela porcaria de Baile enquanto ficamos com o resto da escola toda para nós!"

"Agora você falou como um verdadeiro Nunca", Hefesto o provocou. "Anda logo!"

"Ah, o que é isso, Hef. Por que não vamos para a sala de jantar? Posso pedir para as panelas prepararem peixe com batata frita…"

"Se não chegarmos lá antes da primeira dança, eles vão transformar *a gente* em peixe com batata frita!", Hefesto exclamou, indo ainda mais rápido.

Aladim arregalou os olhos.

"Primeira *dança?*"

Hefesto virou em um corredor, escorregando até o salão enquanto Aladim o alcançava e, juntos, os garotos abriram as portas…

Pares passavam deslizando ao som de uma valsa, Sempres girando e rodopiando em cores invernais, como botões de rosas natalinas.

Era o pior pesadelo de Aladim, piorado pelo olhar extasiado de Hefesto ao observar os casais dançando. Aladim pegou no braço dele e o arrastou para uma mesa de banquete no canto, repleta de biscoitos açucarados coloridos e jarras de leite aromatizado.

"Kyma se deu bem", Hefesto comentou, ainda com o olhar fixo na dança. "Abram é o quarto na linha de sucessão ao trono de Foxwood."

Aladim olhou para trás e viu Kyma usando um vestido púrpura de mangas curtas e seda drapeada, dançando com um rapaz loiro e robusto.

"Quarto na linha de sucessão?", Aladim murmurou com a boca cheia de biscoito. "Muita gente tem que morrer até chegar a vez dele."

Hefesto olhou feio para ele.

"Pelo menos ele está dançando."

"Dançar é para macacos", Aladim disse, irritado, tomando leite aromatizado com banana.

"Então você está chamando meu irmão de macaco, porque ele costumava me usar como parceiro de dança todas as noites em que ensaiava para isso, achando que seria escolhido para a escola", Hefesto respondeu. "Ah, vamos, Aladim. Só uma música. Não podemos dizer que fomos a um baile se não dançarmos juntos."

"É o feitiço falando", Aladim zombou dele.

"Que feitiço?"

Aladim se preparou mentalmente e olhou nos olhos de Hefesto. Não podia mais mentir.

"Certo… veja só. Lembra daquela lâmpada mágica que estava comigo no dia das boas-vindas? Bem, hum…" Ele respirou fundo. "Eu roubei de volta do Reitor Humburg, invoquei o gênio e desejei que Kyma se apaixonasse por mim. Só que o gênio era amaldiçoado e fez você se apaixonar por mim no lugar dela. Então, tudo o que você sente por mim… não é real." Ele se encolheu em um canto, esperando seu castigo.

Hefesto olhou para ele com curiosidade. Depois deu de ombros.

"É uma história provável."

"É a verdade, seu tonto!"

"E o que eu sinto também é verdade."

Aladim resmungou.

"Hef. Você nem me conhece."

"Eu sei que você morde o lábio quando está tentando blefar no pôquer", Hefesto disse. "Sei que sempre deixa um pedacinho do sanduíche de queijo, mesmo quando vai comer outro. Sei que anda muito na ponta dos pés, então fica engraçado quando corre. Sei que gosta de banana madura demais, chá escuro demais e garotas bem baixinhas, porque quando Kyma não está por perto, você fica olhando para Farina e ela é do tamanho de um elfo. Também sei que não gosta da minha risada, porque se encolhe quando eu gargalho. E sei que gosta de dançar, porque fez uma dancinha na sala comunitária quando eu e os meninos estávamos tocando os tambores. Então, é, eu não te conheço. Conheço?"

Aladim piscou os olhos para ele, os lábios sujos de açúcar. Ele levantou o dedo.

"Eu *não* corro engraçado."

"Não sei dizer se você fica parecendo mais uma bailarina ou um ladrão tentando escapar de um banco."

"Se eu gosto de meninas baixinhas, o que me diz sobre você? Você foi atrás de Kyma primeiro!"

"E agora só tenho olhos para você", Hefesto respondeu.

Aladim se curvou e ficou corado.

"Essas coisas boas que você vê em mim… Quando a maldição for suspensa, você não vai querer saber de mim, muito menos ser meu amigo. Tudo isso", ele disse, apontando para os dois, "vai acabar."

Hefesto parou para refletir por um bom tempo.

"Bem, se você lançou mesmo um feitiço de amor sobre mim, deve ter razão. A primeira coisa que eu faria seria dar um soco na sua linda cara. Então, para o seu bem, é melhor torcer para esse feitiço durar para sempre."

Só restou a Aladim sorrir.

Os grilos iniciaram um rondó vigoroso e, antes que Aladim se desse conta, sentiu seus pés batendo no chão e os ombros se mexendo sem seu consentimento. Hefesto o observou com atenção.

Aladim resmungou:

"Ah, pelo amor de Deus. Está bem. Está bem! Mas só porque você ensaiou..."

Hefesto pegou no braço dele e o arrastou para a pista de dança. Aladim o acompanhou, rodando para fora e girando de volta para dentro, errando metade dos passos.

"Não tenho ideia do que estou fazendo!", Aladim gritou.

"Você está dançando!", Hefesto riu.

"Você tem razão. Eu não gosto da sua risada!", Aladim afirmou.

O que fez Hefesto rir ainda mais.

E logo Aladim também estava tentando, em vão, acompanhar os outros pares saltitando pelo salão. Os grilos tocavam cada vez mais rápido, Hefesto suave e firme, Aladim um tonto vacilante, e quanto mais ele errava, mais ficava radiante, seguro nos braços de seu melhor amigo, e só quando tudo terminou súbito demais, velocidade e empolgação evaporando ao som de flautas, ambos com o rosto suado e resplandecente, ele se deu conta de que todos os outros casais tinham parado para observá-los.

O silêncio ficou denso como a neve cintilante sob seus pés. Todos os Sempres estavam encarando Aladim. E, pela primeira vez, não havia desconfiança nem superioridade, apenas admiração genuína. Como se ele não tivesse apenas provado ser do Bem, e sim um líder digno do lado do Bem.

Kyma saiu do meio da multidão, deixando Abram para trás.

Ela se aproximou de Aladim e estendeu a mão.

"Me daria a honra da próxima dança?", ela perguntou.

Aladim sorriu e olhou para Hefesto.

O par apertou seu braço com companheirismo e abriu caminho.

Os grilos tocavam uma valsa lenta e transcendental, Aladim segurava na cintura de Kyma e a conduzia da melhor maneira possível e os outros pares orbitavam ao redor deles. Kyma não parecia se importar com a falta de ritmo de Aladim ou com os pisões em seus pés e mantinha os olhos escuros fixos nos dele.

"Você me impressiona, Aladim de Shazabah", Kyma disse.

"Por estar dançando com você ou por estar usando a calça de seu namorado?", Aladim perguntou.

"Por estar disposto a admitir que estava errado."

"Eu não podia deixar Hefesto morrer em uma greve de fome."

"Me conte alguma coisa sobre ele que te surpreendeu. Alguma coisa que eu não saiba."

"O guarda-roupa dele é organizado por cores."

"Isso é... surpreendente. Me conte mais alguma coisa."

"Ele trouxe a própria cesta de sabonete, que usa em vez dos produtos da escola. Disse que tem nariz sensível e prefere seus sabonetes."

"E eles têm cheiro de quê?"

"Do sabonete da escola."

Kyma riu.

"Se você tivesse sido você mesmo quando nos conhecemos em vez de tentar aparecer com aquela lâmpada idiota, as coisas teriam sido muito mais honestas."

"Só foi preciso seu verdadeiro amor se apaixonar por mim", Aladim disse.

Kyma olhou para trás para se certificar de que Hefesto não estivesse por perto.

"Ele não é meu verdadeiro amor", ela afirmou. "E não é só isso. Você lidou da melhor forma com uma situação impossível. E está aberto a ver onde uma história pode te levar, diferentemente dos outros garotos daqui. Hefesto estava agindo como meu namorado antes mesmo de nos conhecermos. Como se ficarmos juntos fosse uma verdade absoluta. E Abram já está falando em casamento depois de uma dança, porque a união da princesa de Maidenvale com o príncipe de Foxwood seria uma boa aliança para nossos reinos. O Bem tem mania de presumir como as coisas *deveriam* ser. E é por isso que o Mal nos vence na metade das vezes. Estamos ocupados demais antecipando nosso 'Felizes para sempre' para encontrar finais felizes pelo caminho."

Aladim sorriu.

"Se eu soubesse que terminaria essa história tendo Hefesto como melhor amigo e com você em meus braços, teria feito mais pedidos para aquele gênio de araque."

"Seu desejo se realizou no final?", Kyma perguntou.

"Não posso contar", Aladim afirmou. "É segredo."

Os olhos de Kyma brilharam.

"Bem, então é melhor eu ter certeza."

Ela ficou na ponta dos pés e levou os lábios aos dele...

CRACK! Um raio caiu no salão, a neve agitou-se de repente, formando uma estranha e sombria máscara que olhava com desprezo para o jovem casal. Então ela soprou uma rajada congelante de vento, como o fogo de um dragão, derrubando todos os Sempres no chão.

Quando Aladim se recuperou, ficando de joelhos, atordoado, viu o trem de Natal superaquecido pelo raio e saindo dos trilhos, indo diretamente na direção de...

Kyma.

Mas ela ainda estava no chão, abalada demais para ver o que estava acontecendo.

Aladim se levantou, correndo como louco pelo salão de baile, até que sua princesa se virou e o viu voando para cima dela, tirando-a do caminho.

O trem bateu em Aladim, jogando-o contra a parede, acelerando cada vez mais, encurralando-o, prestes a fazê-lo em pedaços...

Um brilho dourado surgiu no salão e laçou o trem com uma corda, afastando-o do garoto e atirando o veículo desgovernado para o alto. Circundado em dourado, o trem ficou em suspensão sobre os Sempres chocados, foi controlado... e depois desceu com uma força brutal de volta para os trilhos, o Expresso Natal retomando seu passeio alegre e tranquilo, até que a música cessou e ele tombou de lado, como uma criança que já se divertiu demais.

Todos correram até Aladim, que estava sangrando e machucado contra a parede. Kyma abriu caminho em meio à multidão, empurrando as pessoas.

"Aladim!", ela gritou.

Ele abriu os olhos quando ela se aproximou, esboçando um sorriso fraco e dolorido.

Kyma relaxou de alívio.

"Você está bem?"

"Fora ter sido atingido por um trem?", Aladim perguntou.

"Fora isso."

"Um outro beijo até que iria bem."

"O trem não gostou."

"Ele pode me atropelar quantas vezes quiser se isso significar que vou beijar você de novo."

"Está bem, falastrão. Vamos levantar daí."

Pouco a pouco, ela e outros Sempres o ajudaram a levantar e Aladim conseguiu ficar em pé, olhando com adoração para sua princesa.

"Espere", ele disse. "Onde está Hefesto?"

Devagar, todos viraram.

Hefesto estava no meio da pista de dança, com o rosto moreno e esculpido iluminado com uma luz ártica.

"Aladim", ele disse. "Por que você está usando *minhas roupas*?"

Ele ficou olhando fixamente para Kyma ao lado de Aladim.

"E por que você está com a minha *acompanhante*?"

"Como assim? Você é o *meu* acompanhante...", Aladim afirmou.

Mas então viu os olhos de Hefesto.

Duros. Zangados.

Seu melhor amigo tinha desaparecido.

"Ah, não", Aladim disse. "O feitiço. Está..."

Ele não chegou a terminar a frase.

O soco de Hefesto o mandou de volta para o chão.

15

No escritório dos Diretores da Escola, um brilho dourado entrou e tocou o chão, voltando a se transformar em seu criador.

Rhian gritou:

"Tentando matar meus alunos quando eles te vencem em seu próprio jogo? Isso é de uma baixeza extrema, até mesmo para você. Essa coisa de reivindicar a alma desse garoto acabou corrompendo a sua."

O irmão não respondeu.

A sala estava em silêncio. Até o Storian tinha parado de trabalhar.

Rhian ficou mais zangado ainda. Ele irrompeu na direção do quarto de dormir.

"Forçar os limites do Mal só fortalece o Bem. Tudo o que você fizer para prejudicar minha escola enfraquece a sua. Não foi esse o pacto que fizemos quando assumimos o cargo de Diretores da Escola. Nosso laço é maior que amargura e rivalidade e a busca por algo que vá além do equilíbrio. Porque no final o que importa é o equilíbrio, Rafal. O equilíbrio preservado por nossa escola. Por nosso amor de irmãos. Desejar mais do que isso é dar margem para a nossa ruína..."

Ele abriu a porta.

Não havia ninguém dentro. Fumaça subia de velas apagadas.

Atrás dele, o Storian arranhava o papel novamente.

Rhian se aproximou da Pena, vendo-a fazer um desenho... dele.

O Diretor da Escola do Bem olhava dentro de seus próprios olhos enquanto a Pena escrevia as duas últimas linhas, finalizando a história.

Durante cem anos, dois irmãos comandaram como um só.
Mas agora um só comandaria por dois.

Rhian olhou para o quarto vazio.

"Rafal?", ele sussurrou.

Porém, havia apenas o vento entrando pela janela e a pungência do frio congelante.

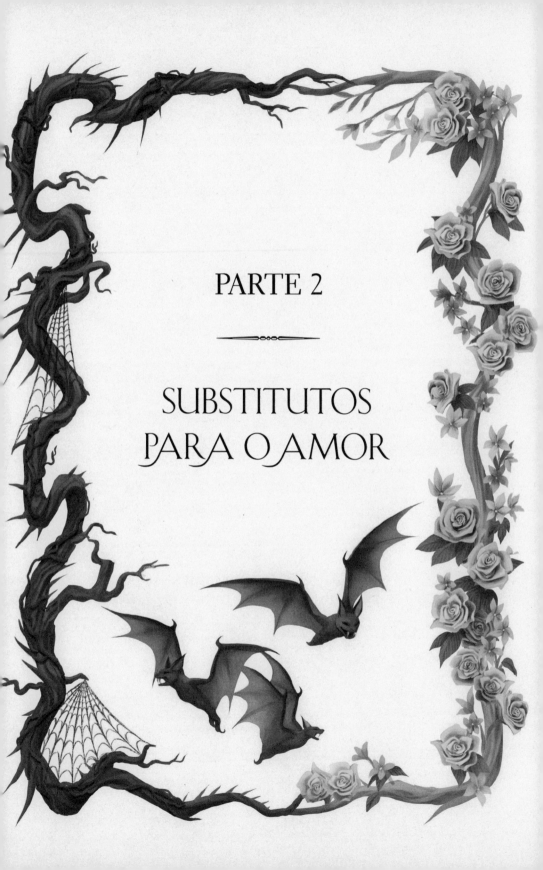

PARTE 2

SUBSTITUTOS PARA O AMOR

PARTE 2

SUBSTITUTOS
PARA O AMOR

1

"Mais alto!", Rhian gritou do chão.

Parecia que os lobos podiam derrubar os tijolos na cabeça dele. De cima do andaime, eles olhavam para baixo enquanto suspendiam montes de vidros em polias a uma altura tão grande que pareciam desaparecer no sol. Os lobos esticaram o pescoço sobre a beirada, fuzilando Rhian com os olhos.

"Bem mais alto!", o Diretor da Escola do Bem disse.

Ele foi embora antes que eles pudessem reagir.

Quando ele contratou os lobos para ajudarem a construir a nova escola, disse que seriam apenas pequenas melhorias – uma forma de reformar a escola enquanto seu irmão estava fora. Mas a cada dia que passava sem sinal do retorno de Rafal, Rhian se via aumentando os planos para o castelo, querendo ampliá-lo e deixá-lo mais grandioso, pressionando os lobos a trabalhar mais duro e mais rápido, como se a construção de uma nova escola tivesse se transformado em um ato de vingança contra seu irmão gêmeo. Agora a obra estava tão grande que a antiga escola ficava encolhida em suas sombras. Os alunos ainda frequentavam as aulas ali, andando pelos corredores e lançando olhares desconfiados pela janela na direção do novo castelo em construção.

Rhian entrou na antiga mansão, passando na escadaria por Aladim e Kyma, que interromperam a agarração para cumprimentar respeitosamente o Diretor da Escola do Bem com um aceno de cabeça antes de os pombinhos se juntarem a um grupo de Sempres a caminho da sala de aula. Seis meses depois do Baile da Neve e o ladrãozinho e a princesa ainda estavam firmes e fortes, um agradável lembrete de que o Storian escolhia bem suas histórias de amor. Enquanto isso, um grupo de Nuncas lançava olhares céticos a Rhian, os mesmos que vinha recebendo dos alunos do Mal havia seis meses, como se *ele* fosse o responsável pelo sumiço do Diretor da Escola do Mal.

Rhian subiu para o escritório que pertencia a ele e a Rafal. Fechou a porta e encostou-se nela, soltando um suspiro alto.

Para dizer a verdade, Rhian estava tão confuso com a ausência de seu irmão quanto os Nuncas.

A princípio, Rhian não se preocupou com Rafal, deixando-o ficar aborrecido depois do Baile da Neve, como uma criança fazendo birra, imaginando que ele voltaria assim que a questão de Aladim passasse e seu ego ferido sarasse. Eles já tinham brigado antes, é claro, indo cada um para um lado para lamber suas feridas, mas os deveres de conduzir a escola e proteger o Storian os traziam de volta em um ou dois dias. Eles se amavam e esse laço de amor superava tudo. Era por isso que a Pena os havia escolhido como Diretores da Escola – a lealdade de um ao outro era maior que a lealdade a um dos lados, independentemente do que surgisse entre eles.

Contudo, semanas se passaram, depois um mês, e Rhian começou a ter a sensação de que não se tratava de uma discussão comum. Ele havia dito ao corpo docente e aos alunos que Rafal tinha partido em uma expedição para encontrar almas, caçando Nuncas excepcionalmente jovens para uma turma futura devido à sequência de vitórias do Bem e à necessidade de contrabalancear. Parecia uma explicação plausível. Rhian, porém, sabia a verdade. Na história de Aladim, o Storian havia constrangido seu irmão gêmeo para que todos pudessem ler, tomando partido de um dos irmãos, coisa que nunca tinha feito antes.

Rafal era capaz de lidar com muitas coisas.

Menos com a humilhação.

O orgulho era seu ponto fraco.

E agora um espinho na rosa do amor dos dois.

O que significava que Rhian teria que engolir o próprio orgulho para reconquistá-lo.

Então ele escreveu para líderes de reinos, Sempre e Nunca, perguntando se tinham notícias da chegada de Rafal em seus territórios, mas ninguém sabia de nada. Depois contratou uma brigada de fadas de Gillikin para fazer buscas em florestas e colinas ao norte da escola, sem sucesso. Até chegou a visitar uma bruxa nas Montanhas Murmurantes, que tinha uma bola de cristal onividente, porém Rafal permanecia evasivo, como se tivesse evaporado.

Rhian ficou esperando a bomba explodir: alguma exigência arrogante ou plano de vingança que Rafal tramaria contra o irmão ou contra a Pena...

Mas nada aconteceu.

Então Rhian ficou zangado. *Que fedelho mimado e grosseiro*, ele pensou. Larga o irmão sozinho, abandona seus alunos, deixa o Mal na mão e o Bem tem que dar um jeito em tudo... O coração de Rhian ficou tempestuoso. Sua outra metade, sempre tão previsível, praticamente uma parte dele, agora parecia um estranho. Ele não conseguia dormir, despertando por surtos de medo, o peito apertado e o coração descompassado...

Mas talvez fosse melhor assim, Rhian tentava convencer a si mesmo à medida que mais semanas se passavam. Rafal acabaria voltando. Senão o Storian teria punido os irmãos – privado os dois da imortalidade ou convocado um novo Diretor da Escola para tomar o lugar deles. O amor entre eles ainda estava intacto. O equilíbrio ileso. Nesse meio-tempo, Rhian cuidaria das duas escolas sem as brigas e provocações de sempre. Talvez até promovesse um novo clima de paz. Ele não *interferiria* no Mal, é claro, mas durante sua gestão os Nuncas poderiam se tornar versões melhores de si mesmos. *O Mal Esclarecido*, Rhian pensou. E isso não obrigaria seus Sempres a elevarem o nível? Dois lados fortalecendo um ao outro, ambos sob seu domínio.

Respeito. Progresso. Equilíbrio.

Nas mãos de um Diretor da Escola, e não de dois.

Rhian sorriu diante daquela ideia enquanto olhava pela janela do escritório para o novo castelo em construção, um castelo que ele disse a si mesmo que estava construindo por bons motivos... um recomeço... um passo para o futuro...

Mas lentamente o sorriso do Diretor da Escola do Bem desapareceu e o aperto em seu peito voltou.

Todos os pensamentos do mundo não eram capazes de extinguir uma sensação.

A sensação de que sem seu irmão do Mal ele estava incompleto.

De que sem Rafal, nele mesmo não havia equilíbrio.

2

Naquele momento, um rapaz pálido e magro chamado James Hook estava assistindo a uma aula em uma escola chamada Blackpool, em uma terra tão, tão distante.

A matéria da aula do dia era Duelo, e Hook não concordou com o resultado.

"Isso está errado! Ele não pode ser considerado vencedor", ele insistiu, limpando um ferimento leve no braço. Dava para sentir os outros alunos espiando por sobre seu ombro, tentando ver de relance seu estranho sangue azul, marca registrada da família Hook. "Ele já tinha se rendido quando o encurralei com minha espada." James encarou o sorridente garoto com cara de fuinha atrás dele. "Existem regras para o Bem e para o Mal. Ele não pode me acertar após o fim do duelo e dizer que venceu, como se fosse um vândalo delinquente qualquer."

"Quem cê tá chamando de vândalo?", o Cara de Fuinha gritou, balançando a espada de treino sem ponta. "Aqui não é nenhuma Escola do Bem e do Mal! Nóis somos piratas, seu patife afrescalhado! Não tem lei nenhuma aqui!"

"Mas deveria ter", Hook murmurou, jogando o cabelo preto e ondulado para trás. "Como falar frases inteligíveis, tomar banho uma vez por semana e ter mais de quatro dentes na boca."

Todos os garotos da classe se olharam, encardidos, desdentados e completamente incapazes de ter pensamentos refinados.

"Daí só ia tê você aqui!", um garoto careca berrou.

"Exatamente", Hook afirmou.

"Uuu! Uuu!", os garotos vaiaram.

"James tem razão", disse uma voz na frente da sala.

O Diretor da Blackpool – ou o Capitão Pirata, como os rapazes o chamavam – colocou os pés em cima da mesa e encarou a turma de vinte jovens. Ele levantou a aba do chapéu preto e largo, revelando um belo rapaz moreno de cerca de 18 anos, com cachos castanhos desgrenhados, olhos verdes penetrantes e músculos que esticavam o tecido das mangas de sua camisa.

"A Blackpool forma os melhores piratas da Floresta, rebeldes da terra e do mar, combatentes dos poderes milenares que concentram riqueza e oportunidades em si mesmos", o Capitão Pirata afirmou. "Mas não podemos ignorar totalmente as regras do Bem e do Mal. Porque se operarmos sem *nenhuma* regra, seremos vistos como pragas e pessoas medíocres, do mesmo nível dos Predadores Noturnos, que bebem o sangue de jovens marinheiros que cruzam seu caminho. Existe uma linha tênue entre desafiar o poder e a selvageria."

"Cê tá dizendo que eu não devia tê furado ele?", o Cara de Fuinha perguntou.

"Estou dizendo que James está certo de esperar mais de vocês", o Capitão Pirata respondeu. "Mas, por outro lado, se esse fosse um duelo de verdade, ele estaria *morto*."

O Cara de Fuinha se aproximou de um amigo.

"Eu venci ou não venci, afinal? O Capitão tá falando difícil de novo."

James olhou nos olhos do Capitão Pirata e rapidamente desviou o olhar. O Capitão o deixou nervoso, o que era estranho, pois ninguém deixava James Hook nervoso. Ele tinha boa educação e vinha de uma família rica, o que fazia James pensar em si mesmo como uma pessoa nobre e do Bem, dono da razão em todas as coisas, certamente mais do que os rufiões daquela escola. Era por isso que os garotos dali o odiavam, na opinião de James. Porque tinham inveja de sua coragem, de sua linhagem e de sua inteligência, como o Mal tinha do Bem, como os vilões tinham dos heróis. Por sua vez, o Capitão Pirata era inteligente, esperto e vinha de boa família também... e os garotos o *amavam*. Aquilo fez Hook parar para pensar. Havia rumores de que o Capitão não era nada jovem e vivia à base de um elixir de sangue e ouro que o impedia de envelhecer. Mas James não estava convencido. Não... não era isso. Era apenas que alguns garotos nasciam para ser capitães, enquanto outros nasciam para ser subordinados. O problema dessa escola é que os peões achavam que eram capitães.

Quando a aula terminou, o Capitão Pirata acompanhou James.

"O navio de sua família, o Jolly Roger, vem de longa data", disse o Capitão. Os garotos acenavam respeitosamente para ele com a cabeça enquanto olhavam feio para James. "Todos os Hook frequentaram a Blackpool, onde recrutaram uma tripulação leal para velejar até a Terra do Nunca depois da formatura e combater o Pan. E todo Diretor da Blackpool sonha em ser professor do Hook que o derrotar. Inclusive eu. Imagino que você deseje *ser* esse Hook."

"Sim, senhor", James respondeu. "Ninguém da minha família conseguiu matar o Pan e tomar a Terra do Nunca. Meu pai morreu nas mãos de um *menino*. E agora surgiu um novo Pan, mais perverso e arrogante do que antes. E é por isso, com todo o respeito, que você deve afastar os rapazes da desonestidade e os levar para o caminho da retidão e da disciplina, para que eu tenha a melhor tripulação para enfrentar Pan…"

"O que faz você pensar que eles vão querer estar em sua tripulação?", o Capitão perguntou.

James ficou olhando para ele.

"Por acharem que você é presunçoso, arrogante e autocentrado, tenho quase certeza de que serviriam a qualquer capitão, *menos* a você. O que me faz refletir sobre seu futuro como pirata", o líder da Blackpool disse, chegando à sua sala. "Ou se você pertence a uma escola totalmente diferente."

"Como a Escola do Bem?", James zombou. "Não, obrigado. Tenho ambições maiores do que frequentar aquele lugar sem graça…"

O Capitão abriu a porta e a voz de James falhou.

Alguém estava sentado atrás da mesa do Capitão Pirata.

Um garoto de pele branca como leite, cabelos lisos espetados e um terno azul e dourado.

Ele olhou para Hook com os olhos semicerrados, depois sorriu para o Capitão Pirata.

"Dá para entender por que ninguém gosta dele", Rafal disse.

3

Enquanto isso, na Escola do Mal, Rhian tinha uma vidente tratante nas mãos.

A poeira finalmente havia baixado entre os Sempres depois do episódio da lâmpada mágica. Hefesto havia aceitado a contragosto o fato de Kyma e Aladim estarem juntos, mas apenas porque havia se interessado por irmãs gêmeas de Runyon Mills. Só que agora os Nuncas estavam em polvorosa porque uma garota chamada Marialena dizia ser vidente.

"Quem é o próximo?", perguntou uma garota baixinha e desgrenhada, de cabelos escuros e úmidos, óculos enormes e olhos castanhos distraídos, sentada de pernas cruzadas no sofá da antiga sala comunitária, um dos últimos espaços em que os alunos podiam se reunir, já que as outras salas já tinham sido desmontadas para a mudança para o novo castelo. "Quem quer saber seu destino?"

"Eu! Eu! É minha vez, Marialena! O Storian vai contar minha história?", questionou um garoto tatuado que estava no meio dos alunos do Mal.

"Pague a taxa, por favor", Marialena disse, apontando para uma cesta.

O garoto mancou até lá e depositou uma moeda de prata.

"E então? Eu vou ser famoso?"

Marialena juntou o polegar e o dedo médio e fechou os olhos. Depois os abriu.

"Não, você vai morrer antes de completar 18 anos. Próximo!"

O garoto piscou.

"Como eu vou morrer?"

"Esse valor só dá direito a uma pergunta", Marialena disse.

"Marialena, vou matar um príncipe como minha mãe fez?", gritou uma garota magra e careca, jogando uma moeda na cesta.

"Você vai penar trabalhando como criada até sucumbir à malária", Marialena respondeu.

"E eu? O que você vê para mim?", perguntou outro garoto, balançando sua moeda de prata.

"Você vai ser morto por alguém que está nesta sala", Marialena proclamou.

"Quem?", o menino questionou, em choque.

"Você vai ter que pagar de novo", Marialena afirmou.

O menino entregou mais uma moeda.

"E?"

Marialena fechou os olhos. Voltou a abri-los.

"Poderia ser qualquer um. Sinto uma mancha de culpa na alma de todos aqui."

O garoto sacudiu o punho cerrado no ar.

"Se algum desses idiotas me matar, eu mato ele primeiro!"

"Por que você não tenta?", provocou uma menina.

"Por que não matamos ele agora e poupamos trabalho no futuro?", gritou outro Nunca.

Então veio o coro pelo qual o Mal esperava toda sexta-feira à noite:

"Briga! Briga! Briga!"

Alguém jogou uma moeda, depois um sapato e então um sofá. E todos os que estavam na sala iniciaram uma briga que destruiu duas paredes e mandou oito Nuncas para a enfermaria. Foi assim que Marialena foi parar no escritório dos Diretores da Escola, defendendo seus poderes de vidente.

"O Reitor Humburg disse que essa confusão começou porque você alegou ser adivinha", Rhian afirmou, sentado à sua mesa.

"Todos em minha família são videntes", Marialena explicou, observando o cômodo enquanto grupos de lobos carregavam estantes repletas dos contos do Storian. "Por que vamos nos mudar para um novo castelo?"

"Porque eu mandei", Rhian afirmou, ajeitando a túnica azul. "Agora, quanto ao seu comportamento…"

"Acho que seu irmão não vai ficar feliz se você construir uma escola nova sem a permissão dele", a menina disse.

Rhian olhou para ela e perguntou em tom sarcástico:

"É isso que você vê com seus incríveis poderes?"

"Não, é só um palpite."

"Já tive que lidar com muito mau comportamento, mas fingir ver o futuro é novidade, tenho que admitir. Devo lembrar você de que, pela lei divina, videntes *de verdade* não podem responder perguntas sobre o destino das pessoas", Rhian disse. "Se você fosse vidente de verdade, envelheceria dez anos a cada resposta, como punição."

"Se eu dissesse a *verdade*", Marialena acrescentou.

O Diretor da Escola do Bem recostou-se na cadeira.

"Ah. Então você diz ser uma em um milhão com o dom de prever o futuro, porém, em vez de usar esse dom para uma boa causa, devo acreditar que mente sobre o destino de seus colegas de turma em troca de… trocados?"

"Por que acha que estou na escola do Mal e não na sua?", Marialena ironizou.

Rhian a encarou.

"*As duas* são minhas escolas agora."

Marialena olhou nos olhos dele, nem um pouco intimidada.

Rhian suspirou.

"Ouça, estamos aqui para falar de suas mentiras…" Ele virou de repente para os lobos, que estavam prestes a retirar o Storian. "Não! Isso, não…"

A Pena brilhou em vermelho e mirou no olho de um lobo, até que eles se afastaram, erguendo as patas. Quando estavam a uma distância segura, o Storian retomou seu trabalho.

"Tem certeza de que não precisa de outro Diretor para te ajudar? Um substituto para o seu irmão?", Marialena perguntou a Rhian com um sorrisinho irônico. "Parece que está se irritando por qualquer coisa."

Rhian conteve a raiva crescente. A garota tinha acabado de insultá-lo três vezes em uma só tacada: dando a entender que ele precisava de ajuda, insinuando que era emotivo demais e sugerindo que seu irmão gêmeo poderia ser substituído. Quando Sempres eram mandados para seu escritório por indisciplina, normalmente era por terem duelado pela mão de uma menina ou por estarem se beijando no banheiro após o toque de recolher. Alguns dias lavando louça ou limpando banheiro resolviam o problema. Agora ele se questionava se não estaria despreparado para lidar com os Nuncas, porque seu primeiro instinto era atirar a garota pela janela.

Talvez ele fosse mais parecido com Rafal do que pensava.

"Está vendo o Storian ali?", ele disse, obrigando-se a usar um tom moderado. "Vou te contar sobre a nova história que ele está escrevendo. A história de um jovem e arrogante pirata chamado Hook, da Blackpool, que, como você, não considera os colegas de turma muito inteligentes. E, a julgar pela antipatia de vocês dois, suspeito que a sequência de perdas do Mal vai ter continuidade tanto dentro quanto fora da página."

"Quanto mais o Mal perde, mais ansiosos os Nuncas ficam a respeito do futuro, o que significa mais dinheiro para mim", disse a garota, levantando-se. "Posso ir?"

"Sente-se. Ainda não decidi qual vai ser o seu castigo", Rhian disse.

"Fique à vontade para me chamar de volta quando decidir", Marialena avisou enquanto ia saindo. "Acho mesmo que deveria considerar um substituto para o seu irmão. Pelo que vejo, ele já está prestes a te substituir."

Rhian se levantou, cerrando os dentes.

"Mais mentiras…"

Marialena se virou, já na porta.

"Cuidado ao chamar um vidente de mentiroso. Minha família tem mais poder do que você imagina."

Rhian olhou para ela com frieza.

"Essa família de que fala. Qual é o sobrenome?"

"Sader", a garota respondeu.

"Nunca ouvi falar", Rhian retrucou.

Marialena sorriu calmamente.

"Você vai ouvir."

Então ela passou pelos lobos e saiu.

4

"Quem é você?", Hook perguntou, vendo o garoto de cabelos branquíssimos sentado à mesa do Capitão Pirata.

"Este é Rafal, Diretor da Escola do Mal", o Capitão Pirata respondeu. "Ele tem uma proposta para discutir com você em particular."

Hook virou para o Capitão Pirata, mas o Diretor da Blackpool já estava com um sorriso atrevido no rosto, acenando com o chapéu para Rafal e saindo da sala sem nem olhar para James. A porta se fechou.

Rafal analisou Hook dos pés à cabeça.

"Ouvi dizer que Pan é alto e bem robusto para um garoto de 12 anos. Não tenho certeza se você daria conta."

"Ele é arrogante, vaidoso, impetuoso e a lealdade a ele entre os Garotos Perdidos é mais fraca do que ele pensa", James afirmou. "Acho que não vou ter problemas."

"Tenho certeza de que todos os seus antepassados disseram a mesma coisa e agora estão mortos", Rafal respondeu. "Cada Pan tem cem anos na Terra, paralisados no primor da juventude, enquanto cada Hook morre por volta dos 20 anos, humilhado por uma criança. Seu Diretor almeja um Hook que quebre essa maldição e tome a Terra do Nunca para os piratas. Seria o apogeu do Capitão Pirata... Mas não acho que esse Hook seja você."

James tentou pensar em uma réplica, mas apenas ficou ali parado e tenso.

Rafal se levantou e se aproximou dele.

"Estenda a mão."

James estendeu.

O dedo de Rafal brilhou e ele o passou como uma faca ao longo da palma de Hook, fazendo escorrer um filete de sangue grosso e azul.

"Mas o quê...!", Hook gritou, porém o Diretor estava farejando o sangue como um cão curioso antes de curar o corte da palma da mão do garoto com o dedo brilhante e soltar a mão dele.

"Tenho um trabalho para você", Rafal declarou.

James estava olhando para a mão curada, boquiaberto, até que registrou o que aquele estranho havia dito.

"O quê? Que trabalho?", James perguntou, mas o Diretor da Escola do Mal já tinha virado as costas e aberto a janela para deixar entrar o ar quente e salgado. O céu dourado cintilante transformava-se em névoa sobre os penhascos íngremes que levavam ao mar.

"Venha comigo", Rafal ordenou, saindo pela janela.

Hook obedeceu, não só porque estava curioso a respeito do tal trabalho, mas também porque o Capitão Pirata o havia deixado com aquele mago por alguma razão e Hook já tinha dado ao líder da Blackpool motivos para duvidar dele. James saiu pela janela e seguiu o Diretor da Escola do Mal pelas rochas. O vento sacudia a cauda do elegante terno de Rafal e a camisa engomada que Hook costumava usar, da qual os garotos da Blackpool zombavam, dada a predileção deles por camisas encardidas e abertas, mostrando a maior parte do peito. No mar estava o barco de treinamento da Blackpool, o Bucaneiro, um navio velho e caindo aos pedaços que mal servia para velejar. Uma turma de garotos fazia exercícios de cordame enquanto um instrutor grisalho os insultava por serem lentos demais.

"Você é da Escola do Mal", Hook observou. "Eu não deveria estar falando com seu irmão? O do Bem?"

Rafal virou-se e olhou para James como se ele tivesse duas cabeças.

"De onde você tirou uma coisa dessas?"

"Porque toda a família Hook está do lado do Bem", James disse. "Somos os heróis da Terra do Nunca. O Pan que é do Mal. Um diabinho egoísta, imoral e repulsivo. Se você está atrás de um vilão, é ele que deve procurar."

Rafal olhou bem para ele.

"Você está parecendo o meu irmão. Tão hipócrita e cheio de superioridade moral. Só que você não é tão bonito e é ainda mais delirante."

Ele seguiu em frente.

Hook foi atrás dele.

"Então está dizendo que sou do Mal?"

"Você e sua família são obcecados por matar uma criança. Não parece algo muito do Bem, não é?"

"Então por que você não levou nenhum de nós para sua escola?"

"O Capitão Pirata e eu temos um acordo e não recrutamos alunos um do outro", Rafal explicou. O vento mal afetava seus cabelos espetados. "Mas é raro nossas listas coincidirem. Alunos que se tornam vilões excepcionais e aqueles que são bem-sucedidos como piratas têm qualidades diferentes. Vilões são lobos solitários, obcecados por suas próprias motivações egoístas. Piratas, por outro lado, almejam família e comunidade, fora das estruturas e normas habituais. Apesar de sua alma do Mal, você é definitivamente um pirata. Um capitão em busca de sua tripulação. Então, quando fui falar com o Diretor da sua escola, perguntando se poderia pegar você emprestado para minha missão, ele ficou surpreso. Mas também aliviado, já que seus colegas de turma não querem *nem um pouco* fazer parte da sua tripulação. Parece que ele quer que eu o livre de você."

James ficou furioso.

"Eu sou o melhor aluno daqui."

"Porque é isso que todo mundo quer em um pirata. Boas *notas*", Rafal alfinetou, olhando para trás. Seus olhos brilhavam, inspecionando o garoto. "Você parece mesmo o meu irmão. Achando que todo mundo te ama e te deseja."

"Mas é você que veio até aqui me requisitar para um trabalho", Hook disse com frieza.

"Sabe, quando fiquei sabendo que você tinha sangue azul, quase não acreditei", Rafal ponderou, deslizando penhasco acima. Antes que Hook pudesse perguntar, Rafal explicou: "Estava em sua ficha. Como Diretores da Escola, temos a ficha de todas as almas jovens da Floresta. A sua não se destacou muito. Como eu disse, você é mais adequado para um pirata do que para um Nunca em minha Escola. Mas sangue azul... é uma coisa que chama a atenção".

"Então você veio até aqui atrás de uma aberração", James pulou atrás de Rafal. "Talvez eu deva ir até a sua escola. Assim posso ver *duas* aberrações com a mesma cara. E depois dessas coisas maldosas que disse sobre seu irmão, fico imaginando o que ele teria para dizer sobre *você*."

Rafal parou sobre as rochas, ombros tensos, punhos cerrados. Por um instante, James achou que o Diretor da Escola do Mal poderia matá-lo.

"Desculpe", James disse rapidamente. "Eu não quis dizer isso. Talvez eu seja do Mal, como você falou..."

"Meu irmão é um *trapaceiro*", Rafal afirmou, furioso.

Ele virou-se, olhou para James e continuou andando.

"O Storian se voltou contra mim, favorecendo o Bem, e Rhian não parece ter problema nenhum com isso. Uma história após a outra, o Bem vence e ele fica cada vez mais arrogante. Então eu fui embora, determinado a descobrir por que a Pena que deveria manter nosso mundo equilibrado agora escolheu romper esse equilíbrio. Recorri a místicos, oráculos, profetas, mas todos insistiram em que não há nada perturbando o equilíbrio entre o Bem e o Mal. Que a Pena é incorruptível. Recorri até aos Predadores Noturnos, aqueles sanguessugas necrófagos, e perguntei se tinham encontrado alguma coisa no mar que sugerisse que algo estava errado... não havia, porém, tesouro a oferecer que valesse a ajuda deles. Foi só quando vi um jornal aleatório pelo caminho que minha sorte começou a mudar. Ele contava a história de uma família de videntes de sobrenome Sader, acusados de vender profecias falsas e encarcerados em uma prisão submarina chamada Monrovia, nas profundezas do mar do norte. Só que em um julgamento a família provou que seus poderes de adivinhação eram reais. Isso não serviu para salvá-los – é ilegal que videntes vendam profecias –, contudo, parece que os Sader podem mesmo ver o futuro. O que significa que, se eu puder encontrá-los, eles vão poder responder minhas *perguntas* sobre suas visões."

"O que isso tem a ver comigo?", Hook perguntou, bocejando.

Rafal olhou para trás.

"Você, que pretende dominar a Terra do Nunca... que deseja derrotar Pan, quando nenhum outro conseguiu antes... não gostaria de perguntar aos videntes *como* fazer isso? Ou mesmo se é *possível*? Do contrário, está apenas perdendo seu tempo aqui na escola de piratas, onde ninguém gosta de você. É sua única chance de conhecer seu futuro e controlar seu destino. De ser o primeiro Hook de que todos vão se lembrar."

A boca de Hook se contorceu. Ele se apressou para alcançar o Diretor.

"Tem algum jeito de chegar a essa prisão submarina?"

"É exatamente por isso que estou aqui, falando com você. É preciso uma tripulação capaz de conduzir um navio para baixo, para as profundezas do Mar Selvagem", Rafal disse.

James bufou.

"Bem, eu não tenho tripulação. Muito menos uma tripulação capaz de fazer isso."

"Eu tenho", Rafal disse, parando sobre o penhasco. "Só preciso de um capitão. E você não é o *melhor* capitão de sua turma?"

Hook olhou para o jovem Diretor. Depois viu o que havia atrás dele.

Um enorme navio chamado Inagrotten, ancorado na costa, todinho de um preto lustrado e reluzente, como um pedaço de puro ônix com velas pretas translúcidas que, à luz do sol, faziam o navio cintilar como uma miragem. No convés havia um grupo de homens vestidos de preto, pele rosada, rostos sombreados por chapéus pretos e longos véus pretos, protegendo-os do sol.

"Predadores Noturnos?", Hook perguntou. "Você disse que não tinha nenhum tesouro para oferecer a eles."

"É aí que você entra", Rafal disse, de repente ao lado dele.

O coração de James gelou.

"O que você ofereceu?"

"O que acha?", o sussurro de Rafal era como um beijo. "Seu *sangue*."

5

Rhian escolheu um castelo todo de vidro como nova sede da escola.

Leve e arejado, de um brilho esplendoroso. Um novo e radiante início para seu reinado.

Às vésperas da mudança, Rhian fantasiou sobre como seu irmão reagiria quando avistasse aquilo. Imaginou como o gêmeo do Mal veria o sorriso no rosto de todos nessa escola nova em folha e saberia que sua falta não foi nem um pouco sentida...

Bem.

Acontece que um castelo de vidro é melhor na teoria do que na prática.

O novo castelo era quente, quente demais. O sol batia no vidro e incomodava os alunos do lado de dentro, como insetos em uma estufa. Os alunos do Bem não gostavam do fato de que qualquer professor que estivesse passando pudesse espioná-los, uma vez que os Sempres costumavam ir escondido para o quarto dos outros após o toque de recolher. Os Nuncas não gostavam da vista com sol e natureza, não gostavam de ver seu reflexo no vidro, não gostavam da nova mobília de cor creme nem dos tapetes felpudos brancos e, principalmente, não gostavam de não haver nenhum Diretor da Escola do Mal com quem reclamar.

Logo, os Reitores do Bem e do Mal fizeram uma visita a Rhian em sua nova sala.

"Não é sempre que vocês vêm falar comigo *juntos*", o Diretor da Escola do Bem murmurou sem tirar os olhos de seu trabalho.

"O Reitor Humburg e eu estamos de acordo", a Professora Mayberry disse, bufando, abanando-se com um leque e secando o suor da testa. "Os Nuncas acham que você está favorecendo o Bem. Os Sempres estão derretendo nesse calor insuportável. A comida está estragando na cozinha. E os docentes do Bem e do Mal estão descontentes por não terem sido consultados sobre essa decisão."

"Incluindo nós dois", Humburg queixou-se.

"Todos vão se acostumar", Rhian disse com impaciência, sem olhar para a frente.

"Se concordarem em voltar para dentro", Humburg disse.

Rhian levantou os olhos. Os reitores apontaram para fora da janela com a cabeça.

No gramado, os garotos Sempres estavam só de ceroulas, e as garotas Sempres só de anáguas, tomando sol e fazendo um piquenique com frios, queijos e sidra gelada. Do outro lado do gramado, o Mal tinha levantado uma cidade cinzenta com barracas. Os Nuncas estavam intencionalmente desabrigados, com placas enormes penduradas do lado de fora: "NÃO EXISTE HABITAÇÃO SEM REPRESENTAÇÃO".

"O que isso significa?", Rhian perguntou, desnorteado.

"Significa que temos uma revolta em andamento para conter", Humburg disse. "Uma revolta que não estaria acontecendo se seu irmão ainda estivesse aqui."

"Está me culpando pela ausência dele?", Rhian retrucou.

"Estou te culpando pelo fato de ninguém ter gostado de seu projeto ostentoso de construção, sendo que já tínhamos uma escola perfeitamente boa. E a prova disso é que não tem nenhum *aluno* aqui dentro neste instante", Humburg respondeu.

"Então talvez devamos encontrar um novo Reitor do Mal que apoie o Diretor da Escola em suas decisões em vez de atacá-lo por elas", Rhian declarou.

"Ou um novo Diretor que acredite que as vozes do Mal merecem ser ouvidas tanto quanto as do Bem", Humburg afirmou.

"Esse bate-boca não está ajudando", Mayberry disse. "Rhian é perfeitamente capaz de comandar a escola sozinho..."

"Está vendo só?", Rhian perguntou a Humburg em tom irritado.

"Dito isso", Mayberry ponderou, "desde que Rafal partiu, as coisas começaram a escorrer por entre os dedos. Enquanto você esteve focado em construir seu novo castelo, uma empreitada que não parecia ser o *melhor* jeito de usar seu tempo, o desempenho dos Nuncas está afundando, a disposição deles desintegrou e eles sentem que tanto o Storian quanto o Diretor da Escola estão favorecendo seus rivais. Os Sempres pensam o mesmo – que são invencíveis – e isso os deixou entediados e inquietos e agora eles estão lá fora com os Nuncas, pedindo que as coisas voltem a ser como eram quando seu irmão estava aqui. Mesmo eu desejando que o Bem vença em todos os aspectos, devo confessar que sem Rafal a escola parece deploravelmente desequilibrada."

"Falou muito bem, Mayberry", Humburg comentou.

"Vocês dois estão dispensados", Rhian disse em voz baixa.

"Rhian...", Mayberry tentou continuar.

"*VÃO!*", ele vociferou e, quando levantou os olhos, eles já tinham ido embora.

Sozinho em seu escritório, Rhian pensou em seu relacionamento com seu irmão do Mal. Em como sempre que Rafal atacava com determinada violência, era porque Rhian havia dito alguma verdade. Alguma coisa que seu irmão era incapaz de aceitar.

Ele tinha atacado Mayberry da mesma forma.

Porque ela estava certa. *Ambos*, ela e Humburg, estavam *certos*. A ausência de Rafal o havia deixado perturbado, confuso e inclinado a tomar decisões precipitadas. Desde a partida de Rafal, ele não tinha se dedicado a aprender os nomes dos Nuncas, encontrá-los e nem ao menos reconhecer que era Diretor da Escola deles, assim como da Escola do Bem. Em vez disso, havia deixado os alunos do Mal se virarem sozinhos. Não era de se estranhar que não confiassem nele! E, agora, o mesmo acontecia com os Sempres, porque quando o Mal se perde, o Bem também se perde. Nem em seus momentos mais problemáticos com Rafal eles haviam encarado algo parecido com isso: Sempres faltando às aulas… Nuncas desabrigados, vivendo em barracas… uma rebelião declarada contra a escola. Um vazio obscuro se espalhou no peito de Rhian. Esse novo castelo. Todo esse projeto. Ele tinha feito aquilo pelos motivos errados. Porque ele estava zangado com Rafal. Porque ele *sentia a falta* de Rafal. Tinha sido uma forma de se distrair. Um substituto para o amor. Só que agora ele não estava apenas sozinho. Estava fracassando.

Alguma coisa tinha que ser feita.

Mas o quê?

Não havia como trazer Rafal de volta, pelo menos não naquele momento. Mas se ele conseguisse substituí-lo de alguma forma, apenas temporariamente, por uma autoridade simbólica do Mal que pudesse ajudar Rhian a comandar a escola e a passar a impressão de equilíbrio…

Só um nome lhe veio à cabeça.

Vulcano da Floresta de Baixo.

Rafal o havia entrevistado para a vaga de Reitor do Mal antes de contratar Humburg. Rhian tinha visto o homem de relance e ficado intrigado com aquele estranho alto e robusto, nada sinistro e decrépito como Humburg ou a maioria dos professores do Mal, mas elegante, bonito e sedutor. Ele se lembrou de que Vulcano cheirava bem, nada parecido com os candidatos habituais de Rafal, e que ele tinha dado uma piscadinha para o Diretor da Escola do Bem antes de Rafal chamá-lo para a entrevista. Rhian não sabia por que Rafal havia contratado Humburg em vez de Vulcano, pois cada um dos irmãos possuía total autonomia em relação a seus reitores. Porém, chamar Vulcano para passar um tempo ali poderia provar para os Nuncas que Rhian queria que eles sentissem ter o mesmo apoio e a mesma importância que os Sempres. Além disso, a chegada de Vulcano poderia manter Humburg mais submisso e atento... E também havia o fato de que Rhian *precisava* de ajuda, com duas escolas para gerenciar e um novo castelo todo desordenado... Quanto mais ele pensava nisso, mais se enchia de esperança. Era tudo o que ele sempre quis. Não se sentir tão sozinho. Ter um amigo ao seu lado.

Um substituto para o amor de seu irmão.

Este em nome do equilíbrio.

Então foi em uma manhã quente e chuvosa que Vulcano da Floresta de Baixo chegou ao castelo. Professores o observavam se aproximar pelas janelas, Sempres e Nuncas o viam das barracas de protesto do Mal, que abrigavam os dois lados por conta da chuva. Todos, menos Rhian, o viram chegando. O Diretor da Escola do Bem estava preocupado com o Storian, que tinha parado de escrever depois que o jovem James Hook encontrara um estranho misterioso nos penhascos em frente à Blackpool, um estranho que a Pena não dizia quem era. A dupla havia embarcado em um navio repleto de Predadores Noturnos sanguessugas... pouco antes do Storian ficar inerte por dias, sem ter mais história para contar. Rhian deu tapinhas firmes na Pena para ter certeza de que ainda estava viva.

"Ah, então o Bem está trapaceando!", disse uma voz áspera e pesada.

Rhian virou-se e viu um jovem na porta, pele dourada e corpo musculoso, com uma barba preta e longa, uma tatuagem de morcego sob o olho esquerdo e cílios delineados com kajal. O gibão vermelho e preto estava aberto até o peito, deixando aparecer outra tatuagem grande, símbolos que Rhian não conseguia ler. Ele encarou o Diretor da Escola do Bem com tanta intensidade que a voz de Rhian ficou presa na garganta.

"Não... hum, eu estava... ela parou de escrev..."

"Estou brincando", Vulcano disse, entrando e sentando-se diante da mesa de Rhian. "Obrigado pelo convite. Fiquei lisonjeado ao receber seu recado. Seu irmão é tão covarde que foi embora e você precisa de um Diretor da Escola do Mal. Por isso você chama Vulcano."

"Espere... não... Diretor da Escola, não...", Rhian contestou, enfatizando suas palavras. "Só preciso de um pouco de ajuda até Rafal voltar..."

"Como seu igual. Como Diretor da Escola. É por isso que estou aqui. E pelo que parece, você precisa de um parceiro igual. Pena não escrevendo... alunos não estudando... castelo de vidro ridículo...", Vulcano disse. "Vamos ser uma boa equipe. Gosto de você. Você gosta de mim. O problema de gêmeos é que são família, daí não podem ser amigos. É também meio sinistro. Você e eu? Não temos esse problema."

Mais um olhar flamejante.

O rosto de Rhian ficou quente.

"Podemos discutir isso depois? Uma estudante mentirosa está dizendo por aí que é vidente e eu a chamei aqui pela segunda vez para decidir um castigo…"

"Mate ela", Vulcano disse.

Rhian piscou, incrédulo.

"Brincando de novo", Vulcano repetiu. "Você tem um rosto bonito. Mais que seu irmão."

"Outra brincadeira", Rhian resmungou.

"Não, é verdade", Vulcano afirmou.

Ele deu uma piscadinha para Rhian.

Rhian ficou animado.

Foi quando ele viu Marialena os observando do corredor.

"Aaah, seu irmão vai ficar *uma feeeeera*", ela disse.

6

Uma vez por dia, logo após o jantar, o jovem James Hook tinha que mergulhar os pés em um balde cheio de sanguessugas, que sugavam seu sangue de cor estranha, deixando a água do balde azul e o jovem pirata fraco.

Não fora isso que James havia concordado em fazer.

"Você disse algumas gotas de sangue por dia para conseguirmos chegar até os Sader", ele resmungou, curvado sobre o convés, apoiado em um mastro. "Mas está dando a esses vampiros bizarros todo o conteúdo das minhas veias."

"Os Predadores Noturnos são os únicos que sabem como encontrar a prisão onde os Sader são mantidos", Rafal o lembrou, parado na proa, sob um manto infinito de estrelas. "Uma viagem de oito dias. Oito dias de sangue. Foi esse o acordo que fizemos. *Você* que presumiu que seriam 'algumas gotas'. É um preço pequeno a pagar para conseguir as respostas de que precisamos. As respostas de que *você* precisa."

"Para você, é fácil falar. Não é o seu sangue!", James reclamou, encurvado no chão, junto a um mastro. "Nos primeiros dias eu me sujeitei a isso. Achei que valia a pena sentir essa dor para perguntar aos Sader como vencer Pan. Mas não consigo mais nem sentar direito. Por que eles não podem tirar o seu sangue? Você é um *mago*. Isso não é bom o bastante para eles?"

"Me diga você. Aparentemente, eles estão à caça de sangue dos Hook há muito tempo", Rafal afirmou. "O que faz o seu sangue ser azul? O que tem de tão especial nele para que os Predadores Noturnos o desejem?"

"Diz a lenda que no passado um Hook teve um filho com a Rainha das Sereias e desde então a linhagem ficou manchada", James murmurou. "Não passa de uma história sem sentido."

Rafal tocou o queixo, reflexivo.

"Eu não teria tanta certeza disso…"

James estava esgotado demais para insistir.

"Veja, você disse que precisava de um capitão. Eu, *Capitão* James Hook. Não um refém para alimentar vampiros. Você faz esse tipo de coisa com seu irmão? Faz um acordo, depois trapaceia? Não me espanta que o Storian esteja do lado dele. Não vamos precisar dos Sader para explicar isso!"

Rafal soltou um riso abafado.

"Agora você está *mesmo* lembrando o meu irmão gêmeo. Você tem irmãos, James?"

"Tenho uma irmã", James respondeu, apoiando a cabeça no mastro. "Elsa quer entrar para o grupo dos Garotos Perdidos de Pan. Mas como isso é possível? Ela acha que Pan é o herói e eu sou o vilão por querer matá-lo. Quando pergunto a ela *por que* gosta dele, ela diz que é porque ele é uma graça, é meigo e só quer ser amado. Como se isso fosse resposta. Não tem nada de gracioso e meigo naquele demônio e ele não tem um pingo de amor em seu corpo. Principalmente por meninas. Pan só brinca com meninos. E ela ainda fica se derretendo por ele."

"Sua irmã e meu irmão têm isso em comum: ficar se derretendo pelos garotos errados", Rafal murmurou. "Havia um jovem sedutor da Floresta de Baixo que eu queria contratar para ser meu Reitor do Mal, mas Rhian parecia tão caído por ele que acabei chamando um velho rabugento. A última coisa de que preciso é meu irmão babando por meu reitor. Esse é o problema com almas como a dele e a de sua irmã – quando confrontadas com seu oposto, uma alma radiante repleta de obscuridade, uma alma que tem confiança em seu Mal, podem ficar confusas. Em vez de verem esse Mal como inimigo, podem ser enganadas… manipuladas… seduzidas por tudo aquilo que não são. Quando se dão conta, estão fascinadas."

"Minha irmã simplesmente tem a cabeça na lua."

"Não, é mais do que isso", Rafal disse com veemência. "Sua irmã e meu irmão acham que têm a alma tão pura que não podem se sentir atraídos pela escuridão. Mas todos nós temos dois lados. Mesmo os melhores de nós. Confesso que faço o Bem de vez em quando. Então por que o Bem tem tanto medo de admitir que pode ser do Mal? Quando alguém nega seus impulsos, só os torna mais fortes. Veja o caso de nossos irmãos. Elsa toma o partido de um Pan diabólico e sem escrúpulos; Rhian fica fascinado por um aspirante a Reitor do Mal… É só uma atração? Estão apaixonados por eles? Ou na verdade querem *ser* eles? É por isso que você se parece com o meu irmão. Sua obsessão com o bom comportamento. Com regras. Com justiça. Quando, no fundo, o que você deseja é ser como *eu*."

Mas Hook já tinha parado de escutar. Seus olhos estavam nas portas que davam para a parte interna do navio, vendo os Predadores Noturnos esparramarem-se para o convés. Estavam em doze, sem o chapéu e o véu, com rostos tão pálidos em contraste à roupa preta que pareciam pequenas luas no céu noturno.

"Eles voltaram para me pegar", James resmungou.

Mas em vez de fazer isso eles puxaram as cordas em uma coreografia enérgica, ajustando as velas do navio. Hook não tinha ideia do que eles estavam fazendo. O mar estava extremamente calmo. Entretanto, um instante depois, o vento começou a soprar nas velas inclinadas e o navio continuou seu curso. Os Predadores Noturnos se reuniram como zumbis e, sem dizer nada, voltaram para dentro.

"Como eles sabiam que ia começar a ventar?", Hook perguntou.

"Por que não pergunta a eles?", Rafal disse.

James suspirou. Os Predadores Noturnos nunca falavam, nunca mudavam de expressão, exceto quando queriam o sangue de Hook. Aí seus olhos ficavam agitados, eles colocavam a língua para fora e entoavam um zumbido estranho, como um coro de abelhas, como se o sangue dos outros fosse sua única conexão com a vida. O sangue de Hook tinha um valor especial para eles. Tanto que eles conduziriam essa missão até uma prisão no fundo do mar. Seria pelo azul vivo? Ou por alguma outra coisa? Algum sabor que eles eram capazes de sentir e que Hook jamais saberia? Independentemente da resposta, James tinha uma certeza. Não sobreviveria se permanecesse muito mais tempo sendo escravo de sangue deles.

"Amanhã é o oitavo dia, o que significa que amanhã vamos submergir", Rafal disse em tom suave, como se lesse a mente dele. "Você vai ficar bem."

"Ah, por favor. Até parece que você se importa", James resmungou. "Até onde eu sei, você vai me matar assim que chegarmos à prisão."

Rafal contorceu os lábios.

James endireitou o corpo.

"Você vai me *matar*?"

"Hum, era o que eu estava pretendendo", Rafal admitiu. "Só precisava do seu sangue. Depois que os Predadores Noturnos nos levarem até a prisão, consigo encontrar o caminho de volta. E não parece que o Capitão Pirata quer que eu te leve de volta. Seria mais conveniente para mim e para ele se você desaparecesse."

Hook não tinha como ficar mais pálido, uma vez que já tinha perdido muito sangue, mas ainda assim ele conseguiu assumir um novo tom de branco.

"Toda aquela baboseira sobre eu perguntar aos Sader como derrotar Pan..."

"Foi você que confiou em um Diretor da Escola do Mal", Rafal deu de ombros. "Até sua irmã saberia que não se deve fazer uma coisa dessas."

James não conseguia falar.

"Mas você me lembra do meu irmão", Rafal acrescentou. "E por mais que eu ache meu irmão reclamão, hipócrita e fraco, qualidades que vocês dois compartilham... existe algo de afetuoso em tê-lo por perto..." Ele olhou para o mar, deixando o garoto decifrar os planos que o Diretor da Escola do Mal tinha para ele.

James só conseguia pensar: *Continue falando. Continue fazendo ele se lembrar do irmão.*

"Por que esse navio se chama Inagrotten?", James perguntou.

Rafal fez uma pausa, como se ponderasse se deveria ou não continuar interagindo com esse rapaz que pretendia matar.

"Todos os navios dos Predadores Noturnos têm o mesmo nome", ele finalmente respondeu. "'Inagrotten' é a palavra deles para paraíso – uma terra de noite infinita que os espera do outro lado. As pessoas acham que os Predadores Noturnos são necrófagos, mas eles são exploradores. Só que em vez de velejar para leste e oeste, eles velejam *para baixo*, procurando a terra prometida. Enquanto isso, subsistindo à base de sangue de homens jovens, eles abastecem o coração com força suficiente para sobreviver a mergulhos longos e profundos. É por isso que eles cobiçam seu sangue, já que pode ter sangue de sereia. Imagine os poderes que eles teriam para viver no fundo do mar..."

"Bem, eu não bebo sangue humano e, até onde eu sei, você também não", James observou. "Então como *nós* vamos sobreviver ao mergulho?"

Rafal riu.

"Sou imortal, seu bobo. Sangue de mago corre em minhas veias. Preciso dos Predadores Noturnos para encontrar a prisão, mas o mergulho não traz ameaça nenhuma para mim. Quanto a você... bem..."

James encarou o Diretor da Escola do Mal, chocado. Rafal, porém, estava passando em direção à cozinha do navio, sem olhar para trás.

Hook dormiu como se estivesse morto. Estava tão fraco que mal se lembrava da última sessão com as sanguessugas nem o que fez para passar a manhã, além de contemplar sua morte assim que o navio submergisse. Enquanto isso, os Predadores Noturnos e Rafal se reuniam sobre um mapa em outro recinto. Rafal falava em voz baixa, os Predadores estavam em silêncio total. Como aqueles sanguessugas se comunicavam? Rafal havia negociado a viagem com eles. Ele tinha feito um acordo envolvendo o sangue de Hook. Claramente, eles se entendiam. Será que seus poderes de feiticeiro incluíam a leitura de mentes?

Hook caiu no sono novamente.

Quando Rafal o acordou, o sol havia se posto e o Diretor da Escola do Mal o puxou para o convés, onde os Predadores Noturnos tinham se dispersado sobre as velas como uma trupe de equilibristas de circo, uns segurando cordas, outros pendurados no cordame e alguns empoleirados sobre mastros.

"Está na hora", Rafal disse.

O pânico em relação ao que estava prestes a acontecer queimava a garganta de James. Ele resistiu ao domínio do Diretor da Escola.

"Você não pode me matar... Minha família... Eles vão acabar com você."

"Você é mesmo como Rhian", Rafal afirmou, empurrando-o contra um mastro. "Vocês dois. Tão crédulos. Tão abertos àqueles que poderiam machucá-los. Como podem viver com um coração tão grande?", James ficou olhando fixamente para ele, sem palavras, enquanto o Diretor o amarrava ao mastro com uma corda grossa. "Não deixe isso soltar."

"Eu não quero morrer!", Hook gritou, mas o Diretor da Escola do Mal já estava apertando uma corda ao redor da própria cintura.

"Pronto!", Rafal gritou para os Predadores, os rostos brancos no escuro como máscaras.

Os Predadores Noturnos agarraram as cordas e o cordame, reproduzindo um murmúrio baixo, o mesmo zumbido que surgia quando desejavam o sangue de Hook...

"Não!", Hook exclamou, ofegante.

De uma só vez, eles saltaram das cordas, derrubando as velas e instalações, tombando o mastro para a lateral e inclinando o Inagrotten para dentro do mar. A água salgada devorou o navio e invadiu o nariz e os pulmões de Hook. O jovem estava muito fraco e tomado pelo pânico para expeli-la, afogando-se de dentro para fora. Debatendo-se contra o mastro, ele engoliu o mar, sua mente foi ficando anuviada, escurecendo, os membros inchados ficaram frouxos, mas ele continuou agarrado à corda, engasgando-se em seus últimos suspiros...

Depois ele sentiu mãos geladas em seu pescoço e, pela fresta dos olhos, vislumbrou Rafal abraçado a ele, o Diretor da Escola suspenso pela corda ao redor da cintura. Ele levantou o queixo de James com cuidado, encostou a boca na dele, e soprou um ar congelante para seu interior, tão frio que queimou como o fogo de um dragão. De repente, James conseguiu voltar a respirar. E respirar debaixo d'água, com o coração pulsando em um novo ritmo estranho, lento e lânguido, endurecendo e embotando seus sentidos. Havia uma morte por dentro agora. Uma evaporação da compaixão. O que restou foi um egoísmo impassível. Qualquer temor ou dúvida por estar ali tinham desaparecido. Ele tinha ido atrás de respostas sobre como matar Pan e dominar a Terra do Nunca. E não sairia sem elas.

No escuro, James viu a luz gélida dos olhos de Rafal sobre ele, uma expressão curiosa em seu rosto, como se em vez de matar o garoto, ele tivesse feito o oposto e lhe dado uma nova vida.

"O que você fez comigo?", James perguntou. Suas palavras atravessaram a água com nitidez.

"Soprei um pouco de mim em você", Rafal disse. "É temporário, não se preocupe." Depois ele sorriu. "A menos que você goste."

Eles permaneceram ali, olhando nos olhos um do outro em um instante infinito, eterno, e Hook ficou imaginando se Rafal ainda o estava vendo, ou se estava vendo a si mesmo, os dois garotos congelados como espelho e reflexo, tempo e espaço desaparecendo no vazio escuro do mar.

Um brilho dourado os acordou.

Os dois garotos olharam para baixo.

Lá no fundo, um gigantesco cubo dourado cintilava, fortificado por milhares de longas estacas de ferro, prontas para matar.

Rafal sorriu.

Eles haviam chegado à prisão.

7

Havia muitos problemas com a presença de Vulcano na escola, mas a mais importante era que todos estavam apaixonados por ele.

Alunos, professores, Sempres e Nuncas... Todos estavam encantados pelo jovem tatuado de barba preta que se pavoneava pelo castelo usando gibões de veludo e couro semiabotoados e fazia questão de dar um mergulho no lago congelante assim que começava a amanhecer, um espetáculo que fazia metade da escola levantar para assistir pela janela.

"Sabe o que diz a tatuagem no peito dele?", Rhian ouviu uma garota Nunca sussurrar para uma Sempre a caminho da aula. "*Memento Mori.* 'Lembre-se de que você vai morrer.'"

"Por que o Diretor da *nossa* Escola não pode ter tatuagens?", lamentou a garota Sempre. "E por que ele usa aquelas *túnicas* velhas?"

Com Rafal, Rhian nunca teve que se preocupar. Seu irmão não tinha interesse nenhum na opinião dos alunos sobre ele. Mas com Vulcano desfilando por aí, descolado, calmo e chique, Rhian sentia que tanto Sempres quanto Nuncas estavam olhando para o recém-chegado como se *ele* fosse o Diretor da Escola – principalmente porque Vulcano havia se autointitulado assim apesar das objeções de Rhian.

"Diretor Vulcano. Prazer em conhecê-los", ele dizia aos estudantes que passavam, do Bem e do Mal. "Diretor Vulcano. Olá, você tem um belo sorriso... Diretor Vulcano. Vi você jogando rúgbi no gramado. Tem as pernas de um touro!... Diretor Vulcano. Você parece minha prima Miroslava..."

A princípio, Rhian aturou tudo aquilo, não só porque sabia que Rafal voltaria e a ordem seria restaurada, mas porque ele, também, estava atraído por Vulcano, assim como os alunos. Havia algo na presença de Vulcano que fazia Rhian andar de cabeça erguida, com os sentidos mais em alerta. Com a partida de Rafal, ele tinha esquecido a sensação de estar cercado de energia forte do Mal. Agora o sangue corria mais rápido pelas veias de Rhian.

"O que acha de jantarmos juntos hoje à noite?", Rhian perguntou na terceira manhã, ao encontrar Vulcano em uma das sacadas, tomando café puro. "Sei que você passou dois dias observando as turmas e os alunos, se familiarizando com a escola..."

"Está convidando Vulcano para um encontro?", Vulcano perguntou, sorrindo.

Rhian ficou tenso.

"Não. Meu irmão e eu... nós jantávamos juntos quase toda noite. Então achei que seria apropriado..."

"De onde eu venho, jantar com alguém que não é irmão é um encontro", Vulcano respondeu. "Além do mais, seu irmão era Diretor da Escola e você diz que eu não sou Diretor da Escola. Então está... como se diz... me deixando *confuso*."

Rhian suspirou.

"Olha, eu só te chamei aqui para me ajudar até meu irmão voltar..."

"Mas isso é trapaça. Colocar um fantoche na Escola do Mal para fazer suas vontades, como se eu fosse pequeno comparsa. Não. O Mal precisa líder próprio. Por isso são dois Diretores. É por isso que me chamou. Porque sem Diretor da Escola do Mal, você e seus alunos do Bem ficam preguiçosos e mimados, como gatos gordos demais. Por isso você gosta de Vulcano. Por isso você chamou Vulcano para um encontro. Porque precisa de alguém para dar um pontapé e lembrar que você não manda em tudo." Vulcano levantou o pé e deu um chute no traseiro do Diretor da Escola do Bem. "Viu? Já está se sentindo melhor!" Ele piscou para Rhian e saiu andando.

O que Rhian podia fazer além de rir?

A escola com certeza estava funcionando melhor com a presença de Vulcano. Os Nuncas tinham desistido das barracas e dos protestos e voltado ao castelo de vidro, o que fez com que os Sempres retornassem também. Humburg e Mayberry retomaram seus afazeres diários e as reclamações sobre Rhian e sua nova escola cessaram. De fato, com o castelo em paz, Rhian se viu pensando cada vez menos em seu irmão e mais no pomposo e elegante novo estranho que parecia – ele ousava dizer – uma *melhoria*. Havia uma energia renovada no escritório dos Diretores da Escola, uma tensão entre Bem e Mal que era ardente, cinética e viva. Um novo tipo de equilíbrio.

"Fiquei contente por ter concordado em jantar comigo", Rhian sorriu, sentado a uma mesa à luz de velas, no topo do castelo.

"Da última vez que jantei assim, foi com menina apaixonada por mim", Vulcano disse, enchendo o prato com salada de morango e peixe com crosta de sal. "Como você."

Rhian cuspiu a comida.

"Brincadeira", Vulcano disse. "Storian ainda sem escrever?"

Rhian fez que sim com a cabeça e tomou um gole de vinho.

"O que quer que Hook e aquele estranho estejam tramando... a Pena ainda não quer nos dizer. Hook fez uma escolha equivocada ao decidir ir com ele, eu suspeito. É por isso que nós ensinamos os Sempres a não falarem com estranhos."

"E mesmo assim você deixou um entrar em seu castelo", Vulcano disse, arqueando a sobrancelha.

"Mas estou de olho nele", Rhian rebateu.

"Por que você e seu irmão não têm insígnia da escola?", Vulcano perguntou. "Um símbolo que todos da Floresta possam conhecer e respeitar?"

"Nós conversamos sobre isso", Rhian disse. "Mas nunca chegamos a um acordo. Ele queria algo obscuro e intimidante. Eu queria que fosse nobre e inspirador. A insígnia de uma escola não pode contemplar as duas formas."

Vulcano soltou o garfo.

"Problema é que você e seu irmão não têm confiança. Diretores da Escola precisam confiar um no outro para fazer o que é melhor para a escola. A escola em primeiro lugar. Não o ego. Não o orgulho. Você confia em mim, não? Para fazer o que é certo?"

"Estou aprendendo a confiar", Rhian disse com sinceridade.

"Bom garoto", Vulcano disse.

Rhian foi dormir naquela noite grato pela forma com que o destino havia se desenrolado, como se o conto do Storian sobre o desacordo com seu irmão tivesse aberto caminho para um novo capítulo de sua vida.

Pelo menos foi o que Rhian sentiu até Vulcano começar a fazer mudanças.

Começou no décimo segundo dia.

Vulcano isolou com uma corda uma ala de dormitórios para os Nuncas e ateou fogo neles, resultando em fachadas escurecidas e chamuscadas, o que deixou os alunos do Mal animados. Em seguida, Vulcano se concentrou no uniforme dos Nuncas, rejeitando a ideia de que Bem e Mal deveriam se vestir da mesma maneira, e vestiu os alunos do Mal com calças de couro pretas e uma série de elegantes camisas, blusas e jaquetas da mesma cor, encorajando que cada um acrescentasse seu próprio toque maligno, fosse um broche de caveira, um cinto de pele de cobra ou uma coroa de mariposas. Mas não foi só na estética que Vulcano interferiu. Com as notas do Mal caindo e as constantes derrotas para o Bem em desafios que envolviam a escola toda, ele incluiu uma nova "Sala Maldita" – um cômodo repleto de flores perfumadas e fadas tocando música alegre. Vulcano proclamou:

"O aluno do Mal que fracassar em algum desafio vai passar a noite nessa Sala Maldita."

As notas dos Nuncas subiram de imediato. Logo, estavam passando à frente dos Sempres, mesmo nas provas que o Bem costumava ganhar, como cavalheirismo, equitação e cuidados pessoais.

Toda vez que Rhian tentava falar com Vulcano sobre essas coisas, aparecia um compromisso repentino que ele não podia perder, ou ele se cercava de alunos. Os dias foram passando, até que Rhian finalmente o encurralou no escritório enquanto Vulcano tomava seu café.

"Você não tem o direito de fazer mudanças na escola sem a minha permissão", o Diretor da Escola do Bem o repreendeu.

Vulcano olhou para ele.

"Você não disse que confiava em mim? Como Diretor da Escola? Como seu *igual*?"

"Confio em você apenas para ficar no lugar do meu irmão até ele voltar", Rhian disse. "E quando ele voltar e vir..."

"...que o Mal está se sobressaindo em áreas em que antes era um desastre? O que vai acontecer? Ele vai se sentir constrangido com sua própria incompetência. Por um substituto ter se saído muito melhor", Vulcano zombou, olhando para o Storian inerte, ainda sem vida sobre a mesa, ao lado de um livro pela metade sobre Hook. "Ainda não terminei de fazer as mudanças, por sinal. Acho que devemos queimar esse escritório também. Foi ideia sua fazer essa saleta feia e escondida? Talvez por isso o Storian não esteja escrevendo. Ficou ofendido com sua casa." Ele jogou o restinho do café pela janela e entregou a caneca a Rhian. "Além disso, quem disse que seu irmão vai *mesmo* voltar?", ele disse, saindo em seguida.

Rhian ficou ali sozinho, segurando a caneca suja.

Esse problema com Vulcano precisava ser resolvido.

E logo.

Ele tentou reunir seus soldados do Bem para vencer os desafios do Mal, mas, com os novos dormitórios, novos uniformes e notas cada vez mais altas dos Nuncas, estes andavam pela escola como se dominassem o lugar, e vandalizaram a placa da escola várias vezes para que dissesse: "Escola do Mal e do Bem". Em vez de planejar uma reação, os Sempres pareciam espantados e degradados, como se estivessem tão acostumados a vencer e a ser os reis da escola que tinham esquecido como lutar. Vulcano os havia chamado de gatos *gordos* e agora isso era tudo o que Rhian enxergava no rosto assustado de seus alunos mimados. (Marialena aproveitou a confusão prevendo em voz alta a morte de todos os Sempres dentro de um mês, o que um Nunca se apressou para consumar ao envenenar a panqueca deles – artimanha que só falhou porque uma panela encantada pegou o invasor no flagra e o acertou na cabeça.)

Rhian ordenou que Vulcano punisse a vidente mentirosa, porém o novo Diretor da Escola do Mal se recusou.

"Mas por que não?", disse Rhian, fechando a porta para que ninguém pudesse ouvir. "Ela é uma mentirosa! Ela quase *matou* minha escola inteira! Como não merece ser castigada?"

"O problema até agora era o Mal *não* ter tentado matar sua escola", Vulcano esclareceu, sentando-se na cadeira de Rhian e pondo os pés sobre a mesa do Diretor da Escola do Bem. "Você coloca todos com o mesmo uniforme, nas mesmas turmas, nos mesmos ambientes. Transformou os Nuncas em uns frouxos. Isso é desequilíbrio. E é por isso que estou aqui. Para corrigir isso. Além do mais, acho que seria melhor ter dois castelos. Um para o Bem. Outro para o Mal. Mais equilibrado, certo? Você cuida da sua escola. Eu cuido da minha."

Rhian ficou tenso.

"*Não*. Um castelo para *uma* escola. Sempre foi assim. Um único lar para o Storian. E, pelo modo como as coisas estão indo, talvez fosse melhor só um Diretor da Escola também."

"É uma ameaça?", Vulcano perguntou com indiferença. "Se não fosse por mim, alunos ainda estariam do lado de fora, no acampamento sujo, protestando contra *você*. Vá em frente. Tente se livrar de mim. Eles vão te impedir."

Rhian hesitou. Esse tempo todo, ele imaginou que poderia dispensar Vulcano da mesma forma que o havia admitido. Rhian era um feiticeiro, afinal. Ele podia fazer o homem desaparecer.

Só que ele tinha se esquecido dos alunos.

Alunos que não deixariam seu novo Diretor partir sem revolta.

Vulcano passou os dedos sobre a tatuagem de morcego sob o olho.

"Mas e se *tivesse* um segundo castelo, como eu disse, e o Storian ficasse na escola que vencesse a prova?"

Rhian saiu de seu devaneio.

"Que prova?"

"Uma prova entre escolas...", Vulcano disse, pensando em voz alta. "Você e eu... cada um escolhe seu melhor aluno. Depois colocamos os dois na arena. Uma floresta, caverna ou um lugar sob nosso controle. Você arma seus obstáculos, eu armo os meus, e quem sobreviver à noite de prova, vence. Sim... um teste na floresta... quando os alunos estiverem prontos e suas habilidades desenvolvidas... Daí escolhemos o melhor..." Ele levantou-se, caminhando na direção de Rhian. "Se o Mal vencer, haverá um segundo castelo. Só para eles. É onde o Storian vai morar. Dessa forma, os alunos terão orgulho... propósito... Nunca mais vão ser frouxos."

O rosto de Rhian estava fervendo. Lá estava ele, esforçando-se para encontrar um jeito de botar o impostor para fora, e Vulcano estava agindo como fosse ficar ali para sempre. A Escola do Bem e do Mal já provocava orgulho. Já tinha propósito. Ele deu um passo à frente, prestes a censurar aquele idiota exibido e pretensioso... Mas as palavras ficaram presas em sua garganta. Sua fúria esfriou, dando lugar a um novo sentimento.

Oportunidade.

"Esses são seus termos? Bem, aqui estão os meus", Rhian disse. "Se o Bem vencer, você renuncia ao título de Diretor da Escola e vai embora de imediato. Volta para o seu reino, procura o Rei da Floresta de Baixo e diz a ele que, em troca de eu ter poupado sua vida, você e todo o exército da Floresta de Baixo vão fazer uma busca na Floresta por Rafal. E não vamos fazer essa prova quando os alunos estiverem 'prontos'. Vamos fazer *amanhã*."

Vulcano ficou na defensiva, surpreso. Soltou um suspiro desolado e balançou de leve a cabeça.

"Ulalá. E pensar que já estivemos em um lindo encontro com salada de morango. E agora você quer que eu desapareça, como seu irmão... O que aconteceu com aquela conversa de a escola vir antes do ego?"

As palavras acertaram Rhian como um golpe. Ele estendeu a mão, dentes cerrados.

"Estamos de acordo?"

Vulcano sorriu com um quê de pena. Então seus olhos endureceram e ele apertou a mão de Rhian.

"De acordo."

Atrás deles, o Storian pulou da mesa, despertando de seu sono.

Ele tinha algo novo para escrever.

8

Só de olhar para as milhares de estacas longas e letais que protegiam a prisão, os Predadores Noturnos deram um basta.

Eles só tinham concordado em levar Rafal até ali. O restante não era da conta deles.

Assim que se aproximaram, eles soltaram o Diretor da Escola e seu pupilo pirata no mar e seguiram com o Inagrotten para cima, enquanto Rafal e Hook nadavam para o fundo. Os poderes de feiticeiro de Rafal significavam que ele podia respirar debaixo d'água, assim como James, agora que o Diretor havia semeado sua magia nos pulmões do garoto. Juntos, eles rumaram para o cubo dourado, procurando um lugar para aportar, como duas sereias circundando uma rocha.

James sabia que deveria estar com medo – estava no fundo do mar com um estranho desprezível, dependendo de poderes que não eram seus –, mas, independentemente do que Rafal tivesse soprado dentro dele, havia deixado o garoto destemido e forte. De repente, ele não estava mais preocupado com sua segurança nem com voltar para a Blackpool. Ele tinha uma, e apenas uma, preocupação: matar Pan e tomar a Terra do Nunca. O que significava encontrar os Sader para perguntar a eles como conseguir isso.

Enquanto Hook analisava o cubo à procura de uma abertura, um pensamento passageiro cruzou sua mente. Até cinco minutos antes, ele era diferente. Mais do Bem. Menos do Mal. Aquele pedacinho da alma de Rafal o havia deixado frio e obstinado. Como um reflexo do próprio Diretor da Escola. Mas se era assim que Rafal se sentia... tão desprovido de ternura e compaixão... tão vazio de qualquer coisa que não fosse seu propósito vilanesco... o que o impedia de destruir tudo pela frente? De matar seu irmão do Bem e dominar a Floresta?

O Storian, é claro.

A Pena que havia se voltado contra ele.

E agora Rafal tinha ido até os Sader para descobrir os segredos do Storian...

E se eles lhe dessem a chave para controlar a Pena?

O que aconteceria com o Diretor da Escola do Bem?

O que aconteceria com a Floresta?

James sentia essas questões fervilhando em seu interior como se não fosse ele que perguntasse... como se viessem diretamente da alma de Rafal...

"Está vendo alguma porta?", o Diretor da Escola do Mal perguntou, cuja voz atravessava a água.

"Não. São muitas estacas", James respondeu rapidamente. "Não conseguimos nem chegar perto."

"Veja", Rafal disse, erguendo a ponta do dedo acesa. Ele iluminou a lateral do cubo, revelando o contorno de uma tranca.

Hook nadou até mais perto.

Uma estaca se projetou da lateral do cubo na direção da cabeça de Hook.

Rafal deu um chute no peito dele, tirando-o do caminho bem a tempo.

Depois veio outra estaca, e outra, e mais uma. O cubo inteiro lançava estacas de proteção nos intrusos.

Rafal desviava delas, ágil e destemido, de modo que as estacas se voltavam para James, pegando de raspão em seu braço, sua coxa, sua orelha, enquanto o rapaz se contorcia loucamente, deixando escorrer sangue pelo mar.

"INFERNOOO", Hook gritou, mas Rafal já estava ali, agarrando-o e estendendo o dedo, criando um escudo de brilho gelado que fazia as estacas ricochetearem com um barulho estrondoso. *BUM! BUM! BUM! BUM!* Todo o tempo, James se encolheu nos braços do Diretor da Escola do Mal, contudo, em vez do vazio frio, agora havia calor. Inesperado. Deslocado. Uma ternura que Hook não sentia desde que seu pai estava vivo. O calor do *amor*. E agora James sabia que isso também fazia parte da alma de Rafal... que o que o impedia de matar seu irmão gêmeo *não era* a Pena, mas o laço que ele tinha com sua melhor metade... e era isso que tinha feito Rafal poupar Hook em vez de matá-lo... como se James tivesse se tornado o substituto do amor de seu irmão...

BUM! BUM! BUM!

E... nada.

Rafal olhou para as águas tranquilas, o cubo dourado cintilante e liso, sem mais nenhuma estaca.

Ele abaixou a mão e o escudo se desfez.

Rafal livrou Hook de seus braços e o soltou no mar.

Eles ouviram um som vindo de trás.

Som de metal.

Restava uma estaca, projetando-se de um ponto cego.

Ela foi na direção do pescoço de Hook.

Rafal gritou.

Hook apontou o dedo e surgiu uma parede de brilho, destruindo a lança.

O garoto ficou em silêncio, respiração ofegante... depois viu Rafal boquiaberto diante dele.

"É sua magia!", Hook gritou, pânico se transformando em raiva. "Era para isso acontecer?"

Rafal piscou os olhos.

"*Não.*"

Atrás deles, a tranca do cubo se abriu e rebaixou, revelando uma mulher de pele morena na porta, cercada por vinte guardas armados com arpões.

"Olá, Rafal", a mulher disse. "Bem-vindo à Prisão Monrovia."

Ela usava um terninho justo de lamê dourado e um colar azul brilhante em forma de esfera. Seu cabelo era uma colmeia de tranças, os lábios estavam pintados de dourado e ela tinha pedrinhas de *strass* douradas ao redor dos olhos. Todos os guardas usavam o mesmo colar azul brilhante que ela.

Ela abriu um sorriso condescendente.

"Sua presença não foi autorizada, então sugiro que encontre o caminho de volta para a superfície antes que a situação se agrave."

"Eu amo quando a situação se agrava. É o que eu chamo de diversão", Rafal disse. Ele piscou os olhos. "Você me parece familiar..."

"Quintana de Drupathi. Fui aluna de sua escola", a mulher respondeu. "Você me disse que eu era arrogante e hipócrita e que não conquistaria muita coisa."

"E estava certo, não estava? Você administra uma prisão. Uma prisão controlada por líderes do reino, então não passa de uma *funcionária*", Rafal disse. "Está bem longe de ter o que é preciso para se tornar uma lenda do Mal."

Quintana franziu o cenho.

"E ainda assim você está aqui, tentando *entrar* na minha prisão. Imagino o que seira preciso para matar um mago. Seria divertido tentar."

Rafal não reagiu.

"Estamos aqui para falar com os Sader."

"Eu sei. Eles me contaram há uma semana que você viria com um jovem pirata fracassado, cujo sangue peculiar havia convencido os Predadores Noturnos a trazer vocês." Quintana olhou rapidamente para Hook, depois voltou a olhar para Rafal. "Mas, como você bem sabe, intrusos não são permitidos."

"Quando foi a última vez que alguém conseguiu invadir?", Rafal perguntou.

"Durante a minha gestão? Nunca."

"Isso vai mudar hoje", Rafal afirmou.

"Então não há dúvida de que vou te matar", Quintana disse. "A única dúvida é o tempo que vou levar."

"De fato", Rafal disse.

Ele apontou o dedo para ela, mas nada aconteceu.

Quintana ajeitou as mangas da roupa.

"Eles também me disseram que feitiço você usaria, então criamos um escudo contra ele. Você sabe… é o que *eu* chamo de diversão." Ela olhou nos olhos do Diretor da Escola.

"Disparar", ela disse.

Seus guardas dispararam seus arpões, lanças farpadas deslizaram na direção de Rafal.

Houve uma explosão de luz, estilhaçando lanças e arpões e engolindo Quintana e os guardas em uma bolha de água gigante.

Rafal ficou olhando com espanto, como se estivesse sonhando… então virou lentamente para Hook, que estava com o dedo esticado, com um brilho cintilante.

Hook olhou para Quintana.

"Imagino que eles *não tenham visto* essa parte? A parte em que o pirata *fracassado* vence?"

Mas ele só ouviu os gritos abafados de Quintana enquanto a bolha flutuava para longe levando a mulher e seus guardas.

Hook viu Rafal franzindo a testa para ele.

"O que foi?", James perguntou.

"Com certeza vou tirar minha magia de você quando terminarmos aqui", Rafal disse, pegando o garoto pelo braço e nadando com ele para dentro do cubo.

James ficou feliz por Rafal não poder notar suas mãos suadas no mar. As duas vezes em que Hook tinha utilizado magia, havia feito sem pensar, por meio de uma força nova e bruta em seu interior que se manifestava sem seu controle consciente. Por um lado, aquilo havia salvado sua vida e a de Rafal. Por outro… ele não gostava da sensação estranha de não conhecer mais o próprio corpo nem do que era capaz, ou o que ia fazer. Mas sempre que ele começava a pensar demais ou se aproximava do medo, aquele vazio morto retornava, fazendo com que ele voltasse a se concentrar na missão, como se sua alma tivesse uma nova bússola.

O interior da Prisão Monrovia era o oposto do que ele esperava. O cubo era imaculado por dentro, uma pilha de celas de aquário, iluminadas por azolas flutuantes douradas e videiras submarinas. Não havia guardas à vista e Hook suspeitou de que tivesse dado um jeito em todos, ou na maioria, com seu feitiço do lado de fora. Quanto às celas, cada uma era um tanque

individual com um prisioneiro dentro, que usava túnica branca e um colar azul brilhante, o mesmo que tinha visto em Quintana e nos guardas, e que ele imaginava que deveria ser o que sustentava a magia que permitia que eles respirassem debaixo d'água. Ele avaliou a altura dos tanques-cela, até beeeeeeem lá em cima. Havia pelo menos uma centena deles.

"Como vamos encontrar os Sader?", ele perguntou a Rafal.

"Videntes são difíceis de prender, já que sabem tudo o que vai acontecer", o Diretor da Escola do Mal respondeu. "Procure a cela que for mais segura."

"Ali", disse Hook, apontando.

Do teto, desciam correntes de aço como os cabos de um lustre, suspendendo um tanque isolado.

"Primeiro você me salva e agora está vendo coisas mais rápido do que eu", Rafal murmurou.

"Talvez eu devesse pegar o lugar de seu irmão", Hook disse em tom de brincadeira. "Imagine só. Eu, na Escola do Bem."

Rafal não respondeu.

Conforme eles se aproximaram do tanque, James viu que ele não abrigava um detento, mas uma família inteira, todos de cabelos claros e magros, usando a túnica branca da prisão – uma mãe, um pai, uma avó e dois filhos adolescentes. A mãe os viu se aproximando sem demonstrar nenhum sinal de surpresa nos olhos castanho-esverdeados. Os longos cachos loiros ondulavam ao redor de seu nariz arrebitado e dos olhos arregalados como pequenas cobras.

"Olá, Rafal", ela disse em um tom de voz que atravessava a água com muita nitidez. "Sou Adela Sader."

"Mãe da jovem Marialena Sader, presumo?", Rafal respondeu.

"Obrigada por levá-la para a Escola do Mal. Senão ela poderia ter vindo parar aqui conosco", Adela disse. "Apesar de os poderes de premonição dela serem…"

"Inexistentes", zombou o filho mais velho. O mais novo riu.

O pai deu um tapa em cada um.

"Ela se esforça mais do que vocês dois. Talvez não tenha tanta facilidade, mas os poderes dela vão se desenvolver."

"Diga isso para todas as pessoas que ela engana. Faz anos que ela vende profecias falsas", resmungou um dos meninos.

O pai o ignorou e se dirigiu ao acompanhante de Rafal.

"Você deve ser James Hook."

"O pirata fracassado pelo qual vocês não estavam esperando", Hook provocou.

"Ah, estávamos esperando, sim", o menino mais velho afirmou, abrindo um sorriso com dentes tortos.

"Mentimos para os guardas", o menino mais novo acrescentou. "Era o único jeito de nos livrarmos deles."

Hook notou que aquilo era novidade para Rafal também. Os olhos frios do Diretor estavam fixos nos dois rapazes.

"Por que vocês mentiriam por nós?", Rafal perguntou.

A família toda se entreolhou.

"Porque vocês vão nos libertar, é claro", Adela disse. Depois ela fez uma pausa. "Bem, eu não deveria dizer *vocês*, porque fica implícito que são os dois. *Um* de vocês vai nos libertar."

Rafal franziu a testa.

"E o outro?"

"Bem, aí é que está...", Adela suspirou. "Um de vocês mata o outro."

9

"Um de vocês mata o outro."

As palavras do Storian assombravam Rhian, que tomava um cálice de vinho encostado em uma sacada de vidro. Era noite de lua cheia e a floresta escura estendia-se diante dele.

Mais cedo, naquele mesmo dia, a Pena havia retomado a história de James Hook, levando o pirata e seu novo amigo misterioso para uma prisão no fundo do mar. Lá, haviam visitado uma família de videntes de sobrenome Sader em busca de respostas, mas ficaram sabendo que um dos dois morreria pelas mãos do outro.

Era o tipo de reviravolta que a Pena encantada amava, o gancho perfeito para uma pausa antes que o restante da história se desenrolasse. Normalmente, Rhian se envolvia pouco com essas reviravoltas… mas havia algo estranho naquela história que deixava o Diretor da Escola do Bem inquieto.

Por que o Storian não expunha o nome do estranho que tirou Hook da Blackpool? A Pena tinha revelado o que Hook pretendia perguntar aos videntes – como matar Pan –, no entanto, por que não revelava a pergunta que o *estranho* pretendia fazer? E aqueles Sader… Não eram a família de Marialena?

Mas ele tinha problemas maiores com que se preocupar.

Sob o comando de Rhian e Rafal, a Escola do Bem e do Mal era uma só. Com Vulcano, estava se transformando em duas. Só no dia anterior, Vulcano tinha feito ainda mais mudanças: os Nuncas fariam todas as refeições sozinhos em uma nova sala de jantar do Mal, as aulas conjuntas do Mal com o Bem haviam sido substituídas por aulas apenas para os alunos do Mal e ele tornara um morcego com dentes afiados a insígnia da Escola do Mal, reproduzindo-o por toda parte, nas paredes, nos uniformes, nos livros, como se só ele tivesse o direito de criar uma marca para a escola.

Rhian apertou a taça com os dedos.

Ele não parava de pensar naquele garoto, Hook. Uma alma atenciosa e bem-intencionada cujo destino tinha sido sequestrado por um estranho que pensava apenas em seus próprios objetivos.

Rhian sabia um pouco sobre isso. O que quer que estivesse acontecendo nas profundezas do Mar Selvagem refletia a história do Diretor da Escola do Bem, também refém de um estranho.

Se Vulcano e seus alunos do Mal vencessem a Prova, haveria um segundo castelo. A Pena ficaria presa entre suas paredes. O antigo equilíbrio entre Bem e Mal, entre Diretores da Escola... se despedaçaria.

Rhian rangeu os dentes. Os termos da Prova favoreciam Vulcano, mas ele não se importava. No momento, o que importava era se livrar do parasita. Os alunos e professores tinham se apaixonado por Vulcano da mesma forma que tinha acontecido com Rhian no início, e agora era tarde demais para expulsá-lo sem provocar um motim. A única esperança de Rhian era o Bem se dar melhor na Prova e mandar o invasor barbudo de volta para casa.

Ele sorveu o restante do vinho.

Por que ele não tinha dado valor a Rafal quando estava com ele? Por que não tinha feito o irmão se sentir amado em vez de desconfiado? *O Mal ataca, o Bem defende.* Não era aquela a primeira regra dos contos de fadas? E ele que havia alimentado a paranoia de seu irmão gêmeo dizendo que o Storian tinha se voltado contra ele. O que começou como uma piada tinha virado um ataque descuidado. Agora ele estava pagando o preço. Em Vulcano, ele achou que encontraria um substituto para o amor de seu irmão. Alguém que o equilibraria. Mas na verdade acabou confiando em um inimigo. Da mesma forma que Hook.

É estranho, não é?, Rhian pensou. Que o último conto do Storian tenha sido sobre ele... e este novo também parecesse refletir sua sorte com tanta precisão.

Rhian abriu um sorriso irônico. Ele estava sendo narcisista. Exatamente o que Rafal sempre o acusava de ser. Achar que tudo dizia respeito a ele. O conto de James Hook nada tinha a ver com o que estava acontecendo na escola.

Mas ainda assim... alguma coisa o alfinetava... alguma coisa que estava se aproximando da superfície.

O som de gritos e assobios o tiraram de seus pensamentos.

Rhian ficou tenso. Na hora do almoço, ele e o Diretor da Escola do Mal tinham anunciado a Prova aos alunos, explicando o que estava em jogo. Se o Mal vencesse, eles teriam a própria escola e o direito de ostentar a guarda do Storian em suas instalações. Se o Bem vencesse, Vulcano voltaria para a Floresta de Baixo e lideraria uma busca por Rafal.

Naturalmente, os Nuncas estavam mais empolgados. Os Sempres não sabiam o que pensar. O Mal podia ganhar uma nova escola e eles podiam ganhar... o quê?

Nesse meio-tempo, Vulcano reuniu seus Nuncas para votar em quem os representaria – a reunião que Rhian estava escutando no andar inferior.

A julgar pelas vibrações, eles deviam ter chegado a um acordo sobre quem o Mal enviaria para a floresta na noite seguinte.

Rhian, por sua vez, disse aos Sempres que *ele* decidiria quem iria para a floresta representar o Bem. Com tanta coisa em jogo, ele não poderia deixar a escolha na mão dos alunos. Principalmente porque sabia que os Nuncas escolheriam Timon como seu porta-estandarte – um garoto musculoso e caolho, metade ogro, capaz de esmagar qualquer coisa que surgisse em seu caminho.

Rhian não tinha a menor ideia de quem colocar para enfrentá-lo e sentia os Sempres o encarando quando passavam por ele no corredor, não só duvidando de suas chances na Prova, mas também dele, seu líder, por ter concordado com uma coisa dessas.

Na manhã seguinte, Rhian e Vulcano se encontraram para delimitar a arena.

Uma área de pouco mais de 3 km tinha sido escolhida para a Prova, com cada Diretor responsável por preenchê-la com os obstáculos que quisesse. Ao pôr do sol, os dois concorrentes, Bem e Mal, entrariam na arena. Quem sobrevivesse até o amanhecer seria declarado vencedor.

"Se o Mal perder, espero que você deixe a escola sem dar um pio", Rhian disse, fortificando a última parte do escudo encantado em volta do campo da Prova. "E leve seus morcegos idiotas junto."

"Garotinho assustado. Agindo com tanta infantilidade enquanto eu só tento tornar escola melhor", Vulcano respondeu. Ele testou a fronteira invisível com os dedos e absorveu o choque sem hesitar. "Bem e Mal devem ser iguais. Dois líderes fortes. Mas você é fraco e se sente ameaçado pela força. Se eu vencer, *você* deve ir embora. Volte para a casa da mamãe e tome seu leitinho."

"Sua mãe devia ter te dado o nome de Abutre", Rhian retrucou.

Vulcano caiu na gargalhada.

"Essa é a versão do Bem de um insulto? Olhe para você. Parece o patinho feio que pensa que é um cisne."

Rhian estreitou os olhos.

"E se der *empate*, se tanto o meu quanto o seu concorrente sobreviverem até o amanhecer, você vai ter que sair *mesmo assim*."

"Só porque você quer, patinho", Vulcano respondeu. "Não. Se os dois sobreviverem, eles vão lutar um contra o outro. Em algum momento um deles vai morrer."

"Isso é uma escola, seu idiota. Não matamos nossos alunos. Se você fosse um Diretor de verdade, saberia disso. Eles precisam ter uma opção para se render."

"Em meu reino, quem se rende é morto da mesma forma."

"É uma pena você nunca ter se rendido, então", Rhian disse, furioso.

Vulcano mastigava um graveto.

"Tudo bem, patinho. Já que está dando chilique. Dê uma bandeirinha bem pequena para o seu combatente e, se ele for covarde e a soltar no chão, tudo bem, ele se rende. Mas para o meu não precisa. Não ensino meus alunos a serem covardes."

"Não, você ensina seus alunos a serem bárbaros e descerebrados como você", Rhian disse. "Por isso escolheu Timon."

"Ah, tão amargo e mesquinho, como se *você* devesse ser o Diretor da Escola do Mal!", Vulcano respondeu. "Foi por isso que expulsou seu irmão? É por isso que não gosta de mim? Porque quer ficar com o meu trabalho?"

Vulcano se afastou, deixando Rhian sem palavras.

Escureceu rápido.

Quando ele terminou de conjurar seus obstáculos na arena (coelhos assassinos, fadas macabras, árvores prestes a cair) e vestiu uma túnica cheia de adornos para competir com o que Vulcano pretendia usar, o sol já estava do tamanho de uma moedinha e os alunos das duas escolas tinham começado a se dirigir para a floresta.

Rhian seguia lentamente atrás deles. Ainda não tinha decidido quem seria o representante do Bem na disputa e precisava de tempo para pensar. Ao caminhar na direção da floresta, ele podia ouvir os roncos e rosnados do bosque, as criaturas da noite acordando de seu sono. Rhian de repente se questionou se tinha sido uma escolha inteligente fazer a Prova no meio da floresta, onde qualquer coisa poderia acontecer. Havia um motivo para eles proibirem os alunos da escola de irem para a floresta após o anoitecer e agora eles jogariam dois deles no meio do mato... Era cedo demais para um teste como esse! Rhian tinha exigido que a Prova acontecesse aquela noite da mesma forma que Rafal havia antecipado o Baile da Neve, de modo imprudente e impulsivo, sem pensar muito nos alunos que deveria proteger.

As palavras de Vulcano o ferroaram com seu eco: *"como se você devesse ser o Diretor da Escola do Mal!"*.

Não era verdade, é claro que não.

Rhian sempre tinha sido a melhor alma.

Mas, sem Rafal, ele tinha perdido o rumo. O equilíbrio. E agora não sabia mais quem era.

E era por isso que estava com dificuldade para escolher o combatente do Bem.

Deveria escolher alguém valente e de coração puro, como Hefesto, mesmo que lhe faltassem malícia e perspicácia para passar a perna em Timon? É o que o antigo Rhian teria feito. Apostado na Bondade e acreditado que venceria o melhor. Mas o novo Rhian se perguntava se não deveria escolher alguém mais astuto... que soubesse tramar e trapacear para superar o que quer que Vulcano tivesse planejado... o tipo de aluno que Rafal escolheria...

No limite da floresta, os Nuncas transbordavam de empolgação, enrolados em cobertores para uma vigília durante toda a noite para apoiar seu combatente, armados com faixas e placas:

OS SEMPRES SÃO UM LIXO   OS NUNCAS SÃO DEMAIS

LUTE PELO MAL!

A PENA É NOSSA!

QUEREMOS NOSSO CASTELO!

Os Sempres, por sua vez, pareciam abatidos e nervosos, olhando de relance para o gigante Timon, com seu único olho vermelho e seus braços musculosos.

Vulcano se aproximou de Rhian, exibindo um gibão de veludo cor de sangue.

"Então, diga. Quem o Bem escolhe?"

Os pensamentos de Rhian ainda estavam em seu irmão.

Quem Rafal escolheria no meu lugar?

Seus olhos estavam fixos sobre Timon, as mãos suando.

Hefesto não.

Ele escolheria alguém que jogasse sujo.

Alguém que fizesse qualquer coisa para vencer.

Até mesmo trapacear.

A mente de Rhian se afastou de Hefesto.

Foi na direção de uma alma que seu irmão tinha rotulado como do Mal.

Rafal tinha tanta certeza...

E se Rafal estava certo e, de alguma forma, a Pena estava errada?

Quem melhor para combater um brutamontes do mal do que alguém que podia muito bem ser do Mal... ou pelo menos perto disso...

Ele engoliu em seco.

Mas será que eu deveria fazer o que Rafal faria?

Não fazer o que Rafal faria não é justamente o que o torna Bom?

Mas se eu fizesse, o que seria...?

"E então?", Vulcano exigiu saber.

Rhian soltou um nome.

Antes mesmo de fazer sua escolha.

O nome que seu irmão do Mal teria dito para ele escolher.

Os Sempres se afastaram devagar, revelando um garoto que estava ocupado beijando Kyma, perdido no primeiro amor, e não tinha a mínima ideia de que fazia parte dessa história.

Então viu as duas escolas olhando para ele.

"Eu?", Aladim engasgou. "Você está *me* escolhendo?"

Mas Rhian já tinha se voltado para Vulcano.

"Vamos começar. Aladim contra Timon. Quem sobreviver até o pôr do sol…"

"Nós não escolhemos Timon", Vulcano explicou.

Rhian ficou surpreso.

"O quê?"

Todos os Nuncas estavam sorrindo.

"Escolhemos Marialena", Vulcano respondeu.

Rhian riu como se aquilo fosse uma piada.

"Por que vocês escolheriam uma vidente mentirosa para vencer uma Prova?"

"Porque se eu dissesse a *verdade* sobre o que vejo, seu irmão não teria me escolhido para a Escola do Mal." Marialena deu um passo à frente, protegida por um manto escuro. "Se eu dissesse a verdade sobre minhas visões, estaria na Prisão Monrovia neste instante com o resto de minha família." Ela olhou para Rhian através dos óculos. "Minha família, que seu irmão está *visitando* neste exato momento."

Rhian fez um gesto de desprezo com a mão.

"Que bobagem. Mais mentiras da…"

Prisão Monrovia.

A prisão da história de Hook.

O cárcere submarino onde os Sader eram mantidos.

Ele voltou a olhar para Marialena.

Ela olhava fixamente para ele. Seus olhos eram como lagoas castanhas cristalinas.

Nenhum sinal de falsidade.

E, de repente, Rhian compreendeu.

Ela estava dizendo a verdade.

Estava dizendo a verdade desde o princípio.

Marialena *era* vidente.

Ela era capaz de ver o futuro como os outros membros de sua família.

Mas, diferentemente deles, Marialena *mentia* sobre as coisas que via.

Porque mentindo ela tinha escapado quando sua família foi presa. Ao esconder de propósito seus verdadeiros poderes, ao vender mentiras de forma imoral, ela tinha chamado a atenção do Diretor da Escola do Mal e garantido sua entrada na escola bem antes de os Sader serem sentenciados à prisão. Marialena tinha previsto tudo. A prisão de sua família... ela se juntando a eles na cela... a menos que ocultasse seus poderes atrás de mentiras e desse mais um passo na direção do Mal. Se mentisse sobre as coisas que via e chamasse a atenção de Rafal, ficaria livre e frequentaria uma escola lendária em vez de ir para o fundo do mar.

Mas agora o coração de Rhian tinha ficado ainda mais gelado. Aquela sensação desconcertante que o invadia sempre que pensava na história de Hook tinha voltado.

Porque se Marialena era mesmo vidente, ela não estava dizendo a verdade apenas sobre seus poderes. A outra parte da história também era verdade.

A parte sobre sua família.

"...*que seu irmão está visitando neste exato momento.*"

O que significava que aquele estranho misterioso com Hook... o que tinha ido procurar os Sader em busca de respostas... aquele destinado a matar James Hook ou morrer...

Não era um estranho.

Era *Rafal.*

Rhian olhou para Marialena com os olhos arregalados.

A vidente prestes a lutar pelo Mal nessa Prova.

A vidente capaz de ver tudo antes que acontecesse.

O futuro de Rafal. O futuro de Rhian. O futuro da escola.

E, pela forma com que ela sorria para ele, o Diretor da Escola do Bem ficou muito, muito assustado.

10

Levou um tempo para as palavras de Adela Sader assentarem.

A profecia de que um deles mataria o outro.

Isso, depois que Hook e Rafal tinham *salvado* um ao outro para chegarem ali.

Os garotos se entreolharam. A expressão de Hook era de extrema tensão e ansiedade, já Rafal não tinha expressão alguma, até que o Diretor da Escola olhou pra Adela em sua cela de aquário.

"Não sei muito bem que futuro você está vendo", Rafal disse, cuja voz atravessava o mar, "mas sou imortal e não posso ser assassinado, então não tem como Hook me matar. E quanto a eu matar Hook... se não aconteceu até agora..."

Ele abriu um sorriso para Hook. Flutuando ao lado dele, James deixou a tensão de lado. Ele tinha uma janela para a alma de Rafal, agora que a magia do Diretor da Escola estava dentro dele. Ele podia perceber os sentimentos que Rafal tinha desenvolvido por ele, protetor, terno, como se o rapaz ocupasse o lugar de seu irmão. O que significava que James podia ter certeza de uma coisa: o Diretor jamais o machucaria.

"É, isso é um absurdo", Hook disse em tom de desprezo. "Ninguém vai matar ninguém."

Adela deu de ombros. Sua silhueta ficava indistinta devido à luz azul do tanque.

"Estou dizendo o que vejo."

"O que todos nós vemos", o marido completou. Os dois filhos e a avó confirmaram com um aceno de cabeça.

A avó levantou o dedo magro.

"Primeiro você nos liberta. Depois acontece a morte."

"Não é isso o que acontece", argumentou o filho mais velho. "Ele mata o outro primeiro. Depois somos libertados."

"Humm, eu vejo o que a vovó vê", palpitou o filho mais novo.

"Independentemente dos detalhes", Adela interrompeu, virando-se para Rafal, "concordamos que vocês nos libertam. Então, vamos logo com isso?

Tem uma fechadura no alto da cela. Vocês só precisam quebrá-la, puxar a trava e nós nadamos para fora."

"Nunca concordamos em libertar vocês, não importa o que dizem suas visões", Rafal deixou claro. "Se quiserem que consideremos a ideia, James e eu temos algumas perguntas primeiro."

"Muitas perguntas", Hook acrescentou, apesar de estar com as pernas cansadas devido ao movimento circular para se manter parado na água. Porque agora que James tinha a oportunidade de ver seu futuro, queria saber tudo. Não só como matar Pan, mas como matar o Pan seguinte, e o próximo, e todos os Pans que surgissem...

"Uma pergunta por pessoa", Adela retaliou. "Videntes não podem responder perguntas sem envelhecer dez anos e esse é um preço bem alto. Uma pergunta respondida e vocês libertam meus filhos. Depois a outra será respondida e vocês libertam o restante de nós. Estamos de acordo?"

Rafal parou para refletir. Depois virou para Hook.

"James, você primeiro..."

"*Você* primeiro", disse toda a família Sader ao mesmo tempo.

Todos estavam com o olhar fixo em Rafal.

Rafal hesitou.

"Tudo bem." Ele se aprumou. "Como posso fazer o Storian dar preferência a *mim* e não ao meu irmão?"

A família Sader trocou olhares.

Mas foi o pai que respondeu. Seu rosto suave e rosado ficou sério de repente, a voz foi recoberta por um eco profundo, como se viesse de algum lugar para além do mar.

"A Pena sente uma alma inquieta, Rafal", ele disse. "Questionando se o amor de um irmão é suficiente. Por muitos anos, vocês mantiveram um ao outro em equilíbrio. Mas agora uma alma deseja mais. Deseja crescer além do reflexo de um irmão. Testar a paz que foi confiada a vocês, e que deveriam proteger. Mas a Pena está alertando: isso não é uma boa ideia. É por isso que o Mal sofre. Porque, se um dos lados desvia do rumo, o Storian reflete esse desequilíbrio. Só quando o amor restaurar a paz, quando o amor for maior que uma alma inquieta, a Pena deixará ambos os lados vencerem igualmente. É assim que a Pena age. Esse é o equilíbrio da Pena."

O pai da família Sader terminou de falar. Então, aos poucos, as rugas em seu rosto aumentaram, os fios grisalhos do cabelo ultrapassaram os loiros, os músculos de seus braços e peito ficaram menos firmes.

"Dez anos de vida", ele suspirou baixinho. "O preço da verdade."

Rafal não disse nada.

Hook podia ver que ele estava perdido em seus pensamentos. Então, dentro de James, a magia do Diretor ficou mais fria, puxando a energia de Hook para a escuridão. Aquela chama de amor que Hook tinha encontrado na alma de Rafal – a saudade do irmão, o desejo de estar perto de sua outra metade – havia dado lugar a outra coisa.

Dúvida.

Rafal não tirou os olhos do pai da família Sader.

"As coisas mudaram entre Rhian e eu. Isso é verdade. Eu desviei do rumo. Ele não. Mas posso consertar isso, não é? Vou amá-lo. Vou ficar ao lado dele como antes."

Os Sader não disseram nada.

"Respondam", Rafal ordenou. "Vou consertar isso? Meu amor vai ser suficiente?"

"Uma pergunta por pessoa", Adela Sader disse, apontando com a cabeça para Rafal e Hook. "Foi o acordo que fizemos."

"Então vou usar a pergunta de James também", Rafal declarou.

James virou para ele, em choque.

"De jeito nenhum... Eu vou fazer a minha, assim como voc..."

Rafal lançou um feitiço sobre ele, lacrando sua boca. Ele ficou olhando com frieza para Hook, como se o garoto fosse um estranho. Como se agora que ele e o amor de seu irmão estavam em jogo, a ternura por James tivesse evaporado.

Rafal voltou a olhar para os Sader.

"Respondam à minha pergunta."

Mas os dois filhos estavam grudados no vidro, vermelhos de raiva.

"Você fez o meu pai envelhecer dez anos. Chega de respostas até você nos libertar", disse o mais velho.

"Você prometeu", insistiu o mais novo.

Rafal ignorou os meninos e os gritos abafados de James, dirigindo-se a Adela.

"Meu amor vai ser suficiente?"

A mãe da família Sader o mirou com um olhar duro.

"Você ouviu os meninos. Tínhamos um acordo."

"RESPONDA À PERGUNTA!", Rafal vociferou. "VAI SER SUFI-CIENTE?"

"Não", Adela respondeu sem titubear. "Nunca vai ser suficiente. Traição. Guerra. Morte. É o que espera você e suas almas amaldiçoadas."

"Mentirosa", Rafal acusou.

Mas, devagar, os cabelos de Adela clarearam com mechas brancas. Seus olhos ficaram embotados. A pele perdeu a firmeza e manchas de sol surgiram em suas têmporas.

Dez anos a encontraram.

O que significava que ela tinha falado a verdade.

Rafal ficou tenso. As palavras dela ressoavam.

"Traição. Guerra. Morte."

Mas não era só para Rafal que aquela profecia importava.

James estava ofegante, seu sangue começava a ferver.

Duas perguntas tinham sido feitas e respondidas.

Hook tinha perdido sua chance.

Ele soltou um grito de raiva. A magia em seu interior se expandiu e rompeu o feitiço de Rafal.

"SEU TRAPACEIRO SUJO!", ele gritou para o Diretor da Escola.

Rafal mal olhou para ele.

"Vamos soltar eles. Preciso voltar para a escola."

Ele nadou até o alto do tanque, usando o dedo brilhante para queimar a fechadura. Havia alguma coisa na forma com que o Diretor da Escola do Mal tinha feito aquilo, na forma com que tinha falado, que congelou a raiva de James. A tristeza no rosto de Rafal. Como ele estava sendo castigado. E então James entendeu: a profecia dos Sader havia assustado Rafal. O que quer que houvesse de amargo entre ele e seu irmão gêmeo já tinha sido deixado de lado, ele estava determinado a consertar o que estava quebrado e evitar o presságio de seu destino. Rafal rompeu a fechadura, prestes a abrir a cela.

O rosto de Hook se retorceu.

Rafal podia ter amolecido. Mas James não. A magia do Diretor da Escola ainda estava dentro do jovem pirata, o pirata que tinha ido até ali em busca de respostas sobre como matar Pan e que não pretendia ir embora sem consegui-las.

Hook foi para cima de Rafal e o acertou com a cabeça, derrubando-o do alto do tanque.

"Ninguém vai ser solto até eu ter minha vez", James disse por entre dentes cerrados, olhando com raiva para os Sader atrás do vidro.

Rafal deu um soco nele, jogando-o para longe.

De imediato, os irmãos Sader agarraram a tranca e abriram o tanque, deslizando por uma onda de água e arrastando a avó junto, enquanto o pai e a mãe se apressavam para segui-los.

Vendo escapar sua esperança de obter respostas, James foi atrás deles, mas Rafal o acertou com um feitiço, fazendo o jovem Hook ricochetear contra o tanque. Sem pensar, James enfiou o dedo brilhante em Rafal, aplicando sua própria magia contra ele, uma lança de luz envolvendo o pescoço do Diretor e o estrangulando antes que Rafal pudesse se soltar. Mas Hook já estava sobre ele, prendendo Rafal em uma gravata, sufocando-o, alimentado por uma força e uma fúria que nenhum dos dois conseguia controlar. De fato, Rafal não podia mais subjugar Hook, que abrigava sua própria magia de forma intensa, e, quando tentou repelir o garoto, viu as feições de James se distorcendo, magicamente se transformando nas de *Rafal*, como se Hook tivesse perdido contato com sua alma e sido dominado pela alma do Diretor da Escola. De repente, Rafal sentiu algo enfraquecer dentro dele... sua magia se exaurindo... e percebeu que sua alma imortal estava sendo drenada pelo garoto que compartilhava parte dela, um garoto furioso, cheio de raiva e agora *poderoso*... Quase sem ar, Rafal bateu no estrangulador que usava seu próprio rosto, era seu gêmeo do Mal.

"Pare, Hook... Você está me matando...", ele disse, ofegante. "A profecia... você a está tornando *real*..."

Hook afrouxou as mãos sobre Rafal... a verdadeira alma do garoto voltando a despertar por um instante... tempo suficiente para Rafal pegá-lo pelo pescoço e jogá-lo sobre o tanque mais próximo. Hook deu um grito de vingança, motivado mais uma vez pela energia de Rafal. Eles travaram uma briga debaixo d'água, com todos os prisioneiros da Monrovia assistindo de olhos arregalados, seguros em suas celas. Eles brigaram por horas, dando socos e chutes e ferindo um ao outro. A magia minguava, depois recuperava a força, Rafal e Hook, Hook e Rafal, Rafal e Rafal, os dois garotos vertiam filetes de sangue até, por fim, cederem. Almas vazias, magia falhando, os poderes para respirar debaixo d'água transformando-se em um afogamento gelado e doloroso no fundo do mar. Eles se afastaram um do outro, girando para baixo, a materialização do alerta dos Sader, só que com a morte dos *dois* em vez de um.

Mas então surgiram sombras, esguias e pretas, como águas-vivas furtivas, que agarraram Hook e puxaram o rapaz para cima, deixando Rafal afundar para a morte.

Os pulmões do garoto se encheram de ar quando ele subiu à superfície, no ar frio da noite, até que foi arrastado para um navio preto reluzente. O rapaz todo sujo de sangue tossia e expelia água salgada, até que conseguiu abrir os olhos e ver os responsáveis por seu resgate.

Predadores Noturnos, cobertos com véus pretos, zumbindo por seu sangue.

Um deles pegou uma faca e cortou o braço de Hook, sedento por seu precioso néctar azul...

Uma vermelhidão espessa escorreu.

Hook sorriu para eles e seu rosto lentamente voltou a assumir as feições de Rafal.

Os Predadores Noturnos gritaram de raiva, mergulhando à procura dele como abutres, mas o feiticeiro do Mal já estava no ar, afastando-se do mar e voando para longe.

Enquanto planava escuridão adentro, como um morcego esticando as asas, Rafal aspirava a noite e lágrimas se formavam antes que ele pudesse contê-las. Ele sentiu uma pontada de pesar, pungente e desconhecida. Estava de luto pelo pirata com quem tinha compartilhado sua alma. Hook. *Capitão* Hook. O garoto que ele tentou amar. O garoto que ele acabou destruindo.

Rafal esfregou os olhos.

O amor se transformou em veneno.

Boas intenções se transformaram no Mal.

Traição. Guerra. Morte.

Você e suas almas amaldiçoadas.

Ali mesmo, bem acima da terra, o Diretor da Escola do Mal fez um juramento para si mesmo.

Que aquilo não voltaria a acontecer.

Que aquela história não se repetiria com seu irmão.

Que uma segunda profecia nunca deveria se realizar.

11

Pelos conhecidos portões, o Diretor da Escola do Mal entrou. Ele tinha engolido o orgulho ao voltar para o irmão gêmeo. Havia se livrado de todos os ressentimentos do passado e escondido-os nos confins da mente. Era hora de recomeçar. De ser um bom Diretor da Escola. Um bom irmão. Com o Storian entre os dois, ele e Rhian encontrariam um novo equilíbrio. Um amor duradouro. Que quase havia se afogado no fundo do mar. Rafal forjou um sorriso. Nos braços de seu irmão, ele encontraria a redenção...

Foi quando ele notou que não havia escola.

Só um campo vazio e devastado no limite de uma floresta, com sombras altas atravessando em zigue-zague.

Devagar, Rafal se virou e levantou os olhos até uma catedral de vidro que se agigantava sobre ele, reluzindo sob o sol.

Por um instante, ele se perguntou se tinha ido parar por engano em Gillikin, onde se costumava construir esse tipo de coisa horrível e nada prática...

Mas então, pelo vidro, ele testemunhou alguns alunos do Bem familiares acorrentados e amordaçados como prisioneiros, enfileirados em corredores, enquanto alunos do Mal vestindo couro preto, com varas, tacos e chicotes nas mãos, gritavam ordens e desferiam golpes, como carcereiros ameaçadores.

O *quê?*, Rafal pensou.

Ele piscou para desfazer a ilusão, pensando que talvez tivesse passado muito tempo debaixo d'água... mas viu que os Sempres ainda estavam lá, amarrados e assustados, prisioneiros dos Nuncas dentro de seu próprio castelo. Um *novo* castelo.

Stymphs passaram voando, descendo para o oeste.

Rafal ficou pálido.

Dois novos castelos.

Porque os pássaros de pelo escuro desceram em uma segunda escola, ao lado da primeira, irregular e preta, com quatro pináculos retorcidos, um novo lar para o Mal, cada torre com a escultura de um morcego. Uma das torres era mais alta que as outras, com uma grande janela aberta onde era possível vislumbrar uma pena prateada, suspensa no ar, escrevendo em um livro...

Rafal balançou a cabeça.

O Storian?

Em uma torre do Mal?

Uma silhueta obscureceu a Pena, a figura de um homem barbado, olhos escuros e provocantes, olhando feio para o Diretor.

A tensão cresceu dentro de Rafal, a pontada de uma ameaça animal.

Algo terrível tinha acontecido desde sua partida.

Algo imperdoável.

"Pssssst!"

O som veio de trás.

Rafal virou-se e, na floresta, notou um rápido movimento.

O Diretor da Escola do Mal entrou no bosque cerrado, desviando das árvores que filtravam o dourado do sol até ele se transformar em uma luz fantasmagórica.

Foi quando ele o viu.

Uma figura escondida nas sombras.

De expressão envergonhada, melancólica.

Sem camisa, olho roxo, corpo surrado.

Agachado atrás de um arbusto, um exilado de sua escola.

Da escola *deles*.

Rhian levantou as mãos, como se estivesse se rendendo, como se não soubesse por onde começar.

O gêmeo do Mal o fuzilou com os olhos.

Todos os pensamentos de paz e amor evaporaram.

"E então?", Rafal perguntou.

Seus olhos estavam em chamas.

"Pois é!"

PARTE 3

O JULGAMENTO DO STORIAN

1

"Começou com Aladim", Rhian suspirou.

"E não é sempre assim?", Rafal respondeu.

Como eu vim parar aqui?, Aladim pensou ao adentrar a floresta escura.

Os Sempres presumiram que o Diretor da Escola do Bem escolheria Hefesto para representar o lado deles, então Aladim tinha feito corpo mole, assim como os outros.

Por que Rhian o escolheria? Todos na escola do Bem sabiam que ele era medíocre nas aulas, tinha moral duvidosa e era péssimo em lutas. O Diretor devia ter perdido a cabeça para mandá-lo para a Prova. Na verdade, desde a partida de seu irmão, Rhian estava estranho – primeiro fez aquele castelo de vidro, depois convidou aquele esquisito arrogante para liderar o Mal, concordou com uma disputa que não traria vantagem nenhuma para o Bem, e agora o selecionava para participar como se, de algum modo, *ele* pudesse resolver alguma confusão do Diretor da Escola. A pior parte era que os Sempres estavam contando com sua vitória, porque o Bem sempre vencia o Mal, mesmo que Aladim mal conhecesse as regras daquela maldita Prova. Sobreviver até o nascer do sol, certo? Mas qual era o sentido daquilo? Ele tocou a bandeira para rendição no bolso de trás da calça. O que ele tinha que fazer era *não deixar* a bandeira tocar o chão até o amanhecer. Não parecia tão difícil. A arena da Prova era grande. Ele só precisava encontrar uma caverna ou vala para se esconder e estaria de volta aos braços de Kyma rapidi...

Triiiiip.

Aladim se virou.

O que foi isso?

Era um som estranho, agudo e áspero, ao mesmo tempo um lamento e um alarme.

Ele tentou enxergar no escuro, mas não viu nada além da silhueta das árvores.

Triiiiip.

Triiiiip.

Aladim recuou.

Ao seu redor, pares de olhos se acenderam, pequenos e arredondados, com pupilas vermelhas.

Ah, não.

Aladim correu...

Uma bola de pelo branco pulou em seu rosto, chiando e batendo os dentes afiados.

Triiiiip!

Triiiiip!

Triiiiip!

Aladim pegou a criatura pelo pescoço e a ergueu, obtendo luz da lua suficiente para ver orelhas grandes... um focinho rosado...

Um *coelho?*

Ele tentou morder seu pescoço, mostrando as presas, debatendo-se nas mãos de Aladim e gritando por sangue.

Um coelho *assassino.*

Ele o arremessou no chão, mas surgiram mais bolinhas de pelo assassinas pulando em suas pernas, arranhando e mordendo...

Então ele lembrou.

Eles tinham aprendido sobre coelhos assassinos!

Mayberry tinha enfatizado essas criaturas, como se soubesse que fariam parte da Prova.

Havia um antídoto, ela havia dito. Uma forma de neutralizá-los.

Qual era?

Puxar sua pata?

Afagar a cabeça?

Dar um tapinha na bunda?

Sim!

Parecia ser isso.

Um deles pulou no pescoço de Aladim...

O rapaz o pegou pelas patas de trás e bateu em seu traseiro.

Todos os coelhos de repente ficaram quietos, surpresos com ele.

Com vingança nos olhos, eles saltaram, derrubando-o no chão e atacando com o triplo da força – *TRIIIIIP, TRIIIIIP, TRIIIIIP, TRIIIIIP.*

Ele não conseguia respirar, saía sangue de todos os centímetros de seu corpo e os coelhos o mordiam cada vez mais forte, mais rápido, certamente para matá-lo...

Uma mão atravessou a confusão e fez cócegas no focinho dos coelhos.

Um a um, eles se afastaram.

Tic. Tic. Tic.

Aladim abriu os olhos e viu Marialena parada sobre ele, cercada de coelhinhos comportados.

Ele levantou-se, ensanguentado, machucado.

"O que você está…"

Ela sorriu e ergueu uma bandeirinha.

A bandeirinha *dele*.

Aladim tateou o bolso de trás.

Não havia nada ali.

"Sua trapaceira!", ele gritou.

Marialena balbuciou suas palavras, imitando-o.

"Exatamente como visualizei em minha cabeça", ela se gabou. "Ah, e cuidado com o último coelho. Não fiz cócegas no focinho dele."

Aladim a encarou. Depois olhou para baixo e viu um coelho com olhos vermelhos brilhando. Ele deu um salto e mordeu seu traseiro.

Aladim gritou.

"Eu vi essa parte também", Marialena afirmou.

Ela soltou a bandeira dele e viu o garoto desaparecer.

*

Banhado pelo sol da manhã, Rhian estava de cabeça baixa.

"Três minutos depois que ele entrou, estava tudo acabado", ele lamentou. "O máximo de dano sempre acontece no mínimo de tempo."

Nas sombras, Rafal olhava para ele furioso, sem demonstrar nenhuma empatia.

"Estou surpreso por ter durado tanto. O que te deu na cabeça para escolher aquele cabeça-oca?"

Rhian balançou a cabeça.

"Achei que seria quem *você* escolheria!"

"Você está mesmo perdido", Rafal disse em voz baixa. "Continue."

Rhian suspirou e continuou a contar a história.

A bandeira no chão era o sinal de que o combatente do Bem havia se rendido. Ele reapareceu do lado de fora da floresta, com a mão nas nádegas, dançando de dor.

O que significava que Rhian tinha perdido a disputa na qual havia apostado tudo.

Os Nuncas teriam um novo castelo, os dois lados ficariam separados. O Storian viveria dentro do castelo do Mal e o equilíbrio estaria comprometido. O Diretor da Escola do Mal, um homem que não se chamava Rafal, não seria mais uma chateação temporária, mas se equipararia a Rhian de forma permanente.

"Vulcano fica! Vulcano fica!", os alunos do Mal gritaram.

Até alguns Sempres haviam aplaudido, como se já esperassem aquele resultado.

Mas eles logo reconsideraram. Em uma questão de horas, Vulcano já tinha começado a erguer o novo castelo em frente ao do Bem, importando um exército da Floresta de Baixo para construí-lo.

"O exército que sairia para *me* procurar se você vencesse?", Rafal o interrompeu, levantando a sobrancelha.

"Esse mesmo", Rhian respondeu com tristeza e continuou a história.

Para acelerar a construção, os operários de Vulcano necessitavam de magia. Por sorte, eles tinham o Reitor Humburg, que, agora que Vulcano havia conquistado seu lugar como Diretor da Escola do Mal, tinha aceitado a autoridade dele como antes aceitava a de Rafal. Com Humburg lançando feitiços a torto e a direito, levantando aço e assentando tijolos, a nova Escola do Mal ficou pronta em três dias. No quarto dia, Vulcano foi até a Escola do Bem, subiu a escadaria de vidro diante dos Sempres assustados e tirou o Storian da sala de Rhian, voltando para o castelo do Mal e dando à Pena um novo lar em sua torre mais alta.

De repente, os Sempres viram que seu apreço por Vulcano era equivocado. Ele não era o destruidor de regras chique e apaixonado que eles tinham passado a amar, mas um inimigo que tinha acabado de declarar guerra ao lado deles. De uma só vez e sem nenhum tipo de plano, os Sempres invadiram a Escola do Mal e exigiram que o Storian fosse devolvido, o tipo de ataque precipitado normalmente instigado pelos Nuncas. De fato, a primeira regra dos contos de fadas é *O Mal ataca, o Bem defende*, e agora o Bem estava atacando. Então o Mal respondeu se defendendo de forma rápida e implacável, como o Bem costumava fazer – só que desta vez foram os Nuncas que fizeram os Sempres de prisioneiros, incluindo professores e a Reitora Mayberry, e depois expulsaram Rhian do próprio castelo enquanto Vulcano botava o Diretor da Escola do Bem para correr com bombas de cocô jogadas pela janela, gritando que, se Rhian voltasse para lá, apanharia até virar purê.

"E é por isso que estou aqui, sem ter para onde ir", o irmão exilado explicou, apoiado em uma árvore, antes de olhar para Rafal. "Não é culpa minha, sabe."

Rafal o fuzilou com os olhos.

"Você chama um estranho para nossa escola, para ficar em meu lugar. Um estranho que eu *rejeitei* como reitor e agora virou *Diretor da Escola*. Você aposta o futuro da nossa escola nesse renegado. Você manda um imbecil apaixonado para uma disputa contra uma jovem vidente, esperta o bastante para passar a perna na própria família. E não é culpa sua? Nossos alunos estão em guerra, nossa escola está em pedaços e o Storian foi sequestrado por um homem que parece um pirata bêbado! Por que você não revidou com magia? Você é um feiticeiro! Tem sangue de *feiticeiro*! E é expulso por bombas de cocô e ameaças?"

"Porque ele respeitou as regras", Rhian disse com tristeza. "Ele ganhou o castelo novo e o direito de manter o Storian nele. Foram os termos da aposta. Quando meus alunos atacaram, ele e o Mal se defenderam, da mesma forma que o Bem teria feito. O Mal não fez nada de errado, só reivindicou o que era seu direito e reprimiu uma rebelião de maus perdedores. Se eu fosse revidar com magia, seria contra as regras do Bem. Regras que ensinei meus alunos a considerarem sagradas. Revidar me tornaria uma pessoa do *Mal*."

"Vou arrancar o coração dele e colocar a cabeça de enfeite em nosso escritório", Rafal disse com raiva.

"É por isso que você é você e eu sou eu."

"Bem, sem mim você se meteu em uma grande confusão."

"É por isso que você nem deveria ter ido embora, Rafal. Existe um motivo para sermos dois. Eu preciso de você."

"Estou lisonjeado."

"Estou expondo um fato. Um fato de que você mesmo se deu conta, senão não teria voltado."

"Eu estava muito bem sozinho."

"Não foi isso que o Storian contou."

Rafal olhou para o irmão gêmeo com os olhos semicerrados.

"O Storian contou *minha* história?"

"A segunda história seguida sobre você. Só que essa terminou com você voltando para mim e para o equilíbrio", Rhian disse. "Uma vitória para nós dois."

Mas a sensação não era de vitória, Rafal pensou, afastando as lembranças de James afundando no mar. Porém ele fez o que tinha que ser feito. Para voltar para seu irmão. Para consertar o que havia se rompido. Para garantir que a profecia de Adela Sader sobre ele e Rhian nunca se concretizasse.

Ele sentou-se perto do gêmeo, os dois ficaram lado a lado encostados na árvore, como vagabundos da floresta. O ar estava calmo e fresco. Pardais voavam no alto. Uma manhã perfeitamente comum.

"O que vamos fazer agora?", Rhian perguntou.

"E sou *eu* que devo resolver esse problema?"

"Como eu disse, não posso revidar. Não sem cruzar a linha para o Mal. O Storian com certeza castigaria o Bem por isso."

"Então você precisa que eu faça o seu trabalho sujo?", Rafal questionou. "O Mal se vingando em nome do Bem."

"Vejo mais como você lutando para reconquistar sua posição."

"Uma posição que já era minha e você entregou para outro."

"Independentemente das circunstâncias, não podemos deixar aquela cobra ficar com nossa escola."

"Nisso concordamos", Rafal disse antes de fazer uma pausa. "Mas por que você trouxe ele para cá?"

Rhian não respondeu.

"É porque ele é bonito, não é?", Rafal disse. "Traindo seu próprio sangue por causa de um *crush*."

"Não é isso", seu irmão murmurou... mas seu rosto estava vermelho e ele olhava para baixo. "Não foi só por isso..."

"É, foi porque ele tem força, convicção e determinação para fazer o mundo se render às suas vontades. Todas as coisas que o Mal tem e você não. Não é de se estranhar que você tenha entregado a ele as chaves do reino. Você não sabe se quer se casar com ele ou trocar de alma com ele", Rafal alfinetou. "E qual é a desses morcegos?"

"Faz tempo que eu te falo que precisamos de uma insígnia", Rhian o censurou, endireitando a postura. "E agora ele foi mais rápido do que nós."

"Morcegos são passivos, tímidos, ingênuos e gentis, tudo que *não* é desejado em um Nunca", Rafal resmungou. "Que fraude intolerável. Terei muito prazer em dar fim nele. Dito isso, Vulcano tem aquela vidente trabalhando para ele. O que significa que ele vai saber de todos os nossos movimentos antes de serem iniciados."

"Então não é uma briga justa", Rhian disse. "Veja o que aconteceu com Aladim. Não tem jeito de derrotar ele."

"É claro que tem."

Rhian inclinou a cabeça.

"Huumm?"

"Dois Diretores contra um", Rafal afirmou, sorrindo.

"*Isso sim* é uma briga justa."

2

Vulcano olhou para o Storian, paralisado no ar, sobre a mesa preta vazia. Três dias e ele ainda não tinha iniciado uma nova história.

Ele deu um peteleco na Pena.

"Ela não vai escrever tão cedo", disse uma voz.

Vulcano virou-se e viu Marialena entrar em sua nova sala e sentar-se em uma cadeira de couro preto próxima à janela. Ela não vestia mais o uniforme preto do Mal, mas uma túnica verde drapeada e um lenço na cabeça combinando, que a deixavam parecendo uma criança brincando de se fantasiar. Ela limpou a lente dos óculos. Depois analisou o escritório do Diretor da Escola do Mal, duas vezes maior que o anterior e com um clima menos terno e descontraído do que o de uma biblioteca e mais próximo aos tons frios de metal de uma masmorra. Um grande morcego empalhado, com as presas à mostra, observava-os da parede. As estantes repletas de contos de fadas tinham sido abolidas. Os volumes com as antigas histórias estavam amontoados em baús de couro preto, empilhados nos cantos. Havia um espelho alto apoiado como uma escada, de frente para um retrato do chão ao teto de Vulcano sem camisa, segurando um filhote de tigre. Havia uma abundância de objetos estranhos: cristais negros, um crânio polido, um periscópio, mais morcegos empalhados, rosas mortas... porém tudo parecia muito novo e perfeitamente posicionado, como se o escritório de Vulcano fosse mais um museu do que uma sala.

Marialena virou-se para o Diretor.

"O Storian não vai começar uma história até saber que pode terminá-la", ela explicou. "E como há dois Diretores da Escola que acham que deveriam ser guardiões da Pena em vez de você, ela prefere esperar até as coisas estarem mais... definidas."

Vulcano se apoiou na pilha de baús. Seu gibão preto sem mangas tinha estampa de morcegos.

"Isso é porque Rafal voltou. Ele parece boneco de neve magrelo. Tão branco e rígido. Vi ele pela janela e fiquei com vontade de jogar pedra na cabeça dele. Mas ele não é uma ameaça. Os Nuncas não querem ele. Sou eu que eles querem. E vou manter os Sempres presos até me chamarem de Diretor também. Eles vão aprender. A Pena vai aprender também. As escolas agora são minhas."

"E o que você pretende *fazer* com as escolas?", Marialena perguntou sem rodeios.

Vulcano a encarou. Depois resmungou e fez um gesto com a mão, desprezando a pergunta.

"Você sabia que esse tal Rafal não me aceitou para escola? Quando eu estava na idade, todo mundo na Floresta de Baixo falou: 'Vai ser Vulcano'. Mas não. Então você pergunta o que vou fazer? Ensinar os Sempres que o Bem não é seu mestre. Vulcano é. Ensinar os Nuncas que o Mal não é seu mestre. Vulcano é. Foi por isso que Rafal não me aceitou quando eu era criança. Porque sou mais do que um aluno comum. Sou o Senhor da Escola. Senhor da Pena. Ela logo vai escrever. Você vai ver. Ela vai escrever para *mim*."

Ele olhou para Marialena, esperando a vidente concordar com sua versão da história.

"Sabe por que eu te ajudei?", Marialena perguntou.

"Porque você é do Mal como eu e quer que nosso lado vença", Vulcano declarou.

"Não. O Mal é só um meio para um fim", Marialena afirmou. "Não me importo com a vitória do Mal nem do Bem. O que me importa é eu *me proteger*. Por isso menti para ser escolhida por esta escola em vez de ir para a prisão com minha família. Por isso te ajudei a vencer a Prova. Por causa do que eu *vejo*. E, no futuro, a visão que eu tenho é de um único Diretor da Escola. Não sei quem é, de onde vem e nem qual é sua aparência. A visão é nebulosa. Mas só um Diretor da Escola vai liderar, e não dois, e ele vai ficar no comando durante cem anos. O único e verdadeiro Diretor da Escola é o que resgata minha família e a acolhe sob suas asas. Graças a ele, os Sader não vão mais ser considerados criminosos. Pelo contrário, vão ser admirados como os maiores videntes da Floresta."

"E você acha que o verdadeiro Diretor da Escola sou eu", disse Vulcano.

"Eu *achava* que era você", Marialena respondeu sem titubear. "Mas não estou certa de que você tem séculos de liderança em seu futuro se seu único plano é esfregar na nossa cara como você é incrível. Talvez não seja você que eu vejo, afinal. Principalmente agora que consigo sentir o que está prestes a acontecer."

Vulcano ficou olhando fixamente para ela.

"E o que seria isso?"

"Não posso responder nenhuma pergunta com sinceridade sem enve-lhecer dez anos", Marialena explicou. "Só posso dar um conselho de amiga.

Existem dois resultados possíveis. Minha visão não dá preferência a um sobre o outro. Em um dos cenários, você chega a um acordo com Rhian e Rafal. Você convida os dois para virem até aqui e faz com que caiam em suas graças. Ele termina com a escola em paz e vocês três vivos. Em outro cenário, você entra em guerra com eles. Coisas ruins acontecem. E não só com você."

"Ah, que pena. Coisas ruins vão acontecer com eles também", Vulcano zombou.

"Não com eles." O olhar de Marialena atravessava os óculos. "*Comigo.*"

Vulcano estreitou os olhos, curvando os lábios e fazendo uma careta.

"Eu venci o jogo. Sou Diretor da Escola agora. E você acha que vou convidar dois bebês chorões covardes para tomar um chá e ser bonzinho com eles? Sinto muito, garotinha. Vou arriscar. O Senhor Vulcano não negocia..."

BANG! BANG! BANG!

Explosões estrondosas abalaram o castelo, seguidas de gritos.

Marialena olhou para Vulcano.

"Os covardes chegaram."

O Diretor da Escola ficou ali, paralisado. Depois saiu correndo da sala.

Vulcano desceu a escadaria às pressas – toda preta, com um morcego dourado gravado em cada degrau – de sua torre privada. Ele começou a sentir cheiro de fumaça. Quando chegou ao saguão, não conseguia enxergar, sua garganta e seus olhos estavam obstruídos, as mãos tentavam afastar vagalhões que o cegavam.

Uma bola de fogo passou por ele.

Ele virou-se e viu uma figura indefinida, encoberta por fumaça, entoando uma celeuma e atirando raios de fogo com o dedo brilhante, abrindo buracos nas paredes pretas laqueadas. Grupos de Nuncas do primeiro ano lançavam feitiços no intruso, mas todas as vezes ele se esquivava com uma ágil pirueta e lançava um feitiço com o triplo da força, demolindo uma parede atrás deles, fazendo os alunos se abaixarem e procurarem proteção. O tempo todo, ele girava e cantava:

> "*Perguntei à rainha...*
> *O que é mais ridículo que um Vulcano?*
> *Ela disse: Nada, nadinha!*
>
> *Perguntei ao vidente...*
> *O que é mais inútil que um Vulcano?*
> *Ele disse: Nada! É patente!*
>
> *Perguntei à princesa...*

O que é mais estúpido que um Vulcano?
Ela disse: Nada! Tenho certeza!".

A figura virou-se e viu Vulcano em carne e osso.

"Por falar no diabo..." Então ele atravessou as cinzas que caíam, revelando-se à luz do fogo. "É inepta, a sua escola. Falta a ela a estrutura do Mal *de verdade*. Tem boa aparência por fora, mas não se sustenta", disse Rafal, protegido pelo fogo. "Um exemplo disso é que sua torre vai cair com mais alguns disparos, com a Pena ainda dentro dela. Se o Storian te reconheceu como Diretor da Escola, deve ter mandado você fazer o juramento. De protegê-lo. Respeitá-lo. Mas não fez, certo? Bem, eu vou fazer um juramento para *você*. Em uma questão de minutos, prometo que a Pena vai voltar para o *verdadeiro* Diretor da Escola." Ele atirou outra bola de fogo, que passou por Vulcano e acabou com a parede atrás dele.

"Você tem boca de iaque e cérebro de peixe", Vulcano disse, furioso. Ele tentou atacá-lo, contudo, havia muitas chamas no caminho. "Essa torre é totalmente feita de pedra. Ela nunca vai cair..."

Rafal fez mais um disparo sobre a cabeça de Vulcano. Uma explosão de tijolos caiu sobre ele, enterrando-o. O novo Diretor da Escola soltou um rugido selvagem e saiu do meio dos escombros, atravessando o fogo e derrubando Rafal. Ele agarrou o gêmeo do Mal pela garganta e mostrou os dentes para ele. O rosto de Vulcano estava chamuscado e suado.

"Sua cabeça vai ficar pendurada em minha porta", ele vociferou.

"Engraçado. Eu estava dizendo há pouco que faria o mesmo com a sua", Rafal rebateu. "Talvez *devêssemos* ser amigos."

Vulcano apertou o pescoço dele com mais força.

"Mas, pensando bem, não podemos ser amigos...", Rafal continuou, perdendo o fôlego. "Porque eu levo meu trabalho a sério... como proteger o Storian... que você deixou lá em cima... sem nenhuma supervisão... onde o *irmão* de qualquer um poderia roubá-lo."

Vulcano parou de estrangulá-lo.

Rafal deu uma batidinha em seu rosto.

"Promessa é promessa."

Instantaneamente, Rafal se transformou em um pardal preto, voando sobre a fumaça e se dirigindo para a porta.

Uma mão corpulenta acertou o pássaro e o derrubou no chão.

Confuso, o pardal de Rafal olhou para cima e encontrou Timon, sujo e grosseiro, colocando a bota sobre o pescoço do pássaro, olhando para baixo com seu único olho avermelhado.

"Vulcano é o *Senhor*", ele resmungou.

3

No andar de cima, naquele mesmo instante, a promessa de Rafal estava sendo cumprida.

Uma coruja branca entrou pela janela e tocou o chão, voltando a se transformar em Rhian. Ele deu uma olhada na nova sala do Diretor da Escola, recuando diante da soturna mobília preta, dos cristais escuros e do morcego morto sobre a cornija, com dentes afiados cintilando. Então Rhian viu todos os livros de história, centenas de anos de contos originais, enfiados em baús de tesouro encardidos, como pilhagem de piratas, e levou a mão ao coração. Devagar, seus olhos foram parar sobre o retrato de Vulcano seminu na parede. Rhian ficou corado. Ele ergueu o dedo brilhante e transformou o rosto do Diretor da Escola no de um palhaço de circo, depois transformou o tigre que ele segurava em um gambá.

O vandalismo era marca registrada da vilania, mas desta vez fez Rhian se sentir bem.

Como Rafal ousava acusá-lo de querer ser aquele primata?

De querer ser alguém do Mal!

Bah!

Mas ele não tinha ido até lá para ridicularizar seu inimigo.

Tinha ido pegar a Pena.

Rhian olhou para o Storian, inerte sobre a mesa vazia, e o segurou nas mãos...

"Fiquei na dúvida se deixaria ou não você levá-lo", disse uma voz.

Rhian viu Marialena na porta, coberta por uma túnica ridícula e com um lenço na cabeça, acompanhada de vinte guardas da Floresta de Baixo, armados com bombardas de mão.

"Ah, se não é a Madame Medusa que chegou para dizer meu futuro", Rhian disse, segurando a Pena.

"Você só está zangado porque continuo te derrotando em seu próprio jogo", Marialena retrucou. "A verdade é que eu deveria ser mais legal com você. Talvez você deva ser o protetor da Pena. Talvez seja o único e verdadeiro

Diretor da Escola, que vai trazer glória para mim e para minha família, e eu devesse deixar o destino seguir seu curso. Mas daí eu lembro…" Ela olhou nos olhos de Rhian. "Que simplesmente *não gosto* de você."

Os guardas dispararam as bombardas, lançando grossas redes pretas, que se emaranharam sobre Rhian.

"Nem se dê ao trabalho de tentar usar um feitiço para se soltar. É asa de morcego, nada pode rompê-la, a não ser outro morcego", Marialena disse. "Vulcano está subindo. E, pelo que posso ver, ele está *cheio* de ideias a respeito do que fazer com você."

Ela se retirou, deixando os guardas lá.

Rhian se debatia sob a rede, com o Storian nas mãos, mas a rede só ficava mais pesada, forçando-o a ceder. Ele tinha que escapar antes que Vulcano chegasse, ou sabe-se lá o que teria que enfrentar. Rhian se debateu com mais força, virando as costas para os guardas.

De repente, o Storian começou a esquentar muito em suas mãos. Em choque, ele o soltou e a Pena caiu no chão. Ele abaixou para pegá-la, mas logo viu que ela tinha despertado e estava desenhando no chão de pedra. Os guardas não haviam notado, pois Rhian estava de costas, porém, o Diretor da Escola fingiu se debater, resmungando e gemendo, enquanto o Storian desenhava uma imagem… de Rhian se juntando à Pena para sair da situação em que se encontravam… como instruções mágicas… um mapa de ação…

Rhian observou com atenção.

Primeiro não entendeu.

Depois entendeu.

Nada pode rompê-la, a não ser outro morcego.

O Diretor da Escola do Bem sorriu.

É mesmo.

"Ei! O que está fazen…", um guarda tentou perguntar.

Rhian pegou a Pena e virou-se. Um raio de luz disparou da ponta do Storian direto nos cristais negros sobre a mesa de Vulcano. Um brilho ofuscante atingiu os olhos dos guardas e eles reagiram gritando e levando as mãos ao rosto. Rhian apontou o Storian para o enorme morcego sobre a cornija e, com outra rajada de luz, derrubou-o do suporte. O morcego caiu com as presas para fora e cortou a rede, como Marialena havia prometido.

"Apreciem a vista!", Rhian gritou para os guardas cambaleantes. Depois segurou o Storian com firmeza e saltou pela janela, voltando a se transformar em uma coruja branca, que voou direto para a floresta.

No bosque, ele esperou por Rafal.

Eles tinham combinado de se encontrar ali para planejar o passo seguinte – depois que Rafal escapasse de Vulcano e Rhian pegasse a Pena.

Até então, tudo tinha saído conforme o planejado, graças à ajuda do Storian.

Rhian olhou para a Pena e para a estranha sequência de símbolos gravados nela, como se a estivesse vendo pela primeira vez.

O Storian o havia salvado.

Tinha ficado ao seu lado.

De novo.

Primeiro com Aladim – favorecendo-o em detrimento de Rafal.

E agora uma segunda vez – escolhendo-o em detrimento de Vulcano.

O que significava aquilo?

A Pena estava protegendo o Bem em detrimento do Mal?

Rhian sorriu diante da ideia...

Depois o sorriso sumiu.

Bondade significava fazer a coisa certa, não ser egoísta.

O equilíbrio era a força vital da Floresta.

Bem e Mal vencendo em igual medida, lições aprendidas de ambos os lados. Isso alimentava as almas da Floresta e fazia o mundo avançar.

E eles, como Diretores da Escola gêmeos, eram responsáveis por esse equilíbrio.

Se a Pena estivesse favorecendo o Bem, o equilíbrio havia se rompido.

Era seu dever descobrir o porquê.

Rhian esperava ansiosamente por Rafal.

A brisa trazia o cheiro da fumaça vindo do castelo do Mal.

Tudo parte do plano de Rafal.

Uma distração, bem executada.

O que significava que seu gêmeo do Mal estaria ali a qualquer momento.

Mas minutos se passaram.

Depois horas.

Rafal não chegou.

O coração de Rhian ficou agitado.

Será que ele está bem?

Devia ir até lá procurar por ele?

Devagar, ele olhou de novo para a Pena. Apesar de estar desconcertado com sua ajuda... ele olhou para ela com esperança, como se ela pudesse ajudá-lo mais uma vez.

E agora?, perguntou.

A Pena respondeu como uma velha amiga.

Desvencilhou-se das mãos dele, flutuou no ar e pintou algo na névoa branca...

Uma seta.

Apontada para a floresta.

Rafal?, ele pensou.

Sem perder tempo, Rhian seguiu a seta, embrenhando-se no meio de arbustos e flores silvestres, pisando em galhos e escorregando em pedras... até que ouviu a voz de dois garotos mais à frente.

"Você não pode matar Rafal", disse o primeiro. "Antes temos que resgatar minha namorada."

"Não tenho nada a ver com a sua namorada", resmungou o segundo.

Rhian espiou entre as plantas...

"*Aladim?*", questionou.

O jovem ladrão olhou para trás, machucado e esfarrapado, com a camisa rasgada, e viu o Diretor da Escola do Bem.

Mas aquela não era a única surpresa, Rhian notou.

O maior choque foi ver com quem Aladim estava falando.

O garoto que queria matar Rafal.

Ele o reconheceu do último conto do Storian.

Era James Hook.

4

Quando alguém que te quer morto não te mata quando tem oportunidade... não é um bom sinal.

Foi o que Rafal pensou ao ter seu pardalzinho preto preso em alguma
parte da nova Escola do Mal. Após Timon dar um tapa em seu bico, arrancar algumas penas e começar a *comer* o pássaro vivo, Vulcano intercedeu e
colocou o pardal em uma gaiola, cobrindo-a com um tecido preto pesado,
de modo que Rafal não pudesse ver o que o esperava. Ele havia tentado se
transformar em formiga ou minhoca para escapar, mas o feitiço não deu em
nada, como se a gaiola ou o pano bloqueassem magia. Provavelmente uma
das bruxarias de Humburg, ele pensou, lembrando que Rhian tinha contado
que o Reitor do Mal estava trabalhando para o novo Diretor. Certamente
Humburg só estava fingindo entrar nos jogos de Vulcano para poder libertar
Rafal quando fosse possível. Ah, como ele e Humburg se deleitariam castigando
aquele idiota arrogante e cabeçudo... Rafal inflou as penas, seus hormônios
de adolescente estavam agitados dentro do pequeno pássaro, aquela mistura
efervescente de raiva e ego que ele sempre lutou para controlar, a maldição da
juventude imortal. Independentemente de quanta sabedoria ou experiência
ele acumulasse com o passar dos séculos, seu corpo jovem o traía. Emoção
demais. Vida demais. Rhian era o único capaz de equilibrá-lo, de acalmá-lo.

Mas onde *estava* Rhian?

Será que tinha fugido com a Pena? Ou também tinha sido pego e estava
preocupado com o irmão?

O pano foi de repente afastado e o pequeno pardal se viu diante de um
rosto gigante espiando pelas grades da gaiola.

Os olhos eram ictéricos e injetados, a pele tão ressecada e enrugada que,
por um instante, Rafal se perguntou se estava olhando para uma cabeça real
ou encolhida.

O Reitor Humburg cutucou a ave pelas grades.

"Você está vivo."

Rafal o acertou com a asa.

"Sou imortal, idiota! Agora me ajude a sair daqui, rápido!"

Humburg abriu a gaiola e pegou o pardal. Rafal suspirou de alívio... até o reitor jogar o pássaro em um saco de tecido branco. Antes que Rafal pudesse reagir, um feitiço verde, cor característica de Humburg, foi lançado dentro do saco e reverteu Rafal de ave a homem. Rafal voltou ao seu corpo alto e esguio... e se viu preso e engolido pelo tecido branco. Era uma *camisa de força* o contendo, e, quando ele levantou a cabeça, notou uma cortina de veludo cor de sangue e o Reitor Humburg parado diante dela, admirando o feito de ter aprisionado seu ex-superior.

Rafal estreitou os olhos.

"Isso que eu chamo de *lealdade*."

"O trabalho de um reitor é ser leal ao Diretor da Escola, e você não é mais Diretor", Humburg esclareceu. "Preferi manter meu emprego a esperar sua volta sem garantia. Você não teria feito o mesmo?"

"Não", Rafal respondeu. "Por isso eu sou Diretor da Escola e você é um subalterno, e, quando eu voltar ao meu cargo, você vai me implorar de joelhos para te aceitar de volta e eu vou te tratar como merece."

"Receio que não vá reaver seu cargo tão cedo", Humburg disse.

Ele abriu a cortina.

Rafal viu que estava no palco de um teatro escuro e macabro, com arcos pretos esmaltados e bancos separados por corredores de veludo vermelho como sangue. Os Nuncas estavam reunidos de um dos lados da plateia, vestindo trajes pretos e elegantes, com uma expressão dura e fria no rosto. Do outro lado do teatro estavam os Sempres, insones e esfarrapados, com as mãos amarradas com cordas ou correntes.

"O que é isso?", Rafal perguntou.

"Um julgamento", disse uma voz.

Vulcano entrou por uma porta, sua túnica preta cintilava com morcegos dourados bordados.

"Você acha que é o Diretor da Escola. Eu acho que sou o Diretor da Escola. Então vamos deixar os alunos decidirem. Quem eles escolherem fica. E o outro... *vai embora*."

"Embora?", Rafal zombou, debatendo-se na camisa de força. "Queria ver você me obrigar..."

Então ele viu quem estava entrando no teatro atrás de Vulcano.

Uma mulher morena familiar deslizou pelo corredor usando um terninho justo de lamê dourado e um colar azul brilhante em forma de esfera. Seu cabelo era uma colmeia de tranças, os lábios estavam pintados de dourado e ela tinha pedrinhas de *strass* douradas ao redor dos olhos.

Vinte guardas entraram marchando atrás dela.

"Quem os alunos não reconhecerem como Diretor da Escola é um impostor e vai passar o resto da vida na Prisão Monrovia", Quintana disse, olhando feio para Rafal. "Não importa o quanto sua vida possa *ser* longa ou indeterminada."

Rafal alternou o olhar entre Vulcano e Quintana e mostrou os dentes.

"O *Storian* escolhe o Diretor da Escola. A Pena decide, não os alunos..."

"A Pena já era", Vulcano disse.

"Já era?", Rafal repetiu, desconcertado.

"Foi roubada por seu irmão e não está mais nas dependências da escola", Quintana disse, "e é por isso que os guardas da Monrovia foram chamados. O roubo do Storian é um crime imperdoável."

Rafal ficou tenso. *Rhian estava com a Pena?* Isso significava que ele tinha completado a missão e ido para a floresta para encontrar o irmão. Mas a esta altura já devia saber que Rafal estava em perigo. Onde ele estava, então? Por que não estava lá?

Vulcano interrompeu seus pensamentos.

"Chame a primeira testemunha."

Uma garota desengonçada e sardenta se aproximou. Rafal a reconheceu como uma Nunca chamada Brinsha. Ele esperava muito dela, mas ela acabou se revelando apática e medíocre.

Quintana perguntou:

"Quem é o Diretor da Escola?"

Brinsha:

"Vulcano."

Depois veio um Sempre chamado Madigan, de olho roxo, algemado.

"Quem é o Diretor da Escola?", Quintana perguntou.

"Vulcano", Madigan murmurou.

Rafal ficou observando-os passar pelas fileiras de Sempres e Nuncas. Vulcano olhava de soslaio para ele com um sorriso, que ia aumentando cada vez que seu nome era dito. O sangue de Rafal borbulhava sob a pele. Em silêncio, ele repetia o nome dos alunos, Brinsha, Madigan, Gemma, Fodor, Abram, Nagila, nome após nome daqueles a quem ele e seu irmão tinham dado o privilégio de serem aceitos, a honra de estarem ali. Nomes que agora o traíam, fazendo nascer um único e obsessivo pensamento nas profundezas mais escuras de sua alma.

Vocês vão pagar por isso.

5

"Era para você estar *morto*", o Diretor da Escola do Bem disse, apontando o Storian como uma espada para o jovem Hook. "Foi o que li em sua história. A menos que tenha uma boa razão para ter *des*morrido e estar ameaçando matar meu irmão, vou fazer seu fim voltar a ser como era."

"Pode me matar. Não tenho mais medo", Hook disse. "Se você leu minha história, sabe que seu irmão mentiu, trapaceou e me largou no fundo do mar. O que ele não sabia é que o filho mais novo dos Sader ainda tinha seu colar de prisioneiro, que permitiu que ele respirasse debaixo d'água e fosse me resgatar. Quando perguntei o motivo de ter feito aquilo, ele disse que eu não merecia morrer. Não depois do que Rafal fez comigo. A família dele tinha feito sinal para um navio que passava e todos conseguimos chegar à costa, onde nos despedimos. Então eu vim até aqui e encontrei... ele."

Rhian olhou para Aladim, ensanguentado e ferido.

"Isso é culpa sua", o garoto de Shazabah acusou o Diretor. "Eu tinha uma namorada, as pessoas gostavam de mim, o Storian me deixou famoso... o que eu chamo de Final Feliz... até que *você* trouxe aquele cara novo e tudo virou um inferno. Vulcano amarra todos os Sempres, os Nuncas nos perturbam até cedermos, e ou juramos lealdade a ele como novo Diretor *das duas* Escolas, ou morremos. Naturalmente, minha namorada Kyma se recusa, porque ela é bem teimosa, e eles a trancam em uma torre do Mal. Eu revido, exigindo saber onde ela está e eles quase me surram até a morte, até que pulo uma janela e escapo. Depois encontro esse pirata aqui e peço ajuda para achar minha namorada, mas em vez disso ele me pede ajuda para matar seu irmão."

"Fique à vontade para tentar matar meu irmão *imortal* se conseguir descobrir onde ele está", Rhian provocou James. "Era para ele ter chegado aqui há um bom tempo..."

"Bem, minha namorada *não é* imortal", Aladim protestou, "então temos que encontrar ela primeiro."

Vozes surgiram atrás deles.

Os garotos se viraram e viram os arbustos se abrirem e uma bola prateada, translúcida, quicar na clareira, com uma pessoa presa dentro, pulsos acorrentados aos tornozelos, uma mordaça na boca.

"*Rafal?*", Rhian exclamou do outro lado do campo.

Seu irmão estava gritando loucamente, abafado pela mordaça.

Vinte guardas saíram dos arbustos atrás dele empunhando espadas e escudos, junto com uma mulher majestosa de terninho preto.

"Merece ser chutado até chegar na Monrovia", ela tripudiou, dando mais um pontapé na bola de Rafal.

Ela acertou o rosto de Rhian.

"Ai!"

Quintana olhou para ele do outro lado da clareira.

Depois para James, ao seu lado.

"*Você*", Quintana disse, furiosa.

Hook recorreu a Rhian.

"Faça alguma coisa!"

Rhian apontou o Storian para Quintana e os guardas, esperando que ele ajudasse.

Não ajudou.

Vinte guardas foram para cima deles com espadas e lanças.

Instantaneamente, Rhian rolou a bola com Rafal na direção contrária.

Hook e Aladim se posicionaram nas laterais e os três foram rolando Rafal pela floresta. O Diretor da Escola do Mal se debatendo como um peixe em um barril.

"Mais rápido!", Rhian incitou.

"Nãããããão!", Rafal gorgolejou lá dentro.

Quintana e os guardas foram atrás deles. Os garotos empurravam Rafal sobre troncos e pedras, em meio a arbustos e loureiros, enquanto Rhian lançava feitiços nos guardas, que os desviavam com seus escudos. Hook e Aladim tentaram perfurar a bolha de Rafal com galhos e gravetos, Rhian tentou com feitiços e com o Storian, mas, como o escudo dos guardas, ela não era suscetível a magia. O tempo todo, o Diretor da Escola do Mal urrava e xingava amordaçado, ao mesmo tempo furioso, incrédulo e nauseado. Mas não havia fim à vista, os guardas se aproximavam enquanto os garotos passavam com Rafal por um campo de samambaias, depois chutaram sua bola por cima de um riacho e a pegaram do outro lado, onde a perseguição recomeçou colina abaixo. Eles correram por quilômetros a fio sem nenhum dos lados se cansar, até a floresta rarear e dar lugar a uma encosta rochosa.

Logo, eles sentiram o cheiro do ar salgado e surgiu uma névoa densa, sinal de que estavam perto da praia. Uma neblina encobria a água que eles ainda não podiam ver. Quintana e os guardas estavam se aproximando, 45 m, 30 m, 15 m...

"O que vamos fazer?", Aladim perguntou.

Os guardas atacavam com espadas em punho.

BUM!

Uma bola de canhão voou nos guardas, explodindo a linha de frente a distância.

Quintana e os homens que restaram ficaram boquiabertos.

"*Recuar!*", Quintana gritou, e eles correram para o meio das árvores.

Pasmos, Rhian e os garotos olharam na direção do mar.

Um navio cortou a neblina, bandeira com caveira e ossos cruzados flamulando, o canhão ainda soltando fumaça, rapazes com chapéus de pirata pendurados no mastro, gritando de alegria.

Da proa, um jovem moreno e musculoso saltou. Ele levantou o chapéu de abas largas, revelando cabelos castanhos bagunçados, olhos verdes e um sorriso atrevido.

"Olá, meninos", o Capitão Pirata da Blackpool disse.

Rhian o encarou, sem fôlego e sentindo o rosto esquentar.

Depois viu o irmão olhando feio para ele de dentro da bolha.

O calor virou frio.

6

"Meus garotos ouviram o conto do Storian. Não ficaram felizes com Rafal deixando Hook para morrer, mesmo não suportando o rapaz", o Capitão Pirata disse, abrindo uma janela em seus aposentos apertados e bolorentos no Bucaneiro. "Piratas são leais até mesmo aos rejeitados da família. Então decidimos pegar o velho navio e confrontar Rafal. Mas, veja só, encontramos Hook vivo e Rafal em perigo!"

Ele olhou para Rafal, que ainda estava dentro da bolha, um pouco verde e trêmulo devido aos solavancos na floresta. Eles tinham colocado a bola sobre uma mesa bagunçada, cheia de mapas e registros do Capitão. As cadeiras ao redor da mesa eram ocupadas por Rhian, Aladim e Hook.

"Agradecemos sua ajuda, Capitão Pirata", Rhian disse, com o Storian atrás da orelha. "A magia que prende Rafal parece impenetrável. Mas piratas já romperam encantos da Monrovia antes. Você deve saber como libertá-lo."

"Realmente", o Capitão Pirata respondeu.

Rhian se aprumou.

"Então nos ajude. Vamos juntar forças para retomar nossa escola."

"*Sua* escola, não nossa. E tenho quase certeza de que James quer seu irmão *morto*", respondeu o Capitão Pirata, sentando-se à cabeceira da mesa. "Como fui eu que mandei Hook ir com ele, é justo que James decida o que deve ser feito com Rafal."

"Matem ele", Hook exigiu, olhando feio para o Diretor da Escola do Mal. "Olho por olho."

Rhian gritou em resposta.

"Você ainda está *vivo*!"

"É verdade", o Capitão Pirata disse. "E matar um feiticeiro imortal deve ser trabalhoso demais. Então o que acha de fazermos um acordo?"

"Um acordo...", Rhian repetiu com cautela.

"Nós ajudamos a libertar seu irmão e a retomar sua escola e depois disso James e meus alunos voltam para a Blackpool." Hook abriu a boca para protestar, mas o Capitão ergueu a mão, sem tirar os olhos do Diretor da Escola

do Bem. "E, em troca da liberdade de seu irmão e de nossa partida pacífica, você nos dá o menor dos presentes."

Rhian se inclinou para a frente.

"Que presente?"

"*Aquilo*", o Capitão Pirata respondeu.

Ele apontou para o Storian no cabelo de Rhian.

A sala ficou em silêncio, mapas agitados pelo vento.

Rafal caiu na gargalhada, tanto que sua bola rolou da mesa. (Aladim correu para ajudá-lo.)

Rhian arregalou os olhos para o Capitão.

"A Pena? Entregue a *você*?"

O Capitão Pirata parecia estar falando muito sério.

"E por que não? Sou um Diretor de Escola, não sou? Por que as histórias dos alunos da Blackpool seriam menos interessantes do que as da Escola do Bem e do Mal?"

Rhian o encarou, perplexo.

"Vocês são *piratas*. São exilados e pragas nas histórias de outras pessoas."

"E não é o que você e seu irmão são agora? *Pragas* exiladas?", o Capitão Pirata observou. "É por isso que a Pena não está escrevendo um novo conto, certo? Porque não tem *casa*? Porque não se sente *segura*?"

Rhian sentiu a Pena esquentar atrás de sua orelha. Se estava concordando com o Capitão ou discordando dele, Rhian não sabia. Mas, considerando que a Pena tinha ajudado Rhian duas vezes antes, ele disse a si mesmo que se tratava da última opção.

"O Storian me escolheu", o Diretor da Escola do Bem afirmou. "E *também* escolheu meu irmão. Nós fizemos o juramento, não você. Então, não. Você não pode ficar com a Pena que controla nosso *mundo*."

Rafal pigarreou dentro da bolha, ecoando seu gêmeo.

"Tudo bem, então", o Capitão disse, levantando-se. "Vou acompanhar vocês até a saída. Boa sorte na retomada da escola."

Rhian ficou furioso.

"Você não pode estar falando sério."

"Estou falando muito sério", o Capitão confirmou. "Na Blackpool, o Storian ficaria protegido. Um novo centro de poder na Floresta. Finalmente, piratas vão ter o respeito que merecem. E, em troca, você recupera sua escola e seu irmão."

Rhian retrucou:

"Só se for por cima do meu cadáver."

"*Eu* vou te dar a Pena", disse uma voz.

Era Aladim, que olhava fixamente para o Capitão.

"Com a condição de que me ajude a resgatar minha namorada da Escola do Mal."

Aladim ergueu o Storian.

"Estamos de acordo?"

Rhian empalideceu. Tocou atrás da orelha e só encontrou seus cachos macios.

"Aprendi com aquela vidente quando ela roubou minha bandeira", Aladim explicou. "Desculpe, Diretor. Mas Kyma é minha princesa."

Perplexo, Rafal batia nas paredes da bolha.

"Estamos de acordo", respondeu o Capitão.

Antes que Rhian pudesse fazer qualquer coisa, Aladim jogou a Pena para o Capitão.

Ele a guardou no bolso da jaqueta.

De imediato, Rhian apontou o dedo brilhante para a cabeça do Capitão.

"Cuidado", o pirata alertou. "Se fizer alguma coisa idiota, seu irmão nunca vai ser libertado."

Devagar, Rhian abaixou o dedo.

Rafal soltou um uivo estrondoso.

Logo depois, o Capitão Pirata levou o grupo para a cozinha. Hook, Aladim e Rhian foram rolando a bola de Rafal.

O garoto da Blackpool que atuava como cozinheiro a bordo do Bucaneiro estava em posição de sentido, mãos cheias de camarão, rosto salpicado com pó de curry.

"Pois não, senhor?"

"Traga a enguia-elétrica que fica no tanque da cozinha", o Capitão ordenou.

"Sim, senhor!", exclamou o rapaz, apressando-se.

O Capitão se dirigiu a Rhian.

"A Prisão Monrovia fica tão nas profundezas do mar que é alimentada por bioluminescência – uma carga elétrica que criaturas que vivem naquela profundidade possuem. O que enxergamos como magia é eletricidade da natureza", ele disse, recebendo um balde branco do cozinheiro. "Para romper a magia, então, temos que cortar a energia. É por isso que todo navio pirata da Floresta tem uma *destas*."

Ele tirou uma enguia-elétrica do balde e segurou a criatura junto à superfície da bola de Rafal. De repente, a enguia e a bolha chamuscaram com um clarão de neon ofuscante, um pulso elétrico reverberando por ambos, até que o Capitão soltou a enguia no balde e o devolveu ao cozinheiro. Então pegou uma faca de cozinha e estourou a bolha com um golpe firme e certeiro.

O Diretor da Escola do Mal caiu no chão.

Rafal fez o dedo brilhar, cortou as correntes e rasgou a mordaça. Depois acertou todos os presentes com o dedo aceso, jogando-os magicamente contra a parede, incluindo o cozinheiro.

"EU ESTOU NO COMANDO AGORA", Rafal vociferou.

De seu dedo, ele conjurou um chicote feito de gelo e o lançou na direção do Capitão Pirata, roubando o Storian do bolso interno de sua jaqueta e o segurando nas mãos.

De repente, a Pena ficou quente, queimando a pele do Diretor da Escola do Mal e o forçando a soltá-la.

Aladim recolheu o Storian do chão e o jogou para o Capitão Pirata, que o manuseou com facilidade, com o aço já frio, e o guardou de volta na jaqueta.

"Huum, a Pena parece achar que *eu* estou no comando", o Capitão corrigiu.

O Diretor da Escola do Mal olhou para a palma da mão queimada. Lentamente, olhou nos olhos de Rhian. Os dois irmãos estavam furiosos. Rhian porque o Storian havia tomado partido de alguém que não era ele. Rafal porque o Storian tinha simplesmente tomado partido de alguém.

"Agora, gostariam que eu ajudasse vocês a retomar sua escola ou vão preferir continuar sendo *pragas*?", o Capitão perguntou.

Os irmãos se entreolharam. Não tinham mais nada a fazer, o espírito de luta havia se esvaído deles.

Uma bota preta voou pelos ares e acertou a cabeça de Rafal.

Todos olharam para Hook.

"Ela caiu do meu pé", James murmurou.

O almoço foi servido do lado de fora, tigelas de caldo de ossos com curry e cassoulet de camarão. A neblina da manhã tinha se transformado em uma tarde abafada, o Bucaneiro estava ancorado em alto-mar, perto da floresta que leva para a Escola do Bem e do Mal.

Todos os garotos estavam sentados na beirada do convés, cotovelos apoiados nos joelhos, comendo em silêncio enquanto o Capitão andava de um lado para o outro com um gato malhado mordiscando seus calcanhares.

"Não estamos mais em sala de aula, rapazes. Sua primeira missão de verdade como piratas está prestes a começar. O objetivo é claro: tomar a escola de Vulcano da Floresta de Baixo e devolvê-la a esses homens." Ele apontou com a cabeça para Rhian e Rafal, ambos sentados em barris à sua frente. "Em jogo está o direito de abrigar o Storian na Blackpool. Para finalmente nos livrarmos dos rótulos que costumam nos dar – vândalos, valentões, ingratos – e recebermos um pouco do bom e velho respeito. Sei que nunca vou encontrar o Hook que derrota o Pan. Cada Hook que chega é pior que o anterior." Ele olhou para James, que o fuzilou com os olhos. "Mas, se não podemos ter o Pan, pelo menos teremos a Pena!" Ele abriu a jaqueta e o Storian saiu flutuando e pairou sobre a palma de sua mão. Os alunos da Blackpool soltaram um *"oooh"* ao verem o instrumento lendário. Até o gato do Capitão piscou duas vezes. "O poder de comandar a atenção da Floresta está em nossas mãos. Mas só se tivermos coragem e conseguirmos a proeza de lutar e *vencer*", ele disse. "Então ouçam com atenção."

Ele virou para os gêmeos.

"O que estamos enfrentando?"

"Além de traidores de nossa própria escola?", Rhian encarou Aladim, sentado ali perto.

Aladim ficou corado.

"E eu que pensava que um Diretor da Escola do Bem recompensaria um aluno por defender o amor."

Rhian ficou sem resposta.

"Eu te disse que ele tinha mais o perfil da minha escola", Rafal alfinetou o irmão.

Rhian voltou a se dirigir ao Capitão.

"Quer saber o que estamos enfrentando? Duas escolas, cinquenta alunos cada uma. Os Nuncas vão lutar por Vulcano por lealdade, os Sempres por medo."

"Cem? Nós estamos em doze!", exclamou um dos garotos.

"Ai!", os outros exclamaram em coro.

"Desde quando piratas se intimidam com *números*?", perguntou uma voz familiar e todos viraram para James Hook sob o mastro. "É para isso que os piratas existem: para derrubar forças maiores do que nós com a agilidade e a rapidez dos ladrões! Foi por isso que fui para a Blackpool. Para encontrar uma tripulação que me ajudasse a derrotar Pan. Um Pan que tem toda a Terra do Nunca ao seu lado. Mas não importa quantos Garotos Perdidos, sereias e guerreiros lutam por ele. A tripulação certa, ousada, implacável, *destemida*, é capaz de derrotá-lo. *Vocês* são essa tripulação? São vocês que vão conseguir matar Peter Pan? Bem, vocês vão precisar me mostrar do que são capazes, assim como vou precisar mostrar do que sou capaz. Sei que o Capitão Pirata acha que não vou conseguir. E sei que muitos de vocês duvidam de mim também, acham que não sou páreo para ele. Mas o Storian contou a minha história. A Pena me escolheu. A Pena pela qual estamos lutando. O Capitão Pirata pode dizer isso?" O Capitão arregalou os olhos, mas James ganhou força. "Eu já me superei. Mostrei que farei de tudo – Bem, Mal e tudo o que há entre os dois – para ser um Hook melhor que meu pai e que o pai do meu pai. O Hook que vai dar orgulho à Blackpool. Sobrevivi a Predadores Noturnos sanguessugas, a feiticeiros assassinos e à morte no fundo do mar para estar aqui e lutar com vocês. Para liderar vocês. Como *seu* capitão. Vamos retomar essa escola. Vamos reivindicar a Pena. E, diabos, doze piratas da Blackpool valem mais que mil desses Sempres e Nuncas fracotes, eu diria!"

"*Hurra!*", os garotos gritaram e pularam, derramando caldo e derrubando as tigelas. "*Capitão Hook! Capitão Hook! Capitão Hook!*"

"Não é só isso, James", Rafal resmungou. "Vulcano tem uma vidente trabalhando para ele. Uma garota que vê tudo antes de acontecer."

A comemoração arrefeceu.

"Ixe! Aí complicou", disse o garoto com cara de fuinha. "Como a gente vai dá um jeito nessa daí?"

Hook saltou para o mastro, balançando-se no cordame.

"O único futuro que ela vai ver é a gente invadindo a escola com tudo!"

"*Hurra!*", os garotos urraram. "Hook! Hook! Hook!"

"E Vulcano tem sessenta soldados da Floresta de Baixo e uma tropa de lobos gigantes", Rhian acrescentou, "além daqueles guardas da Monrovia, munidos de armas letais e magia."

Os garotos da Blackpool ficaram em silêncio. Eles olharam para Hook.

"Talvez seja melhor voltarmos para casa", Hook disse em voz baixa.

O Capitão Pirata riu.

"Ah, James."

Ele acariciou o Storian, que dançava na palma de sua mão.

"A diferença entre você e um capitão de verdade é que quanto piores as condições de um jogo, mais eu me empolgo para jogar."

7

Marialena se vestiu em seu quarto para o banquete.

Seria uma noite de celebração, o início do reinado oficial de Vulcano como Diretor da Escola, agora que Rhian e Rafal tinham sido despejados e tanto os Sempres quanto os Nuncas tinham jurado lealdade a Vulcano. Ela estava no teatro quando os alunos fizeram o juramento ao novo Diretor da Escola, selando o destino de Rafal. Escondida nas sombras e com o coração agitado, ela tinha visto os guardas da Monrovia o prenderem em uma bola. Será que havia feito a escolha certa de se aliar a Vulcano e não aos irmãos? Será que tinha escolhido o verdadeiro Diretor da Escola? O que ela previra que ajudaria sua família?

Marialena tinha tentado silenciar suas dúvidas.

Agora só devia lealdade a Vulcano.

Não só por ele ter superado os gêmeos.

Mas porque era tarde demais para mudar de ideia.

Vulcano era Diretor da Escola e Rhian e Rafal tinham ido embora.

No quarto, ela prendeu os cabelos e ajustou a anágua. Vestiu sua melhor roupa, um vestido de festa preto e reto com um véu elegante, que seus irmãos diziam que a deixava parecida com uma noiva bruxa, mas combinava com seu humor. Entre Vulcano, Rhian e Rafal, ela já estava farta de garotos com o rei na barriga. Mas valia a pena. Logo ela estaria reunida com sua família e o novo Diretor da Escola daria aos Sader o respeito e o poder que mereciam.

Se ela tivesse visualizado direito.

Se ela tivesse *escolhido* direito.

A dúvida voltou a tomar conta dela.

Ela sentou-se na beira da cama no dormitório enfeitado com dossel de seda preta, sofás de couro preto e papel de parede preto com estampa de morcegos dourados. Ela fechou os olhos, lutando para se concentrar. Mas não veio nada. Isso nunca tinha acontecido. Ela sempre conseguia ver *alguma coisa*. Contudo, desde que Rafal fora levado por aqueles guardas da Monrovia, sua mente havia ficado vazia. Como se ela não tivesse poder nenhum.

150

Era assim que as outras pessoas se sentiam? Vivendo sem saber o que aconteceria? Prisioneiras de infinitas possibilidades, tão vulneráveis e expostas? Se fosse isso, ela sentia pena de todas essas almas.

Ela fechou os olhos e tentou com afinco ouvir respostas que não vieram.

Em vez disso, ouviu um barulho em seu armário.

Ela levantou-se devagar e foi até ele.

Marialena abriu a porta.

Lá dentro havia uma garota amarrada e amordaçada, debatendo-se e dando gritos abafados em meio a cabides de roupas.

Marialena sorriu para a Princesa Kyma.

"O que foi? Não consigo te ouvir."

Kyma soltou a mordaça.

"Acha que ele não vai me encontrar? Aladim não desiste nunca."

"Depender de um menino para te salvar. Que revolucionário", Marialena afirmou.

"Um menino que me *ama*", Kyma retrucou. "E você sabe como são as histórias. O amor sempre vence."

"Não enquanto eu estiver com você", Marialena respondeu calmamente. "Quanto mais ele te amar, mais você vale como refém. Nem preciso dos meus poderes para ver isso."

Kyma explodiu:

"Sua invejosa, amarga…"

Marialena apertou mais a mordaça de Kyma, silenciando a princesa.

"Acho que vocês dois não vão durar, por sinal", ela palpitou.

Depois voltou a fechar o armário, abaixou o véu e desceu para o banquete.

8

"Eles escaparam?", Vulcano perguntou em sua sala, vestindo uma capa cintilante prateada e preta em frente ao espelho.

"Com o Storian", Quintana admitiu, cercada pelos guardas da Monrovia. "Piratas chegaram em um navio da Blackpool para resgatá-los. Já devem estar bem longe."

"Compreendo", Vulcano disse. Ele pegou o periscópio sobre a mesa e foi até a janela olhar para a floresta. "O Bucaneiro ainda está atracado na costa. Não parece estar nem um pouco longe. Huum. Você e seus guardas tão eficientes! É um mistério ainda terem sobrado prisioneiros em sua prisão."

Quintana ficou tensa.

"Vamos nos reagrupar e atacar…"

"Eu tenho uma regra", Vulcano disse. "Nunca confiar em um *tolo* duas vezes."

Ele encarou Quintana e voltou a olhar para o espelho.

A Diretora da Monrovia ficou ruborizada.

"Mas o Storian…"

"…logo vai estar de volta", Vulcano concluiu. "Você não fez seu trabalho, agora tenho que fazer o meu. Parece que teremos *convidados* no banquete de hoje."

Sob seus pés surgiram os ecos de tambores inflamados.

Lá embaixo, no pátio de uma torre do Mal, um garoto chamado Asrael engolia um espeto de fogo e o expelia pelo nariz, dando início oficialmente ao banquete.

Cem Sempres e Nuncas estavam reunidos no espaço a céu aberto iluminado por velas vermelhas e douradas. Alunos se acotovelavam para pegar comida na fila do bufê antes de ocuparem seus lugares às mesas cobertas por toalhas com morcegos bordados em fios de ouro. Depois que os Sempres juraram lealdade e foram desamarrados, Vulcano fez de tudo para que os alunos do Bem se sentissem bem-vindos, insistindo que seria Diretor de todos, embora o fato de ter feito o banquete no castelo do Mal fosse indício de onde morava sua verdadeira devoção. Dois Sempres esperavam na fila, salivando com o aroma de salada de hortelã, risoto de ovos, tagine de vitela, vieiras temperadas com zatar, batatas com pimentão, arroz com açafrão e uma série de drágeas feitas com leite de pistache e bolos de chocolate e mel.

"Ouvi dizer que ele derreteu uma panela encantada para assustar as outras panelas e as obrigar a cozinhar para a festa", Rufius disse.

"E eu ouvi dizer que o Diretor Rhian recuperou o Storian", Hefesto sussurrou. "Ele roubou a Pena e fugiu!"

Rufius se aprumou.

"Se isso for verdade, então Vulcano *não é* Diretor da Escola. Não oficialmente. E se ele não é Diretor da Escola... nós *temos* que lutar! Temos que retomar nossa escola!"

"Estamos em menor número e cercados", Hefesto afirmou, passando os olhos pelas dezenas de lobos e guardas da Floresta de Baixo ao redor do perímetro. Havia mais no alto dos muros que cercavam o pátio, carregando espadas e bestas. "Até a Reitora Mayberry desistiu", ele acrescentou, observando a Professora do Bem em uma mesa, comendo com tristeza um pedaço de bolo após o outro. Seu dedo indicador da mão direita tinha sido coberto com um dedal de prata, provavelmente para bloquear sua magia e evitar que cogitasse resistir. "Mesmo se todos os Sempres se unissem, seríamos massacrados", Hefesto disse. "A menos... que conseguíssemos trazer os Nuncas para o nosso lado..."

"Saiam da frente, otários", Timon resmungou, empurrando-os para o chão e furando a fila com mais oito Nuncas.

"Estamos na fila!", Rufius protestou, mas a turma do Mal gargalhou.

"O que vocês vão fazer? Apelar para o nosso senso de *justiça*?", perguntou uma Nunca esguia. "O Bem não significa mais nada por aqui. Esta escola agora é *nossa*. É bom já irem se acostumando..."

Uma mão a pegou pelo pescoço. Ela virou-se.

"Por essa lógica, é melhor você já ir se acostumando também", Vulcano afirmou calmamente, olhando nos olhos dela ao apertar. "Porque as duas escolas são *minhas*. Certo?"

Todo o pátio ficou em silêncio, vendo o Diretor da Escola que tinha acabado de chegar estrangulando uma de suas alunas.

"Si-si-sim, Diretor", a garota gaguejou.

Ele a soltou e fez sinal para Hefesto e Rufius passarem para a frente da fila.

"Em minha escola, Sempres e Nuncas são respeitados igualmente..."

Os dois garotos seguiram adiante antes de Vulcano terminar a frase.

"...contanto que *me* respeitem igualmente."

Hefesto se virou e olhou nos olhos de Vulcano.

"Tem algo a dizer, garoto Sempre?", o Diretor da Escola perguntou. "Algo em nome de *todos* os Sempres?"

Hefesto mostrou os dentes, rosto vermelho e peito vibrando de raiva. Ele podia ver seus companheiros Sempres o observando, petrificados. Lobos e guardas tocavam nas armas, preparados para uma rebelião. Uma rebelião que castigaria todos os alunos do Bem pelas palavras que Hefesto queria dizer.

Mas esta é a diferença entre Bem e Mal.

O Bem coloca os outros acima de si mesmo.

"Não, Lorde Vulcano", disse Hefesto.

Vulcano sorriu.

"Bom menino." Ele saiu, a capa cintilando em seu rastro. Levantou os braços, dirigindo-se à multidão. "Lorde Vulcano deseja a todos boas-vindas à minha *nova* Escola do Mal e do Be..."

Os portões do pátio se abriram e uma revoada de morcegos entrou, pretos como a morte, batendo as asas furiosamente e guinchando em tom agudo, fazendo Sempres e Nuncas correrem para se abrigar e Vulcano se encolher sob sua capa, até que os morcegos de repente se enfileiraram e saíram do pátio.

A chama das velas crepitava.

Ouvia-se o som das moscas queimando.

De repente, todos levantaram a cabeça.

No rastro dos morcegos, havia sobrado uma figura de preto.

Uma garota usando um vestido reto, coque no cabelo, rosto encoberto por um véu.

Os guardas logo apontaram suas flechas.

"Me deixe adivinhar", Vulcano disse, olhando de través. "Você vem em *paz*."

"Não está me reconhecendo?", perguntou a garota em voz baixa.

Vulcano hesitou. Ele deu um passo à frente e vislumbrou os óculos enormes da moça através da renda.

"*Marialena?*"

Ele chegou mais perto.

"Não se aproxime!", ela ordenou. "O menor dos movimentos vai obscurecer minha visão. A caminho daqui, ouvi barulhos em um banheiro. Fui até lá e vi *piratas* entrando pela janela. Eles tinham escalado a torre e encontrado uma passagem..." Sua voz acelerou. "Eles me amordaçaram, me amarraram e me *vendaram*. Não sei como eu não previ que eles viriam. Tinha perdido o acesso a meus próprios poderes. Mas a venda mudou tudo. De repente, na escuridão, pude ver com mais clareza do que nunca! Vi como escapar, como correr até aqui e avisar vocês de que eles estão chegando. Rhian. Rafal. Piratas da Blackpool. Estão vindo para nos punir. Mas não consigo ver mais nada. Não consigo ver como nos salvar. Não com toda essa luz. Nem o véu está sendo suficiente." Ela subiu em uma mesa e apagou as velas. "Me ajudem a trazer a escuridão!" Ela apagou mais velas através do véu. "Escuridão para eu poder ver!"

Ninguém se mexeu por um segundo, mas então ela passou perto de Hefesto, apagando mais velas, e por um segundo os olhos da garota encontraram os dele.

Hefesto deu um salto e logo falou para a multidão:

"Ajudem ela! Ajudem ela a trazer a escuridão!" Ele entrou em ação, apagando todas as velas à vista e deu um chute no traseiro de Rufius, incitando-o a agir também. "Escuridão para ela poder ver!"

"Escuridão para ela poder ver!", os Sempres repetiam em coro, apagando as velas, obedecendo Hefesto, seu líder. Logo os Nuncas fizeram o mesmo, não querendo parecer relapsos em ajudar a sua prezada vidente, que havia vencido a Prova e tornado tudo aquilo possível.

Vulcano ficou perplexo por um instante, vendo todos apagarem as luzes, lobos e guardas também. Antes que ele pudesse registrar o que estava acontecendo, a garota coberta pelo véu soprou a última vela e todo o pátio ficou escuro, sem um pingo de claridade.

Os grilos cantavam no breu.

Então uma tocha se acendeu, uma enorme chama no meio do espaço.

Empunhada pela garota.

"Estou tentando ser do Bem", ela suspirou. "É onde o Storian disse que tenho que ficar. Então vou falar a verdade. Toda essa coisa sobre escuridão e visão? Era mentira."

Ela tirou o véu e soltou o cabelo, revelando... Aladim.

"Mas todo o resto sobre piratas invadindo e encontrando Marialena no banheiro? *Isso* era verdade."

Ele apontou a tocha para a frente.

Nos portões do pátio, o Capitão Pirata segurava Marialena só de anágua. A jovem vidente estava amarrada e amordaçada, sem óculos.

Ao redor do pátio surgiram tochas, garotos da Blackpool saltando lobos e guardas por trás e os algemando a uma longa corrente de metal.

Hook prendeu a ponta da corrente em Quintana antes de tirar uma enguia-elétrica de um balde e a agitar no alto.

"*VAMOS DAR INÍCIO AOS TRABALHOS!*"

Ele bateu com a enguia na corrente.

O choque correu pelo metal, eletrificando todos os guardas e os deixando inconscientes, derrubando seus corpos da muralha.

Os piratas recolheram suas espadas e bestas e saltaram para o pátio, disparando uma enxurrada de flechas.

Vulcano estava furioso.

"*MATEM ELES!*", ele berrou, entrando na briga, atacando garotos da Blackpool com os próprios punhos. Hook foi para cima do Diretor da Escola com duas espadas, mas Vulcano deu um chute em seu estômago e bateu com o rosto de Hook em uma mesa, cortando sua testa e fazendo jorrar sangue. Ele agarrou o pescoço de Hook, torcendo com força, prestes a quebrá-lo.

Uma força o jogou contra a parede.

Duas forças.

"Eu te rejeitei como aluno. Eu te rejeitei como reitor. E ainda assim você está aqui", Rafal disse.

"Prestes a ser rejeitado como Diretor da Escola também", Rhian disse.

"Os dois tontos magrelos", Vulcano zombou com o rosto manchado com o sangue de James. "Se não quiserem ir parar debaixo do meu sapato... sugiro que me devolvam a Pena. Vocês não têm mais poder aqui. Os alunos estão do meu lado."

"Os Nuncas estão do seu lado. Isso é verdade", Rafal admitiu a Rhian.

Rhian deu de ombros.

"Vamos perguntar aos Sempres, que tal?"

Hefesto e uma multidão de alunos do Bem se juntaram aos gêmeos, encurralando Vulcano.

"A resposta é *não*", Hefesto disse.

Os Sempres atacaram Vulcano com tanta rapidez e brutalidade que ele só conseguiu soltar um gritinho de morcego.

"Um problema resolvido", Rhian disse.

Rafal olhou para o Capitão Pirata acorrentando Marialena sob a mesa do bufê e entrando na briga.

"Vamos para o próximo."

"Não estou vendo problema nenhum", o Diretor da Escola do Bem afirmou, observando o belo Capitão lutar contra os Nuncas com as próprias mãos. "Olhe para ele..."

"O Storian, seu cabeça-oca! Ele está com o Storian! Aquele que você e seu ladrãozinho apaixonado deram de presente!", Rafal gritou. "E, pelo jeito que você olha para o Capitão Fortão, seu ladrão não é o único *idiota* apaixonado. Não aprendeu nada com o *último* visitante?"

Rhian voltou a si.

"Como vamos recuperar a Pena? Tentamos uma vez e ela quase te transformou em churrasquinho! O Storian não vai deixar a gente romper um acordo. Aladim ditou os termos: o Capitão Pirata nos ajuda e em troca fica com a Pena. Não temos como fugir disso..."

Vulcano tirou os Sempres de cima dele, levantando-se do amontoado de gente com os cabelos desgrenhados e o rosto ferido, rugindo como um urso. Ele foi para cima dos irmãos, batendo a cabeça de um na do outro e os derrubando no chão de pedra. Vulcano pegou Rhian pelo pescoço e deu socos em sua cara. Um brilho intenso se acendeu atrás de Vulcano e ele viu Rafal lançar um feitiço nele, arremessando-o na parede. Vulcano se recuperou em uma fração de segundo, como se o golpe o deixasse mais forte, e deu uma cabeçada nos dois gêmeos antes que pudessem lançar outro feitiço. Sempres correram para defender os irmãos, Nuncas para atacá-los. Piratas se juntaram à multidão e logo o pátio virou uma enorme arena de luta, com terra, corpos suados se retorcendo, chutando e pisando, até um ponto em que ninguém mais sabia com quem ou pelo que estava lutando.

Aladim tirou Hefesto do meio da confusão.

"Onde está Kyma?"

"Como eu vou saber? Ela é *sua* namorada", Hefesto resmungou. "Bom truque com o véu, por sinal. Quando vi seus olhinhos malandros..."

"Temos que encontrá-la!", Aladim insistiu.

"Ela pode estar escondida em qualquer lugar!", Hefesto argumentou. "Vamos demorar uma eternidade para procurar no castelo, a menos que alguém saiba onde ela está..."

Ele arregalou os olhos. Aladim leu sua mente.

Os dois viraram para Marialena, amordaçada debaixo da mesa do bufê.

Aladim arrancou a mordaça dela.

"Você é capaz de ver tudo, não é? Diga onde Kyma está."

"Ah, *vocês*", Marialena disse, olhando para ele e para Hefesto. "Nunca vou entender os meninos. A ideia de vocês dois estarem apaixonados por aquela chorona franzina..."

Um doce acertou o rosto dela.

"Diga mais alguma coisa sobre minha namorada e todo o banquete vai parar em cima de você", Aladim alertou.

"É melhor você falar de uma vez onde ela está", Hefesto aconselhou. "Ele não tem limites quando se trata de Kyma. Não respeita nem o código masculino."

Aladim encarou o amigo.

"Você me cobriu de porrada no Baile da Neve e eu deixei para lá e você ainda está guardando rancor? E não tenho olhos *malandros*..."

Timon os acertou por trás.

"Obrigada", Marialena disse quando o grandalhão caolho a soltou, passando sobre Aladim e Hefesto, contundidos no chão. "Eles estavam me deixando com dor de cabeça." Ela saiu às pressas do pátio, atravessando o pântano de corpos.

No entrevero, Vulcano disputava a vantagem com Rhian.

"Vejo como olha para mim, patinho. Carente. Fraco. Como se desejasse poder recomeçar nossa história e terminar feliz, feliz", Vulcano provocou, em cima dele. "Seu irmão não é suficiente para você. Você quer um homem que te coloque no seu *devido lugar.*"

Rhian o virou e o imobilizou.

"Meu amor por meu irmão nos mantém vivos. Bem depois que você estiver morto."

Vulcano olhou nos olhos dele.

"Não... Tem algo podre em você, patinho. E me matar não vai resolver isso."

Rhian o encarou um pouco demais. Vulcano deu um soco na cara dele.

Nas proximidades, Rafal lutava com Humburg e Timon. O Diretor da Escola do Mal se esforçava para brigar com o Reitor do Mal e o garoto Nunca.

Ele tentou lançar um feitiço, mas Timon esmagou a mão do Diretor, impedindo que ativasse o brilho no dedo. Humburg atacou Rafal com feitiços atordoantes e o Diretor começou a perder a consciência. Era um pouco humilhante ser surrado por seu próprio aluno e reitor, que tinham abandonado a lealdade a ele sem pestanejar. Rafal saiu de seu estupor e deu um chute no pescoço de Humburg, derrubando-o de costas. Timon pegou Rafal pelos cabelos e ergueu o braço, prestes a dar uma cotovelada entre seus olhos... James Hook se jogou entre os dois, tomando um golpe no estômago. No segundo em que Timon se distraiu pela surpresa, Hook bateu na cabeça do ciclope, desequilibrando-o por tempo suficiente para James virar para Rafal.

"Me dê seus poderes de novo!", James pediu.

Rafal ficou boquiaberto, impressionado com a lealdade do rapaz. Mesmo depois de tudo o que tinha acontecido entre eles, Hook ainda era capaz de ajudá-lo.

"Vamos!", James insistiu.

Cercados de corpos em movimento e caídos, Rafal soprou uma parte de sua alma no garoto. Hook ficou gelado mais uma vez...

Timon chegou urrando por vingança e foi para cima dos dois com uma espada... mas Hook e Rafal o enfrentaram unidos e soltaram dois jatos de brilho, congelando o Nunca caolho em um bloco de gelo.

James se apoiou no Diretor, ensanguentado e abatido, ambos caindo de exaustão.

"Seus Nuncas são fortes", James disse. "Daria de tudo para tê-los em minha tripulação, combatendo Pan. Seríamos imbatíveis."

Rafal riu.

"Os Nuncas de Vulcano. Não meus. Eles lutam por ele, não por mim."

James se calou, vendo os Nuncas lutarem.

"Venha comigo para a Terra do Nunca", ele disse.

Rafal ficou surpreso.

"Podemos combater Pan juntos", Hook propôs, sem fôlego. "Se juntarmos forças, Pan não vai ter a mínima chance! Pense nisso. Com sua magia dentro de mim? Nada pode nos conter. Vamos ser os piratas feiticeiros, unidos por sua alma. Reis da Terra do Nunca. Irmãos em armas, longe da prisão desta escola. O final certo para sua história. Para *nossa* história."

O coração de Rafal se encheu de ternura. A ideia era louca, impraticável, irresponsável, e mesmo assim ele se perdeu nela – até cair na real.

"E Rhian?"

"Você já se afastou dele uma vez", James observou.

Um alerta ecoou.

"Traição. Guerra. Morte."

Devagar, Rafal tocou o coração de James.

"É por isso que não posso me afastar dele de novo", ele afirmou.

Ele puxou um brilho azul e gélido do peito de James, a magia de Rafal saindo de dentro do garoto.

Hook se sentiu traído.

Uma lágrima se formou no olho de Rafal.

"Você é o único amigo que já tive, James."

A arena ruiu ao redor deles e cada um caiu para um lado. Hook ficou enterrado sob corpos e Rafal foi parar entre Vulcano e Rhian, o Diretor da Escola do Mal sentindo o impacto dos golpes que um pretendia acertar no outro. Antes que Rafal pudesse ajudar o irmão, o Capitão Pirata desabou ao lado dele sob uma cascata de Nuncas, tendo a jaqueta arrancada das costas.

O Storian foi derrubado, um lampejo de aço.

Rafal tentou pegá-lo, mas dedos tatuados o tomaram.

Vulcano sorriu, exibindo o Storian.

Rafal foi para cima dele, porém garotos Nuncas o puxaram. O Capitão Pirata também foi para cima de Vulcano, até que o Reitor Humburg lançou um feitiço em seu joelho, derrubando-o no meio da horda.

Lentamente, Vulcano conseguiu se levantar com a Pena na mão.

Ele se aproximou de Rhian, escarranchando-se sobre o peito do irmão do Bem.

Rhian o fuzilou com os olhos, sem se deixar intimidar.

"Como se mata um imortal?", Vulcano perguntou. "Com a arma que lhe deu a imortalidade."

Em suas mãos, as pontas afiadas do Storian brilhavam sob o luar, refletindo o brilho prateado no rosto de Rhian.

Rhian acendeu o brilho em seu dedo, apontando para Vulcano... mas desta vez o brilho se apagou.

"A magia dá. A magia tira", disse Vulcano com brilho nos olhos. "*Eu sou o Diretor da Escola agora.*"

Ele ergueu a Pena como uma adaga.

"Não!", Rhian gritou.

Vulcano afundou o aço no coração de Rhian.

Mas o coração de outro foi perfurado.

Vulcano se afastou em choque.

O pátio do castelo do Mal ficou em silêncio.

Sempres. Nuncas. Piratas.

Todos olhando para Rafal, com o Storian enfiado no peito, sangue se acumulando ao redor do ferimento e ensopando sua camisa.

"Meu irmão!", Rhian exclamou, ofegante.

Rafal caiu de joelhos, sem respirar.

Seus olhos estavam fixos em Vulcano.

Um olhar frio.

"Rafal?", Rhian sussurrou.

Mas Rafal só olhava para Vulcano.

Como um falcão de olho na presa.

Vulcano cambaleou para trás, empalidecendo...

Porque o sangue estava voltando para o peito de Rafal e o ferimento estava fechando.

Rhian arregalou os olhos quando Rafal arrancou o Storian do próprio coração.

Vulcano se virou para fugir...

Sempres e piratas o cercaram.

"O Storian aplica um teste em todo Diretor da Escola", Rafal disse, confrontando o inimigo. "Um teste em que deve ser aprovado para assumir o cargo. Mas você *falhou* em seu teste. O que significa que não é Diretor da Escola. Nunca foi. Porque não é a Pena que torna meu irmão e eu imortais. Não é a Pena que concede a vida. É o *amor*."

Rafal olhou nos olhos de Vulcano.

"E o amor pode tirá-la."

Ele olhou para o irmão.

Rhian assentiu.

Com um grito, Vulcano levantou as mãos.

Rafal usou a Pena como uma espada.

9

O sol se espalhou pelo horizonte, dourando o aço.

Rafal ergueu o Storian.

"É seu."

"Não", o Capitão Pirata disse.

Ele e os irmãos estavam na praia, sob as sombras do Bucaneiro e a névoa fina do amanhecer. Os garotos da Blackpool embarcavam no navio.

"Como assim?", Rafal perguntou ao Capitão.

"Foi o que combinamos", Rhian afirmou.

"E, depois do que eu vi, todos concordamos que a Pena pertence a vocês dois", o Capitão respondeu. "Qualquer um pode ver. Até o mais vil dos piratas."

Ele tocou o ombro de Rhian e sorriu olhando em seus olhos. O Diretor da Escola do Bem retribuiu o sorriso, sem notar o resmungo baixo de seu irmão do Mal mais atrás.

O Capitão olhou para a tripulação.

"Prontos para zarpar?"

O Cara de Fuinha espiou sobre a grade.

"Falta o Hook!"

O Capitão Pirata franziu a testa.

Na verdade, James estava no navio, quatro andares abaixo, na sentina, atrás do gato malhado do Capitão, que ficou miando para que Hook o seguisse até o porão, onde começou a bater com a pata em um armário de onde vinham sons abafados.

Hook abriu a porta.

A Princesa Kyma estava lá dentro, amarrada com uma corda. Ao lado dela, uma garota com óculos enormes saiu correndo, passando por ele.

Ela subiu as escadas, seguida por Hook, até sair no convés, empurrando os piratas.

"CLANDESTINA!", o Cara de Fuinha gritou.

Os Diretores gêmeos viram Marialena subir no parapeito e saltar para fora, mergulhando em mar aberto.

Uma explosão de brilho dourado a atingiu.

Seu corpo encolheu no ar se transformando em um tórax cintilante. Asas douradas brotaram em suas costas e os óculos caíram de seu rosto minúsculo e brilhoso, até que, chocada, ela olhou para baixo.

"Eu disse que encontraria um bom castigo", Rhian se vangloriou.

Marialena o xingou, mas só se ouviu *MEEP, MEEP, MEEP.*

"Tente contar mentiras agora", Rhian disse. "Marialena, a fadinha do Bem."

Rafal ergueu o dedo e deu seu toque, tornando as asas da fada pretas, o rosto verde, e fazendo seus dentes virarem presas como as de um morcego.

"Ou Maléfica, a fada do Mal", ele disse.

"Pode ser", Rhian suspirou.

Marialena zumbiu horrorizada e saiu voando.

O sol se ergueu, atravessando as faixas enevoadas em tom de pérola e rosa até o vermelho mais intenso. Nuvens começaram a se juntar, densas e brancas, um dossel de seda.

Rhian ficou com o irmão na beira da praia, vendo o Bucaneiro sumir no horizonte. O Storian estava no aconchego das mãos do Diretor, sem agitação, sem briga, como se tivesse encontrado o caminho de casa.

"Agora somos só nós, não é?", Rhian perguntou, absorvendo o silêncio. "Tudo está como deveria ser. Como era. Em perfeito equilíbrio."

Ele virou para o irmão.

"Certo?"

Mas Rafal estava voltando para a escola.

Havia escuridão em seus olhos.

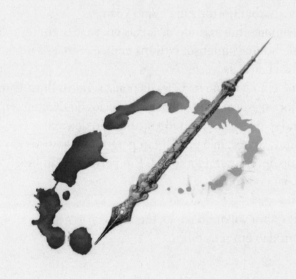

PARTE 4

FALA E SEU IRMÃO

1

"Então é meu trabalho torturá-los", o homem-lobo falou.

"Seu trabalho é descobrir o maior medo deles", Rafal explicou.

Com 2,13 m, pelos pretos e uma massa rígida de músculos, o homem-lobo ficou quieto por um instante. Olhou ao redor da recém-construída masmorra nas profundezas do castelo do Mal, paredes repletas de espadas, lanças, machados, facas, chicotes, porretes, marretas e outros instrumentos de dor. Havia uma placa pregada na parede, algumas flores mortas nas extremidades...

SALA MALDITA, dizia, quebrada e torta, como se tivesse sido reaproveitada de outro lugar.

A atenção do homem-lobo estava voltada para os instrumentos de tortura.

"São crianças?"

"Crianças desleais e ingratas", Rafal disse com frieza. "Nuncas que traíram seu Diretor. Eles me condenaram à prisão eterna e agora esperam ser perdoados. Mas o Mal não perdoa. O Mal pune. Essa é uma das regras do Bem e do Mal. Então agora você vai castigá-los."

O homem-lobo olhou para o Diretor da Escola.

"E em troca?"

"Dizem que o Rei Constantius de Camelo está à caça de homens-lobo de Bloodbrook, dado que um deles devorou sua filha", Rafal disse.

"Um incidente infeliz", o homem-lobo respondeu. "Constantius não aceitou nossas desculpas. Parece que o Bem nem sempre perdoa."

"Foi por isso que você e seu clã responderam à minha missiva oferecendo proteção em troca de serviços."

"Fiquei sabendo que o último Diretor da Escola trouxe lobos da montanha de Ravenswood. Eles não foram protegidos."

"Chamá-lo de Diretor da Escola é mais ou menos como te chamar de lobo da montanha", Rafal explicou.

O homem-lobo refletiu sobre isso. Depois se aprumou, contraindo os músculos.

"Quem é o primeiro aluno a ser castigado?"

"Não é bem um aluno", Rafal disse.

Ele abriu a porta da masmorra e revelou o Reitor Humburg amarrado a uma cadeira.

"P-por-por favor...!", Humburg gritou mesmo amordaçado. "Me-me P-pe-perdoe...!"

As gargalhadas de Rafal abafaram seus gritos.

2

Rhian estava dando aula no castelo do Bem quando o bombardeio de água começou.

O Diretor da Escola não tinha o costume de instruir os alunos de fato. Seu trabalho era zelar pelo Storian e pela segurança da escola. Mas as coisas mudaram depois que os professores do Bem foram pisoteados e maltratados no banquete de Vulcano, o que levou vários a se demitirem, inclusive a Reitora Mayberry.

"Faço parte da *realeza* dos contos de fadas. Sou filha de Mathilde de Earlingscourt, que derrotou ninguém menos que Rumpelstiltskin", Mayberry reclamou na sala de Rhian, toda suja e surrada, no dia seguinte à batalha. "Atendi a seus *muitos* apelos para ser Reitora do Bem porque você e eu sabemos que eu era infinitamente melhor que os outros candidatos. Mas tudo tem limite. Um Baile da Neve antecipado de forma abrupta... esse castelo de vidro ridículo... protestos e revoltas... Sempres prisioneiros de Nuncas... meus pupilos algemados e atormentados por outros alunos! E depois. E *depois*! Professores arrastados para aquele fosso de lama infernal, tendo que lutar pela própria vida como porcos indo para o abate! Não, não, não. Pode encontrar outro reitor." Ela saiu da sala agitada. "Vou pegar o próximo trem Campo Florido para Earlingscourt. Primeira classe, obrigada!"

Rhian enviou buquês de suas gardênias preferidas e cartas repletas de pedidos de desculpas e demonstrações de apreço.

Tinha esperança de que ela voltasse.

Ela nunca voltou.

Com a repentina escassez de professores, o Diretor teve que dar aulas até encontrar um reitor para preencher as vagas em aberto.

A mudança de rotina não o incomodava. Bem antes de Aladim chegar e dar início a toda essa confusão, ele já estava se sentindo inquieto na escola. Ser imortal não era tão bom quanto diziam. Uma infinidade de anos pela frente, nada além de monótonas vitórias do Bem e o estresse de gerenciar um gêmeo do Mal. No fundo, ele desejava mais. Um desafio. Uma distração. E foi aí que ele havia se metido em confusão: construindo o novo castelo do

Bem… convidando um substituto do Mal… Ele tinha aprendido a lição. Nada de projetos. Nada de querer mudar as coisas. Será que ensinar jovens almas seria a válvula de escape segura de que necessitava? Um antídoto para sua inquietação? Então ele nem precisaria contratar um novo reitor!

"Vamos considerar a diferença mais significativa entre Bem e Mal", Rhian começou a explicar, andando de um lado para o outro na frente da sala de aula de vidro que dava para o campo viçoso entre os castelos do Bem e do Mal. Uma tropa de doze homens-lobo corpulentos de Bloodbrook estava escavando o gramado, alguma reforma que Rafal tinha solicitado. Depois de uma semana, eles haviam aberto um buraco enorme entre as escolas, tão grande e largo que não era mais possível passar do Bem para o Mal nem do Mal para o Bem. Rhian tentou perguntar ao irmão o que os homens-lobo estavam fazendo, porém, a resposta foi um olhar fatal – um lembrete de Rafal de que o irmão do Bem não só tinha construído uma escola inteira nova sem seu consentimento, mas também levado para lá um homem que tinha tentado matá-los.

Rhian parou de andar e encarou os alunos.

"Qual é a única coisa que o Mal nunca vai ter… e o Bem não pode ficar sem?"

"Um propósito moral?", Hefesto perguntou.

"O Mal acredita que tem um propósito moral da mesma forma que nós", Rhian esclareceu.

"Uma família feliz?", respondeu Madigan.

"Só porque os Nuncas tendem a vir de famílias com pouca afeição e cuidados não significa que não sejam felizes à sua maneira", Rhian afirmou. "Pensem melhor. O que o Mal não pode ter, mesmo se quisesse?"

"Uma princesa como namorada?", Aladim brincou e fez um "toca aqui" com os amigos.

"Ou como ex-namorada", Kyma disse, e os meninos ficaram quietos.

"Ainda está zangada por eu não ter te resgatado?", Aladim perguntou. "Eu já disse que tentei…"

Kyma fez uma careta.

"Você roubou o *Storian* do Diretor da Escola e deu para um pirata ajudar a me encontrar!"

"Isso mesmo!", Aladim concordou. "Você deveria se sentir lisonjeada!"

"Isso não é *Bom*!", Kyma retrucou. "É o *oposto* de Bom!"

Aladim levantou as mãos.

"Bem, eu só sei que não consigo viver sem você, então faria de tudo para ter você de volta. E, se isso não é Bom, é melhor você ir se acostumando com o fato de eu não ser Bom com muita frequência."

A princesa o encarou. Sua raiva esfriou.

"Como posso ficar zangada com você quando você diz coisas assim?"

Toda a turma disse *ooooh* em coro e Rhian riu.

"É essa a resposta que estávamos procurando", ele disse. "*Amor*. Essa é a primeira regra dos contos de fadas. Sempres amam. Nuncas... talvez."

"Os Nuncas não podem amar de jeito nenhum?", Hefesto perguntou.

"O Mal pretere o amor em nome do *poder*", o Diretor respondeu. "Tesouros, tronos e riquezas para uma vida. Mas o Bem escolhe o amor porque acredita que amor *é* poder. O tipo mais puro e profundo de amor, que parece infinito. O amor acalma as almas ansiosas. É o amor que faz com que se sintam imortais."

O Diretor da Escola do Bem fez uma pausa, perdido em um pensamento.

"É por isso que você e seu irmão são imortais, certo?", Kyma disse. "Porque têm esse tipo de amor, mesmo estando em lados opostos."

Os olhos de Rhian correram para ela.

Kyma enrubesceu sob o olhar dele.

"Estava no nosso livro de história..."

Rhian saiu de seu transe.

"Certo, certo, isso mesmo..."

CRIIIII!

O som fez vibrar o vidro ao redor deles.

Do lado de fora, um bando de stymphs voava sobre o campo entre os castelos do Bem e do Mal, cuspindo água que levavam no bico e na barriga na enorme trincheira. Um a um, os gigantes pássaros de pelos pretos espirravam sua carga como dragões zangados, depois seguiam na direção do Mar Selvagem para reabastecer.

Rhian piscou, o coração acelerado.

Um lago?

Seu irmão estava construindo um lago entre as escolas?

Devagar, ele levantou os olhos para o castelo do Mal e viu homens-lobo erguendo um andaime preto, como se uma nova obra estivesse prestes a começar.

"O que está acontecendo?", Aladim perguntou, perplexo.

Mas os olhos de Rhian estavam nas figuras amontoadas nas sacadas do castelo do Mal.

Nuncas, não mais usando os uniformes glamorosos de Vulcano, mas roupas pretas idênticas e sem forma alguma, como uniformes de prisão.

Eles acenavam para Rhian das sacadas. Para todos os Sempres que pudessem vê-los.

Um deles segurava uma placa.

SALVEM A GENTE.

3

Quando a reforma da Escola do Mal terminou, todos os Nuncas passaram pela Sala Maldita.

Rafal encantou o espelho alto que Vulcano tinha deixado para mostrar a ele as sessões que aconteciam na masmorra. Ele apoiou o espelho na parede de uma sala de aula vazia transformada em uma câmara de gelo bem fria e se acomodou à mesa do professor, assistindo ao espelho como se fosse um espetáculo. Apesar do frio, seu coração esquentou com a satisfação de ver os alunos encararem o homem-lobo na Sala Maldita. Na verdade, ele ficou tão hipnotizado pelos Nuncas sendo castigados por deslealdade que se passaram horas e dias sem que Rafal notasse.

O Reitor Humburg entrou na sala de aula gélida, a cabeça baixa.

"Os lobos e os stymphs terminaram o trabalho, Diretor."

Rafal o acompanhou até o lado de fora.

Três torres negras estavam onde antes havia quatro, os obeliscos polidos e reluzentes da torre de Vulcano agora transformados em pináculos volumosos e irregulares como os dentes de um monstro, recobertos por vinhas vermelhas. Um lago gigantesco se expandia entre a nova Escola do Mal e o castelo de vidro do Bem, com águas calmas e claras. Bem no meio do lago estava a *quarta* torre do Mal, protegida por andaimes enquanto um grupo de homens-lobo trabalhava.

"Os stymphs transportaram isso ontem", disse Humburg. "Entre construir o lago e levar a quarta torre para lá… acho que não vão mais servir para muita coisa."

Rafal olhou para os stymphs, curvados e apinhados na margem da baía. Já não estavam cobertos de pelos pretos. Pelo contrário, eram esqueletos sem pele, feitos inteiramente de ossos. O pelo antigo estava empilhado em volta deles em tufos e montes. Eles espiavam Rafal com órbitas oculares vazias, sem olhos.

"Eu explorei eles tanto assim?", Rafal perguntou com ironia.

"Tanto que eles perderam as penas três anos antes", Humburg disse.

"Talvez devêssemos usar só stymphs adultos no futuro, então", Rafal ponderou, admirando os estranhos pássaros esqueléticos. "Uso os jovens para não assustar as crianças quando são sequestradas. Mas parece que meus alunos não têm medo *suficiente* de mim. Qual seria outra explicação para tamanha deslealdade?"

Ele virou para Humburg, fuzilando o reitor com os olhos.

Humburg olhou para baixo.

"Vamos usar stymphs adultos no futuro, senhor."

"Nada gera respeito como o medo", Rafal disse. "Algo que meu irmão gêmeo ainda precisa aprender, tendo em vista que ele não castigou os Sempres por me traírem como os Nuncas. E pensar que eu levei um golpe do Storian no coração por ele! Isso é que é laço de sangue."

"Para ser justo, os Sempres eram prisioneiros de Vulcano. E os Nuncas", Humburg disse, "não tiveram escolha."

"Sempre existe uma escolha entre coragem e covardia", Rafal retrucou. "Existem almas leais como James Hook. E pessoas como você e meu irmão, para quem a lealdade é um desaf..."

Sua voz falhou quando, sobre o ombro de Humburg, ele avistou alguma coisa se movendo pelo lago.

Ou *alguém*.

Nadando diretamente em sua direção, com agilidade e prática.

Rafal franziu a testa.

"E lá vem o covarde."

Pouco depois, Rhian seguia Rafal pelas portas do castelo do Mal, ainda pingando.

"Eu te deixei em paz porque você tem o direito de construir sua escola como quiser, mas isso é loucura!", o Diretor da Escola do Bem o censurou. "Por que tem um lago entre nossos castelos? Onde você colocou o Storian? Por que seus alunos estão pedindo socorro? Por que está me evitando, quando devíamos comandar essa escola *juntos*?"

"Você está molhando meu lindo piso novo", Rafal disse.

Rhian olhou para as lajotas pretas, sujas e cheias de fuligem. Levantou a cabeça e viu o irmão entrando em um saguão com goteira e cheio de peixe. Gárgulas espiavam sobre vigas de pedra, com tochas acesas na boca. Na parede, colunas arruinadas com murais de diabinhos, trolls e goblins formavam a palavra N-U-N-C-A.

"Quanto à sua pergunta", Rafal disse, andando mais rápido cada vez que seu irmão tentava alcançá-lo, "você parece não ver problema em seus Sempres terem me traído, mas eu vejo, então quanto menos eu encontrar com eles, melhor. Está tudo bem. Não estou zangado com você. Só ficou claro para mim que você comanda sua escola do seu jeito, então vou comandar a minha do meu jeito. Vulcano estava certo. Bem e Mal precisam de castelos diferentes, principalmente agora que meus alunos se voltaram contra mim, me mandaram para a prisão e depois tentaram me matar. Eu substituiria todos os cinquenta por um James Hook se pudesse. Mas ele foi para a Terra do Nunca para matar Pan. Então... é hora de uma *nova* abordagem. E ela já está dando certo, se meus Nuncas estão te implorando para salvá-los. A respeito do lago entre os castelos, ele vai frustrar qualquer possível invasão por futuros Vulcanos e afins."

"Mas e se precisarmos passar *entre* os castelos?", Rhian observou.

"E por que precisaríamos disso? Bem com Bem. Mal com Mal."

"E o Storian? Já sei. Ele vai ficar com você, como aconteceu com Vulcano."

Rafal virou-se e olhou para ele com seriedade.

"Já entendi. Você não se sente mal de me comparar com aquele verme. Não confia mesmo em mim, não é? Acha que quero te trair o tempo todo, quando só estou tentando fazer com que voltemos a ser como éramos antes. Quando nossas escolas eram fortes e nos amávamos sem questionamentos. Quando não tínhamos medo de que um pudesse machucar o outro. Hook e eu encontramos isso. E nós, podemos?"

Seus olhos vibravam com intensidade... ansiedade... como se ele soubesse algo que o gêmeo do Bem não sabia... como se pudesse ver um futuro que eles estavam tentando evitar...

Rhian balançou a cabeça.

"Você não entendeu direito." Ele tocou o braço de Rafal. "Confio em você, irmão. Você arriscou a vida por mim. Você não sabia que o Storian te protegeria quando Vulcano te perfurou com ele. Não duvido do seu amor. O que poderia surgir entre nós depois do que enfrentamos?"

O gêmeo do Mal o analisou, procurando a mentira. Mas Rafal só encontrou ternura e sinceridade, duas qualidades que ele costumava detestar em Rhian, agora apreciadas de todo o coração.

Mas ele nunca admitiria isso, é claro.

Ele se afastou do irmão e saiu andando.

"O Storian está em nosso novo escritório."

"Escritório?", Rhian perguntou.

Rafal fez um gesto na direção de uma sacada. À frente dela, no lago, os lobos estavam tirando o andaime que cercava a torre, revelando um pináculo prateado no centro da baía, com uma grande janela aberta, iluminada pelo sol. Pela janela, Rhian vislumbrou o aço do Storian, brilhando sob a luz e trabalhando com afinco.

"Ele iniciou um novo conto de fadas ontem. E desta vez não é sobre nós", Rafal afirmou com indiferença, entrando em um cômodo baixo com três escadarias em espiral. "A Pena finalmente parece satisfeita."

Rhian deu voltas nos corrimões, rotulados MALÍCIA e MALDADE, seguindo o irmão por uma escadaria que dizia PERVERSÃO.

"Sobre o que é o novo conto de fadas?"

"Vá ver com seus próprios olhos", Rafal disse, caminhando por um piso escuro, cada porta marcada com nome de alunos. "É a torre dos Diretores da Escola. Seu novo lar. *Nosso* novo lar."

"No meio do lago."

"Você pode voar, não pode?"

"O voo humano é magia de sangue, Rafal. Sempres são proibidos de fazer isso."

"Bem, então tenho certeza de que toda aquela natação matutina vai ser útil. Só não saia molhando tudo enquanto eu estiver fora."

"Aonde você vai?", Rhian perguntou, surpreso.

Rafal chegou a uma porta que dizia Marialena. Apagou o nome com o dedo aceso e abriu a porta, revelando um dormitório vazio, cama desfeita, armário cheio de roupas, mesa de cabeceira e parapeito da janela ocupados com quinquilharias. Ele deu a volta no espaço, apontando o dedo, e magicamente redefinindo o quarto, apagando todos os traços da jovem vidente. Depois sorriu para o irmão perto da janela.

"Vou encontrar um novo aluno", Rafal disse.

Ele caiu de costas no vazio e saiu voando.

4

Não demorou muito até eles estarem em missões paralelas.

O irmão do Mal à procura de um aluno.

O irmão do Bem à procura de um reitor.

Até então, Rhian estava convencido de que não *precisava* de um reitor. De que ele mesmo poderia ensinar os Sempres.

Mas as coisas mudaram assim que ele nadou até a nova torre dos Diretores.

O sal do lago queimou seus olhos quando ele mergulhou, flutuando pelas águas calmas e mornas, até subir na plataforma de concreto na base da torre. Gravada no aço, havia a silhueta de uma porta. Rhian passou as mãos por ela, procurando uma tranca, mas a porta brilhou sob sua mão e abriu sozinha, reconhecendo seu toque por magia. (Como seu irmão era atencioso, Rhian pensou; se fosse ele, teria trancado Rafal para fora para se divertir um pouco.) O Diretor da Escola do Bem entrou na torre e subiu a longa escadaria, iluminada por tochas de chama branca. As paredes eram cobertas por prateleiras com os contos do Storian, as lombadas coloridas brilhavam como pedras preciosas. No topo das escadas, havia cortinas prateadas quase transparentes, que Rhian abriu para entrar em uma enorme câmara de pedra cinza, com mais estantes nas paredes. Rhian notou os títulos – *Finola, a comedora de fadas, Dez príncipes mortos, Sopinha de macarrão com criancinhas* – e não conseguiu conter o sorriso. Seu irmão tinha feito questão de expor no escritório dos Diretores apenas as vitórias do Mal, independentemente de datarem de muito tempo atrás.

Um conhecido som áspero ecoou atrás de Rhian, que se virou e viu o Storian deslizar por uma página em branco. Seu mais recente livro estava aberto sobre uma mesa de pedra branca perto da janela. O Diretor da Escola do Bem suspirou, aliviado ao ver que a Pena tinha voltado ao trabalho e, como Rafal tinha mencionado, estava escrevendo um novo conto que não tinha nada a ver com eles. Ele pensou na cara que Rafal tinha feito quando o acusou de não confiar nele... em como pareceu assustado... em como estava determinado a preservar o amor dos dois... O que quer que tivesse acontecido com Rafal na Prisão Monrovia tinha lhe servido de lição para não ir mais embora. Ele estava comprometido com seu irmão e com a escola. Seus pobres Nuncas sofreriam o peso desse comprometimento, mas não restava dúvida: Rafal estava de volta. E o Storian estava mais tranquilo por conta disso.

Então ele notou o que a Pena estava pintando.

O retrato de duas sombras se beijando em uma floresta, enquanto um terceiro os espionava atrás de uma árvore.

Conforme o Storian escrevia embaixo, Rhian ia lendo as palavras:

Fala os observava com o coração na boca.
Não!, ele exclamou.

Fala, Rhian pensou.

O nome não era estranho.

Certamente um ex-aluno – mas ele não se lembrava de nenhum Fala. Não era surpresa nenhuma, sinceramente. Eram milhares de alunos àquela altura; ele não tinha como se lembrar de todos.

E agora Rafal tinha saído para encontrar mais um...

Rhian olhou ao redor do grande e solitário escritório, onde ele passaria o resto de seus dias imortais. Ele e o irmão, a única companhia um do outro.

Mas agora se via pensando não em Fala nem em seu leal e renovado irmão, mas em seus primeiros dias com Vulcano, aquela onda de empolgação e possibilidades... antes de Vulcano tentar matá-lo. Ele tinha sentido o mesmo com o Capitão Pirata... antes de o Capitão roubar o Storian. Nas duas vezes, seus interesses tinham sido equivocados. Mas era nítido que sua alma desejava energia e afinidades que iam além de seu irmão. Assim como Rafal tinha Hook.

Ele bateu com o dedo na coxa.

Um reitor.

Talvez ele precisasse de um reitor, afinal... um reitor que fosse seu *próprio* Hook...

Ele podia ouvir a voz de Rafal em sua cabeça, tentando convencê-lo do contrário, contudo, Rhian a desconsiderou. Rafal que o havia abandonado e rompido a confiança. Rafal que havia decidido que o amor de Rhian não era suficiente. Foi assim que encontrou Hook! Sim, Hook tinha ido embora e Rafal estava de volta – mas um reitor seria a garantia de Rhian caso Rafal desertasse novamente. Ele faria isso para se proteger. Para proteger a escola. E se resultasse em um pouco de companhia, uma dose de sangue fresco... que mal faria? Desta vez as coisas dariam certo. Desta vez, ele encontraria um amigo de verdade. O Diretor da Escola do Bem se viu cantarolando ao deixar o escritório, radiante com a ideia...

Não viu o Storian parar de escrever e levantar a ponta em sua direção, como um olhinho sagaz.

5

Rafal voou para o sul e pousou em Akgul à meia-noite e meia, precisamente a hora em que o reino acorda para a vida.

Os cidadãos de Akgul tendem a dormir durante o dia e a festejar à noite, livres dos ritmos do trabalho, já que Akgul tem minas de diamante sob o solo e seu rei distribui a riqueza entre o povo para encorajar uma vida de lazer e diversão. Era um outro lado do Mal, Rafal pensou enquanto vagava pelas vielas lotadas, repletas de bares e hospedarias – humanos, ogros e criaturas diversas cambaleando, cantando, se abraçando, brigando, vomitando, tudo em nome da diversão. Então é assim uma vida sem responsabilidade, o Diretor da Escola pensou. Uma festa sem fim. Abraçando os prazeres. O ápice do Mal aos olhos do Bem. Se ao menos o Bem compreendesse: uma vida de prazer sem culpa poderia ser a vida mais pura de todas. Mas o Bem era apaixonado demais pelo discurso da moral, do dever e da responsabilidade para entender isso.

Rafal apressou o passo. Ele não festejaria esta noite, no entanto.

Tinha suas próprias responsabilidades.

Um novo aluno.

Era o que ele tinha ido encontrar.

Um jovem Nunca que pudesse salvar sua turma traiçoeira e liderá-la. Uma alma que compreendesse o significado de lealdade e comprometimento. Uma alma como a de Hook.

Rafal parou sob um poste de luz quando lhe ocorreu uma ideia. O garoto havia lhe oferecido um lugar em seu navio para a Terra do Nunca. Em vez disso, por que o Diretor não sugeriu que ele entrasse para a Escola do Mal? Hook colocaria seus colegas de turma nos eixos em um piscar de olhos! Um braço direito leal e de confiança. Sim, isso romperia o acordo entre Rafal e o Capitão Pirata, que proibia que um cobiçasse os alunos do outro. Mas eles poderiam negociar.

O que era inegociável era James Hook achar que era do Bem. *Rá!* Rafal zombou. Aquele rapaz tinha literalmente implorado para o Diretor da Escola do Mal soprar sua alma dentro dele, embora ainda achasse que pertencia de corpo e alma a um Baile dos Sempres. Mas a verdade não importava. Almas que *acreditavam* serem do Bem não durariam muito na Escola do Mal.

Não... Hook não era páreo para esse trabalho.

Mesmo ele sentindo falta do garoto.

Rafal suspirou e seguiu em frente.

A Coelho Preto ficava no fim da via, atrás de uma porta de pedra pesada que se camuflava no muro. Na frente, um goblin segurava um balde com faixas verde-fluorescentes.

"Boa noite, Diretor", o goblin sorriu. "Espetáculo lotado. Os Bodes de Bode."

"Tem lugar para mais um?", Rafal perguntou.

"Pode entrar", o goblin disse.

Rafal entrou, passando por um garoto alto que estava de saída, e logo foi atingido pelas batidas violentas e pela névoa de suor. Três bodes chifrudos com tinta neon na cara batiam em tambores em um palco alto e soltavam gritos guturais, centenas de adolescentes dançavam abaixo, cabeças, braços e pulsos envoltos com as típicas faixas verde-fluorescentes distribuídas na entrada. Mas era no *preço* da entrada que Rafal estava interessado e ele foi direto para o bar, onde uma mulher de cabelos escuros e batom verde-neon contava uma pilha de pequenos rolos de pergaminho verde. Um grupo de adolescentes se aproximou para pedir Veneno de Cobra – um tônico verde-claro que era a especialidade da casa, feito com carambola, anis e noz-de-cola, abastecendo o sangue jovem com energia para dançar até o amanhecer. Rafal notou uma alma de manto e capuz sentada do outro lado do balcão, provavelmente uma vítima do excesso de diversão.

"Algum bom hoje, Divya?", Rafal perguntou à atendente do bar, que tinha voltado a separar os pergaminhos.

Divya nem levantou os olhos.

"Você deve estar desesperado para voltar aqui, Rafal. Já te entreguei os melhores antes da noite do sequestro."

"Com certeza tem uma confissão nova que vale a pena ler."

"Talvez, se eles soubessem que o Diretor da Escola leria." O preço da entrada na Coelho Preto era uma confissão Má e a maioria simplesmente falava alguma coisa sobre mentir para a mãe, bater na irmã ou fazer xixi na cama por preguiça de se levantar. Divya ergueu um dos pergaminhos. "'Derrubei a vaca do meu pai.' É tudo muito pouco criativo, Rafal. E não é para menos. Você já levou nossas almas Piores para sua escola. Só restaram os rejeitados."

"Os famosos da Coelho Preto", Rafal sondou. "Nuncas de outros reinos vêm para cá toda noite. Alguma confissão deve ter chamado a sua atenção."

Divya levantou os olhos.

"A sequência de perdas do Mal está tão ruim assim? Muitos de nós achamos que a sorte vai virar. Que o Mal vai conseguir uma vitória em breve para equilibrar tudo. É o trabalho do Storian, não é? Mas pela sua cara estou achando que estamos errados..."

"O Mal vai voltar a vencer em breve", Rafal garantiu.

E era verdade. Ele tinha voltado para o lado de Rhian. Tinha tomado um golpe fatal por seu irmão e provado seu amor. A Pena com certeza recompensaria o Mal por isso e restauraria o equilíbrio. Os Sader tinham lhe prometido isso quando ele os libertou da prisão. De fato, o conto que estava sendo escrito naquele exato momento poderia ser o que virava a maré. Mas Rafal ainda tinha um aluno a menos e, dados os acontecimentos recentes, estava determinado a encontrar alguém em quem pudesse confiar.

Ele apoiou as mãos no balcão.

"Divya. Não me deixe ir embora sem um nome. Alguém nessa Floresta que possa dar orgulho ao Mal..."

"Ou *além* dessa Floresta", disse uma voz.

Rafal virou-se e viu a figura curvada do outro lado do balcão se aprumar e tirar o capuz, revelando uma mulher de meia-idade e olhos castanho-esverdeados, longos cabelos loiros e um sorriso familiar.

"Se souber onde procurar", ela disse.

"Adela?", Rafal a encarou. "Você me seguiu até aqui?"

"Segui minha visão. Por isso cheguei primeiro", ela respondeu. "A tempo de te encontrar."

"Mas... por quê?" A voz de Rafal tornou-se fria. "Sua família me deixou para morrer."

"O futuro está ficando mais claro, Rafal", ela disse. "Uma nova escola vai surgir. É hora de você e minha família se aliarem."

O Diretor da Escola balançou a cabeça.

"Que futuro? O que você está vendo?"

Adela levantou-se.

"Já perdi dez anos por você, Rafal. Desta vez, vai ter que viver as respostas por conta própria."

Ela recolocou o capuz e passou por ele, parando para sussurrar em seu ouvido algo que ele mal conseguiu entender junto às batidas e gritos das jovens almas...

"Procure aonde os contos vão à noite."

Quando ele levantou os olhos, Adela Sader já tinha ido embora.

6

Rhian estava no meio de uma aula quando os reitores chegaram.

"Amor verdadeiro não é só o maior poder a que os Sempres aspiram. É também a maior arma que existe. Vocês viram no banquete de Vulcano", o Diretor da Escola do Bem disse. "A aliança do meu irmão é com o Mal, mas o amor o protegeu da mesma forma que protegeu o Bem. Por que vocês acham que um beijo de amor verdadeiro resgata tantas almas perdidas?"

Rufius levantou a mão.

"Mas o amor verdadeiro pode *fazer* alguém se perder? E se você amar alguém que não deveria? Alguém que seus pais não aprovam? Seu coração pode ficar confuso?"

"Não mais do que sua alma se confundiria", Rhian disse. "O amor verdadeiro sempre nos conduz na direção certa, assim como uma alma nitidamente se orienta para o Bem ou para o Mal. Todos vocês sabiam a que escola pertenciam antes da noite do sequestro, não é? Assim como meu irmão e eu sabíamos de que lado estávamos quando o Storian nos nomeou Diretores da Escola, um para o Bem, outro para o Mal. A Pena não precisou nos dizer. Como ninguém precisa dizer a vocês. Sua alma *sabe*. E também conhece seu verdadeiro amor. Uma confusão? Impossível."

"Minha alma não sabia", Aladim disse. "Muita gente achou que eu era do Mal. Inclusive eu mesmo. E acabei sendo do Bem."

"Por pouco", Kyma afirmou.

Os outros alunos gargalharam e Rhian tampouco conseguiu conter o riso.

"Mas estou falando sério!", Aladim disse. "O objetivo do meu conto de fadas não foi dizer que nem sempre sabemos? Que às vezes nossa alma acha que somos uma coisa, e na verdade somos outra?"

"Seu conto foi um caso especial", Rhian disse, abstendo-se de mencionar que aquele conto não tinha sido sobre Aladim. Que o conto do Storian, na verdade, tinha sido sobre os dois Diretores irmãos que discutiram sobre a alma do garoto ser do Bem ou do Mal... que tinham ficado confusos a respeito da questão sobre a qual ele tinha acabado de dizer que era impossível se confundir.

Uma fanfarra de trombetas se iniciou do lado de fora, fazendo os alunos saltarem.

Rhian olhou pela janela e viu um desfile de pessoas bem-vestidas saindo da floresta e marchando na direção da Escola do Bem – um homem de bigode usando um casaco cheio de brilhos de Gillikin, uma mulher elegante em tons pastel de Jaunt Jolie, uma fada grande com as asas roxas características de Maidenvale e mais, *muito* mais gente, como se tivessem saído de vários portos e chegado no mesmo navio, tentando a sorte.

"Quem são?", Kyma perguntou.

Rhian observou a caravana se aproximar do castelo de vidro.

"Candidatos", ele disse.

As entrevistas para o cargo de reitor aconteceram no Salão do Bem, com o Diretor da Escola sentado em uma cadeira dourada nos fundos do salão de baile enquanto os candidatos aguardavam em fila do lado de fora e entravam um a um.

"Dei aula na Escola para Garotos de Foxwood", disse um homem grisalho de nariz vermelho. "Coloquei todos na linha na base da força. O Bem está ficando acomodado com todas essas vitórias. Acha que nada pode derrubá-lo. Lembro quando era um jovem Sempre, arrogante como eles. Depois veio a Era de Ouro do Mal..."

"Mais silêncio e reflexão é o que eles precisam. Para ajudá-los a encontrar propósito além de ganhar e perder", sugeriu a candidata seguinte, uma moça de fala suave de Ginnymill. "Uma meditação matutina, seguida de ioga no jardim e de um tempo dedicado a escrever no diário..."

"Uma reinvenção da forma como escolhemos os alunos para dar uma chance aos não humanos", propôs o seguinte, um elfo esbelto do Ponto das Abóboras. "Vocês só tiveram dois elfos nas últimas doze turmas. Precisamos de mais representatividade entre as criaturas..."

Rhian bocejou.

"Entraremos em contato."

Uma ninfa de Águas Eternas insistiu que varinhas mágicas fossem reintroduzidas na escola, já que o brilho do dedo era um pouco "avançado". Um anão da Montanha de Vidro queria organizar um torneio de duelos para aprimorar as habilidades de combate dos Sempres. Um gnomo da Terra dos Gnomos propôs que os alunos tomassem uma poção que permitisse que trocassem de gênero quando quisessem, de menino para menina e de menina para menino, e tudo que houvesse entre os dois, até cada um acertar a forma com que se sentisse melhor.

Rhian dispensou todos eles.

O que estava procurando? Ele não sabia exatamente. No passado, sempre que precisou de um reitor, escolheu o candidato mais qualificado – geralmente uma mulher mais velha, como Mayberry, cuja linhagem, experiência e habilidades eram incontestáveis. Mas desta vez, quando aqueles candidatos apareceram, sendo a última da fila uma mulher diminuta chamada Hedadora, com um grande volume de cabelos brancos e óculos cor-de-rosa de armação grossa, Rhian notou que não estava prestando atenção em suas credenciais, mas na verruga gigante que ela tinha embaixo do nariz.

"Passei dois anos dando aula na Academia Jaunt Jolie, onde fui promovida a Diretora. Depois fui para a Escola de Jaunt Jolie, também como Diretora, onde fiquei por seis anos, e foram meus esforços corrigindo e instruindo os alunos com os valores do Bem que fizeram com que um número recorde de estudantes de Jaunt Jolie fosse selecionado para sua escola. Tenho uma carta de recomendação da Reitora Mayberry em pessoa, atestando que sou a melhor candidata para a vaga. E ela deixou bem claro que você precisa de um toque feminino neste castelo e que *eu* seria perfeita para o trabalho." Ela estendeu a ele uma folha de papel, bem prensada entre dedos gordinhos.

Rhian nem olhou.

"Tenho certeza de que tudo o que disse é verdade", ele afirmou com um olhar vago.

"Quando quer que eu comece?", Hedadora presumiu.

Depois que ela saiu, Rhian recostou e tomou um gole de vinho da garrafa que guardava atrás da cadeira. Uma nova Mayberry, ainda mais pedante que a anterior. Que maravilha. Exatamente o que sua alma inquieta queria. Outra mestra para o repreender e irritar.

Rhian balançou a cabeça, descontente com seus pensamentos.

Ela era a reitora certa. A melhor reitora. Ele tinha feito a coisa certa e agora estava arrependido? Desde quando se arrependia de Boas decisões? Desde quando tinha se tornado Rafal, procurando problemas para si mesmo e para a escola?

Rhian se endireitou na cadeira e tampou a garrafa de vinho. Não, ele não era Rafal. Porque, no fim, ele tinha contratado aquela pedante, agido como o Diretor dedicado e sensato que era. Maldita alma inquieta.

Ele levantou-se para sair.

Alguém bateu na porta.

"Agora não", ele resmungou.

Outra batida.

"A vaga já foi preenchida!", ele gritou.

Outra batida.

"Pelo amor de Deus…"

Rhian irrompeu para a porta e a abriu.

Recuou em choque, o coração acelerado.

"A vaga não pode ser preenchida ainda", disse o garoto diante dele. "Não até eu ter a minha chance, como todos os outros."

Ele era alto e magro, com veias azuladas sob músculos pequenos, uma sombra de barba no rosto. Usava uma camisa branca, meio desabotoada, uma corrente de ouro pendendo sobre o peito pálido. Os olhos eram como carvão polido, os cabelos tinham ondas revoltas da mesma cor, o rosto era extremamente sério.

Rhian sabia que deveria rir.

Que deveria chutar o garoto de volta para o lugar de onde veio.

Mas não fez nada disso.

Pelo contrário, olhou para James Hook e ergueu as sobrancelhas, como se a entrevista já tivesse começado.

7

"Procure aonde os contos vão à noite."

Rafal não fazia a mínima ideia do que Adela queria dizer com o que sussurrou para ele ao sair da Coelho Preto.

Que contos? E como contos podem *ir* a algum lugar? Será que ele tinha entendido errado?

E a outra coisa que ela dissera...

"Uma nova escola vai surgir. É hora de você e minha família se aliarem."

Quando viu os Sader pela última vez, eles teriam ficado felizes em deixá-lo morrer. Agora o estavam ajudando? Que futuro Adela tinha visto? Que nova escola? E o que isso tinha a ver com o novo aluno que ele estava procurando? O novo Nunca que ele ainda precisava encontrar?

Todas essas perguntas giravam na cabeça do Diretor da Escola do Mal enquanto ele voava de volta para a escola na calada da noite, pairando sobre a baía iluminada pela lua e entrando pela janela da torre dos Diretores.

O Storian estava suspenso no escritório escurecido, como se dormisse. O conto estava pausado em uma pintura do jovem Fala espionando duas sombras se beijando à noite.

Rafal se aproximou na ponta dos pés, esticando o dedo para voltar as páginas do conto...

A Pena ganhou vida e cortou sua mão.

"Nada de olhar para trás. Eu sei", Rafal resmungou, vendo o ferimento se curar magicamente. "Diabinho maldito."

Quando Rafal olhou pela última vez, antes de partir para Akgul, a Pena tinha acabado de começar o conto com Fala e seu irmão saindo de casa, cada um indo buscar a sua sorte.

Outra história sobre irmãos, Rafal pensou. Mas felizmente não era sobre eles, e a prova era o que tinha saído na primeira ilustração do Storian – o cabelo idiota de Fala, em forma de tigela, e o nariz longo e torto, nada parecido com o do Diretor da Escola do Mal e do seu irmão. A imagem tinha deixado

Rafal aliviado. A Pena finalmente tinha superado os gêmeos. Estava de volta ao normal. E logo encontraria o equilíbrio.

O nome Fala lhe era familiar, no entanto, e Rafal não conseguia se lembrar bem de onde o conhecia, até seu voo de volta da Coelho Preto. Cercado por nuvens noturnas, ele tinha lembrado: Fala era como Rhian o chamava quando eram crianças, porque não conseguia pronunciar o nome de Rafal. *Fala, Fala, Fala,* Rhian balbuciava, agarrando-se a Rafal quando precisava de consolo, até que Rafal o chutava ou o empurrava para longe. Rafal lembrou de uma situação em particular em que usara magia de sangue para deixar a pele de Rhian transparente, revelando os órgãos e veias do gêmeo e fazendo Rhian gritar *Fala, Fala, Fala,* até Rafal fazer tudo voltar ao normal. Que estranho era ver aquele nome surgir em um conto do Storian cem anos depois... e um conto sobre dois irmãos, ainda por cima! Principalmente depois de as duas histórias anteriores da Pena terem sido sobre os gêmeos...

Rafal espiou mais de perto.

Esse Fala sou eu?

Mas não parecia nada com ele. O Storian sempre contava uma história à medida que ela acontecia... e isso *não estava* acontecendo... O que significava que esse Fala *não podia* ser ele. Só podia ser um ex-aluno, já que a Pena só contava histórias sobre os diplomados da escola. (Ao menos quando não desviava para contos sobre seus Diretores.) Ele se lembrava vagamente de um Nunca chamado Faizal que tinha um corte de cabelo horroroso e o nariz curvado. Ou seu nome era Fala? *Huum.* Rhian costumava se lembrar dos Nuncas melhor que Rafal. Seu irmão saberia.

"Rhian?", Rafal chamou no escuro.

Ninguém respondeu.

Com certeza seu irmão ainda estava acordado. Rhian dormia mal, apesar da fama que os Sempres tinham de dormir bem enquanto os Nuncas eram insones. Rafal, por sua vez, era capaz de dormir no meio de um furacão.

Ele espiou no cômodo dos fundos, esperando encontrar seu irmão lendo um dos contos antigos do Storian, fazendo flexões ou sentado no peitoril da janela observando as estrelas.

Mas não tinha ninguém lá.

Estranho, o Diretor da Escola do Mal pensou. Talvez ele tivesse saído para uma nadada noturna? Ou ficado ansioso por dormir sozinho na torre nova. Rhian sempre tinha sido assim na infância. Tinha medo de que Rafal o deixasse sozinho por um segundo e gritava: *Fala, Fala, Fala...*

Rafal deitou-se nos frios lençóis de seda de sua cama.

No dia seguinte encontraria seu Nunca.

Seu novo Capitão Hook.

Mas por ora... dormiria.

Ele ouviu um ruído vindo de outro cômodo.

Arranhando, farfalhando.

O Storian devia ter voltado a escrever, ele pensou.

O farfalhar ficou mais alto.

Não, não era o Storian.

Em um instante, ele se levantou da cama e foi para o outro cômodo, bem a tempo de ver...

O Storian se movendo de um lado para o outro pela torre, derrubando com cuidado alguns livros das estantes... um... dois... três... quatro ao todo... os livros se reunindo em pleno ar, até que a Pena conjurou uma fita dourada para amarrar todos juntos e jogá-los pela janela em um raio de luz brilhante, como um cometa enviado para o céu.

O Storian retornou a seu lugar nas sombras, soltando um suspiro antes de se aquietar.

Então viu Rafal o encarando.

Pena e Diretor se contemplaram.

"Procure aonde os contos vão à noite."

O Storian tentou impedi-lo, mas o Diretor da Escola era rápido demais, saltando pela janela em pleno voo e perseguindo os livros.

8

Hook havia sugerido que dessem uma volta ao redor do lago, porém, Rhian não quis correr o risco de serem vistos por Rafal quando ele voltasse. Então ele levou o garoto até a sala de jantar do Bem, ambos andando em silêncio para não acordar os Sempres.

Rhian avaliava o rapaz de canto de olho. Ele tinha crescido desde que o Storian contara sua história – não tanto em tamanho, mas em maturidade. O jovem esquisito e encurvado de que ninguém da Blackpool gostava já não existia mais, substituído por um homem confiante. Ele também parecia mais bonito, com membros longos e esguios, um queixo esculpido, cabelos brilhosos e sobrancelhas escuras e densas sobre olhos pretos.

Rhian não sabia muito bem por que não queria que Rafal o visse com James – não era culpa de Rhian que o garoto tivesse aparecido de repente, exigindo se candidatar à vaga de Reitor do Bem. Mas Rhian também sabia que Hook e seu irmão do Mal tinham forjado um forte laço e Rafal não gostaria de ver seu irmão sozinho com ele.

Por isso, quando chegaram à sala de jantar, Rhian começou dizendo com todas as letras:

"James, você não devia estar aqui."

O jovem olhou para a sala de jantar vazia.

"Por acaso tem comida aqui? Estou um pouco faminto depois da viagem de navio."

Rhian chamou uma panela encantada com um assobio, que acordou e levou até a mesa uma bandeja com queijo, salame, picles e azeitonas e uma jarra de chá de cevada, bufando para indicar que poderia ter feito algo melhor em um horário mais sensato.

"Você veio da Blackpool até aqui de navio?", Rhian perguntou quando se sentaram.

"Não exatamente", disse Hook, cuidando para não falar de boca cheia. "Os rapazes quiseram parar em Akgul por uma noite e ir à Coelho Preto. Por um segundo, achei que tinha cruzado com seu irmão quando estava saindo. Tentei voltar para ver... mas o goblin não deixou."

"Rafal na Coelho Preto?", Rhian comeu uma azeitona. "Duvido muito que o Diretor da Escola do Mal estivesse em um bar de adolescentes."

Hook tomou o chá.

"Sua escola é impressionante. Ver tudo isso de perto da última vez mexeu com alguma coisa em mim. Eu gostaria de ser seu reitor."

Rhian riu.

"Quanta bobagem. Por que está aqui de verdade?"

James se inclinou para a frente, arqueando as sobrancelhas grossas.

"Estou falando sério, Rhian. Quando estive na Coelho Preto, vendo todos aqueles garotos da Blackpool pulando e gritando, agindo como vândalos, eu me dei conta... posso ser melhor do que isso. Eles são piratas porque gostam de atacar, pilhar e causar confusão. Eu não. Sou pirata porque quero dar orgulho à minha família. E por muito tempo achei que a única forma de fazer isso era matando Pan. Porque era o que minha família considerava Bom e certo – derrotar o menino e tomar a Terra do Nunca em nosso nome, mesmo depois de tantos Hook terem morrido perseguindo esse objetivo. Mas então comecei a pensar... E se esse não fosse o *único* caminho para o Bem? E se houvesse outra forma de levar a glória à minha família? Foi só a sementinha de uma ideia... Na manhã seguinte, quando voltamos para o cais, vimos outro navio chegando cheio de suprimentos – um navio levando candidatos a Reitor da Escola do Bem, vindos de toda a Floresta. Havia uma vaga aberta, estavam dizendo. De repente, eu já estava entrando no barco, me escondendo embaixo do convés. Aquela semente de ideia tinha brotado. Sua escola acenou para mim como um novo caminho no escuro. O caminho não só para o maior Bem possível, mas também para, pelo menos, fazer o nome Hook valer alguma coisa."

Rhian riu.

"Desculpe o ceticismo. Você desistiria de matar o Pan. Desistiria de governar a Terra do Nunca. Para *dar aula*? Para alunos pouco mais novos que você?"

"Sejamos sinceros, Rhian. Eu não quero morrer", disse Hook. "Meu pai e o pai dele e o pai do pai dele... *todos* morreram combatendo Pan. E meu pai era melhor combatente que eu. Como vou saber se eu derrotaria Pan? Não consegui as respostas de que precisava com os Sader. Não tenho plano nem arma secretos para matar aquele demoniozinho aparentemente invencível. Também não tenho tripulação de confiança para lutar ao meu lado. Talvez, apenas talvez, se eu tivesse seus melhores Nuncas a bordo do meu Jolly Roger, poderia ter uma chance. Vi como eles lutaram por Vulcano.

Os mais talentosos alunos do Mal contra Pan? Talvez. Mas só os garotos da Blackpool...? Não. As chances são mínimas. Se eu quiser viver, é hora de deixar de ser pirata. Não existe mais Capitão Hook. Mas Reitor Hook? Talvez esse nome tenha mais valor. Porque desta vez não estou lutando por mim, mas pelo futuro de outros."

O Diretor da Escola do Bem tamborilou os dedos sobre a mesa, nada convencido.

"Você acha que não sou capaz", Hook disse.

"Não tenho nenhuma evidência de que você *é*", disse Rhian. "Por que eu escolheria você, um pirata sem nenhuma realização, em vez da Reitora Hedadora, com quarenta anos de experiência à frente de escolas, diplomada nos valores e ideias do Bem e que *sabe* o que é ser reitora?"

"Porque ninguém vai gostar dela", Hook afirmou.

Rhian contraiu os lábios.

"Você acha que isso não importa", Hook respondeu. "Vou te fazer uma pergunta. Por que Vulcano conquistou a lealdade dos Nuncas? Por que ele levantou tanto o nível deles a ponto de seus Sempres serem feitos de reféns e ficarem impotentes? Como ele os transformou em um grupo de quem qualquer um teria orgulho, forte, leal e unido? Eles não lutaram daquela forma por Rafal. Mas sim por Vulcano. Por quê?"

Rhian pigarreou para responder...

"Porque as pessoas *gostavam* de Vulcano", Hook interrompeu. "Ninguém vai fazer esse esforço todo pela Reitora Inodora, ou seja lá qual for o nome dela. Ninguém vai se sentir inspirado por ela. Porque ela não sabe como seus alunos se sentem. *Eu* sei como eles se sentem: desesperados por glória, determinados a construir um nome para si mesmos... mas sem saber direito por onde começar. Por que você acha que o Capitão Pirata conquista a lealdade eterna de seus piratas? Porque ele é jovem e ávido, assim como nós. Mas ele tem a sabedoria de ter desistido de sua busca pela glória pessoal para ajudar os outros a encontrarem. Posso ser seu Capitão Pirata. Posso ser seu Vulcano. Só que, diferentemente deles, você vai poder confiar em mim."

"E quanto a Rafal?", Rhian perguntou de maneira incisiva. "O que vamos dizer a ele? Que seu precioso James agora é meu *funcionário*?"

"Ele teve sua chance de lutar comigo", James explicou. "O que eu escolho fazer agora é problema meu."

Rhian ficou olhando para ele por um instante. Depois sacudiu a cabeça.

"Não. Não. Não."

"Três dias", Hook pediu com tanta ênfase que Rhian paralisou. "Você tem que me dar três dias como reitor para eu provar que sou capaz. Nem que seja por eu ter lutado por você contra Vulcano e te ajudado a salvar sua escola.

É o que alguém do *Bem* faria. Depois de três dias, se não estiver convencido, tudo bem. Eu volto para a Blackpool."

Rhian olhou para ele e suspirou.

"James…"

"Três dias", o rapaz repetiu. Ele estendeu a mão sobre a mesa e pegou no braço de Rhian. "Rhian. O que você tem a perder? Só tem a ganhar: um reitor, um amigo, um companheiro. Caso Rafal te deixe algum dia. Ele já fez isso antes, não é?"

Desta vez, o Diretor da Escola do Bem ficou em silêncio.

"Rafal já me teve ao lado dele uma vez. Ele poderia ter ido comigo para a Terra do Nunca lutar contra o Pan, porém, recusou. Problema dele", o garoto disse, encarando-o. "Agora é a sua vez de ter James Hook para você."

O Diretor olhou para os olhos escuros e profundos do garoto.

E se? Uma alma gêmea, não para Rafal… mas para ele…

Rhian se afastou.

"*Um* dia", ele disse, levantando-se. "Depois a Reitora Inodora assume."

9

Os livros voaram para bem longe.

Mais longe do que Rafal já tinha ido. Por tanto tempo que a noite passou, e então o dia, enquanto ele planava sobre reinos que nunca tinha visto, com montanhas flutuantes e castelos submersos e rios que corriam invertidos e ilhas divididas em luz e escuridão. Tentou alcançar os livros, ver os títulos, descobrir que contos de fadas o Storian tinha mandado nessa estranha jornada, mas toda vez que ganhava velocidade, os livros faziam o mesmo, sempre ficando bem à frente.

Então os livros começaram a descer sobre planícies abertas, onde não havia nada além de campos gramados à luz da manhã, por uma eternidade, como se os contos tivessem ido para o fim do mundo, onde a luz era muito fresca e clara. Seria o fim da Floresta Sem Fim? Ele havia encontrado os limites de seu domínio?

Foi quando ele vislumbrou algo lá embaixo, indistinto sob a névoa e o sol...

Um vilarejo.

Sem castelos imensos, sem florestas de cabeça para baixo nem montanhas murmurantes, sem ninfas encantadas e fadas voando por toda a parte. Nada parecido com os outros reinos da Floresta. Apenas um vilarejo, com uma torre de relógio torta, uma igreja caindo aos pedaços, uma escola amarela...

Os livros mergulharam no ar, seguindo para a praça do mercado e suas fileiras de lojas com fachadas de madeira. Rafal foi atrás, de cabeça, braços ao lado do corpo, como um falcão perseguindo uma presa.

BUM!

Ele bateu em uma barreira invisível, braços e pernas estendidos como um inseto no vidro.

Os livros, por sua vez, passaram direto.

Rafal iluminou a barreira com o dedo aceso, revelando um escudo fino e brilhante, do tipo que usava para se proteger de ataques. Mas aquele não se rompeu com o peso de sua magia, como se tivesse sido criado por um poder maior que o seu. Perplexo, o Diretor da Escola desceu, contornando o limite da barreira, tentando descobrir onde os livros tinham pousado.

Lá estavam eles.

Diante de uma loja apertada entre uma padaria e um bar.

Livraria da srta. Harissa.

Um cachorro preto e peludo saiu de cima do capacho e farejou os livros, depois latiu para alguém na loja. Em seguida, a dona saiu, provavelmente a própria srta. Harissa, com cachos grisalhos, um casaco de *tweed* vermelho e um chapéu que parecia um guarda-chuva. Ela pegou os livros do chão, tirou a poeira e, com um curioso "Ora!", levou-os para dentro.

Pela janela, ele a viu sentar e desamarrar os livros.

Foi então que Rafal notou os livros *na* vitrine.

Henny Penny, Sopa de Pedra, João Felizardo, Rumpelstiltskin...

Mais contos do Storian.

Contos que a Pena havia escrito e mandado para lá.

Por quê?

Rafal acompanhou a barreira, espiando a cidade em sua rotina matinal. Comerciantes colocando as mercadorias para fora; moradores regando jardins e pendurando roupas no varal; condutores de carruagem alimentando seus cavalos; ferreiros acendendo seus fornos; fazendeiros levando os porcos para o cocho; moendeiros indo para os moinhos atrás do lago. Ninguém pareceu notar o Diretor da Escola passando sobre a cidadezinha, dando a entender que o que estava fora do escudo não podia ser visto por aqueles em seu interior – incluindo as crianças, que pareciam estar por toda parte, sem supervisão de adultos, como se este fosse o vilarejo mais seguro do mundo, brincando, fazendo bagunça, pulando, cantando e colhendo maçã das árvores e, acima de tudo... *lendo.*

Rafal olhou com atenção.

Um menino em um balanço lendo *O osso cantador.* Uma menina nos degraus da igreja lendo *Barba Azul.* Dois irmãos sentados perto de uma fonte lendo *O Príncipe Sapo.*

Todas elas histórias da biblioteca dos Diretores da Escola.

Todas elas contados pelo Storian.

Como ele nunca tinha notado?, Rafal pensou, incrédulo. Livros voando de *sua* biblioteca à noite até um vilarejo misterioso para além de seus domínios, onde eram deixados para uma livreira, que os vendia para crianças. Crianças que liam esses contos de fadas, de olhos arregalados, absortas, como se não soubessem que aquelas coisas eram possíveis.

Quantas histórias tinham chegado ali? Quando isso tinha começado? A vergonha coloriu as bochechas de Rafal. O trabalho dele e de Rhian como Diretores da Escola era ficar de olho no Storian e em sua obra. Um trabalho

que até aquele momento ele achava que faziam bem. Com certeza ele e Rhian teriam notado se um monte de contos tivesse desaparecido. A menos que, assim como os livros iam da escola para lá, eles também voltassem.

Ele analisou as crianças mais de perto, procurando sinais de magia, sinais dos mesmos alertas que sentia em seus alunos... mas não havia nada. Nenhum pulso de encantamento. Nenhum indício do extraordinário. Da mesma forma que a cidade era comum, as crianças também eram, como se vivessem à parte da Floresta Sem Fim. Como se não tivessem o menor conhecimento dos reinos fantásticos à sua volta.

Mas uma menina em particular chamou sua atenção.

Uma adolescente de cabelos ruivos de cor rubi e olhos pretos e cruéis, encostada em uma árvore, lendo *Rex, o urso furioso*. Era o conto preferido de Rafal, sobre um urso que alertou várias vezes os moradores de uma cidade para que não o perturbassem, só que eles não lhe deram ouvidos e, em troca, ele devorou todas as garotinhas. Era um conto obscuro, repleto de vingança e tragédia, mas a menina estava *gargalhando*, mostrando os dentes afiados, com o rosto rosado de alegria.

Rafal ficou maravilhado com ela.

Ninguém ria com *Rex, o urso furioso*.

Nem seus mais vis Nuncas.

O coração do Diretor da Escola acelerou.

Era ela.

Aquela era sua nova aluna.

Rafal bateu na bolha para chamar sua atenção. Ele precisava falar com ela. Precisava levá-la para *aquele* lado. Ele acendeu seu brilho e lançou um feitiço chamuscado para atravessar o escudo – ele ricocheteou em sua cara, derrubando-o no chão com cabelos e orelhas queimados.

O Diretor da Escola do Mal rangeu os dentes. Como aquela magia podia resistir a ele?

"É a *minha* Floresta!", ele disse com raiva.

"Eu não diria isso", respondeu uma voz.

Ele virou-se, mas não encontrou ninguém.

Então alguma coisa mordeu sua orelha.

Rafal girou e viu uma fada de asas pretas e rosto verde.

"Este vilarejo não é sua Floresta", Marialena afirmou, voando sobre sua cabeça. "É *Além* da Floresta."

"Você me seguiu até aqui?", Rafal perguntou.

A fada pousou em seu ombro.

"Devo lembrar que sou uma Sader e, portanto, posso ver onde você vai estar a qualquer momento. Primeiro, me ofendi por você ter me transformado em fada e procurei um contrafeitiço para restaurar minha fala e dar um jeito de voltar para o meu corpo. Mas depois comecei a pensar: e se isso era para acontecer? Quem quer andar, quando pode voar?" Ela bateu as asas na cara de Rafal, fazendo-o proteger os olhos. Quando abriu, Marialena estava do outro lado do escudo. *Dentro* do vilarejo.

Rafal arregalou os olhos.

"Como *eu* passo?"

A fada olhou para a menina lendo perto da árvore.

"Vi que ela chamou a sua atenção. Uma Leitora seria uma adição poderosa para sua escola. É assim que eu os chamo. *Leitores*. Eles têm imaginação, ambição e desejo de fazer parte do nosso mundo, mas também a crença de que isso nunca pode acontecer porque é só um 'conto de fadas' que leem em livros. Imagine se você os levasse para o nosso mundo? Um mundo em que os sonhos de seus livros de história ganham vida. Eles dariam muito mais valor a coisas que nós tomamos como certas. Poderiam realizar feitos sem limites. Ou fracassar miseravelmente, é claro. Mas você apostaria nessa chance, não é?"

Rafal rangeu os dentes.

"Me deixe entrar."

"Agora ele exige minha ajuda", Marialena disse, "mesmo eu não sendo mais sua aluna."

"Você não estaria aqui se não pretendesse me ajudar", o Diretor da Escola provocou. "Sua mãe anda me seguindo também. Dizendo que sua família precisa de mim."

"Ou que você precisa de nossa família", Marialena disse. "Nossas sortes estão ligadas. Isso é verdade. Mas ainda não vou deixar você entrar."

Rafal lançou um feitiço sobre ela, mas ele rebateu no escudo, derrubando-o de novo.

"Diferentemente dos outros reinos da Floresta, Além da Floresta não é um domínio do Bem ou do Mal", a fada explicou. "Faz parte da Floresta, e ao mesmo tempo está à parte dela. Assim como é nosso dever viver as lendas que o Storian escreve, o papel desses Leitores é acreditar nelas, não importa quem vença, Bem ou Mal. Eles vivem no equilíbrio, esses Leitores. E é por isso que eu, uma vidente, posso entrar aqui, já que videntes são leais à verdade e ao equilíbrio acima de qualquer lado. Mas você pretende roubar uma criança deste vilarejo em benefício próprio. Não é muito equilibrado, é? Isso é trapaça. Não é de se estranhar que o escudo não te deixe passar. Se você pegar uma criança, seu irmão também vai precisar pegar. Um Leitor para cada escola."

"Não", Rafal rejeitou. "Ele já tem muitas vantagens. Essa deveria ser minha."

"Então receio que sua jovem Leitora nunca vai saber o que significa ser uma Nunca", Marialena disse, vendo a menina terminar a história e fechar o livro. A criança limpou a terra da roupa e correu para a cidade, até Rafal a perder de vista.

O Diretor da Escola do Mal hesitou. Se seu irmão soubesse o que ele estava considerando fazer... Não. Ele não poderia saber. Ele *nunca* poderia saber.

Rafal virou-se e resmungou para a fada.

"Não me siga de novo."

Ele se afastou, pronto para voar de volta para a escola, quando ouviu um chiado vindo de trás, como uma bolha estourando. Quando se virou, viu que o escudo não estava mais lá e o vilarejo estava mais claro e nítido, como se ele não estivesse mais olhando do lado de fora.

"Exatamente como vi em minha cabeça", Marialena disse, voando diante dele. "Parece que o equilíbrio que o mantinha do lado de fora foi rompido."

Rafal balançou a cabeça, sem entender.

"Não percebe?", Marialena sorriu. "Seu irmão quer trapacear também."

10

Em seu primeiro dia como reitor, James Hook anunciou uma maravilhosa nova competição na Escola do Bem e do Mal.

O Circo de Talentos, como ele chamou, colocando Sempres contra Nuncas em um duelo supremo de habilidades. Em três dias. O Bem mandaria seus dez melhores Sempres para concorrer com os dez melhores Nuncas do Mal, e cada aluno subiria ao palco para apresentar seu talento. Haveria um júri imparcial de fora da escola e a equipe vencedora ganharia o direito de sediar o Circo em sua escola no ano seguinte.

Rhian não sabia de nada disso até ouvir sem querer dois Sempres conversando a caminho do almoço.

"Aladim disse que sabe fazer malabarismo", disse uma garota. "E Rufius sabe fazer chocolate."

"Essas coisas não servem para vencer o Circo", um garoto argumentou. "Precisamos de alguém que saiba soltar fogo pela boca ou fazer brotar uma cabeça extra ou se transformar em lobo!"

"Esses são talentos dos Nuncas", a garota retrucou.

"Então vamos perder *com certeza.*"

Rhian tentou ouvir mais, mas pela janela viu o Reitor Humburg saindo do lago e indo na direção do castelo do Bem, ensopado e sacudindo as mãos como um pássaro confuso.

"Que loucura é essa?", Humburg criticou quando Rhian o encontrou na porta. "Nuncas e Sempres estão trocando mensagens das sacadas, já que não podem atravessar esse maldito lago. E seus alunos estão dizendo que tem um concurso de talentos na semana que vem. Meus Nuncas já estão brigando para ver quem vai ficar na equipe do Mal! Tentei proibir, dizer que não vamos participar de concursos que não foram aprovados, mas eles *querem* desafiar os Sempres e nada que eu disser vai impedi-los! Rafal vai pedir sua cabeça! Da última vez que seu irmão saiu, houve uma Prova. Agora tem um *Circo.*"

Os olhos de Humburg saltaram.

Rhian seguiu o olhar dele até James Hook, que desfilava pelo corredor usando calça de couro preta.

"Bom dia, Reitor Hook!", disseram duas Sempres em coro, nitidamente impressionadas.

Parecia que Humburg tinha sido estapeado, sua voz subiu cinco oitavos.

"*Reeeeeitooeor* Hook."

Mas Rhian já tinha agarrado Hook pelo colarinho, arrastando-a até uma sacada próxima a uma escadaria.

"Concordamos que você ficaria aqui por um dia, James. Um. Dia. E você está anunciando competições para daqui a *três* dias, quando com certeza *não* vai mais estar aqui", Rhian o empurrou contra a parede. "Isso foi o que Vulcano fez..."

"*Exatamente*", Hook afirmou.

Rhian o encarou, desconcertado.

"Vulcano renovou o Mal. Ele gerou empolgação e lealdade entre os Nuncas, que lutaram por ele porque o respeitavam como os piratas da Blackpool reverenciam o Capitão", James disse. "Quero Sempres leais e verdadeiros. Nada dessa bobagem afrescalhada de vestidos de baile e beijos de amor verdadeiro. Precisamos tornar o Bem forte e unido e poderoso de novo. Como o Mal ficou. E um Circo *contra* o Mal é um bom começo. Olhe para eles! Quando foi a última vez que viu seus Sempres tão empenhados?"

Rhian olhou para seus alunos em diferentes níveis, praticando avidamente seus talentos, lutando com espadas, fazendo malabarismo com bandeiras, cantando ópera, virando cambalhotas para trás nas escadas.

O Diretor da Escola do Bem sacudiu a cabeça.

"Vilões nascem com mais talentos mágicos. Nada disso vai vencer os Nuncas. Vai ser como na Prova..."

"Não, não vai", Hook continuou. "O Circo te ajuda de duas formas. Primeiro, estimula os Sempres a se esforçarem mais. Mas, o mais importante, identifica os dez Nuncas mais fortes. Os Nuncas que serão seus rivais nos contos do Storian, depois que se formarem. Quanto mais soubermos sobre esses Nuncas e seus talentos agora, maiores as possibilidades de serem derrotados pelo Bem no futuro."

Rhian parou para refletir sobre isso. Sua raiva e teimosia foram diminuindo.

James tocou no braço dele.

"Estou do seu lado, Rhian. Você tem que confiar em mim. Como seu irmão já confiou. Ele até soprou sua magia dentro de mim. *Duas vezes.*"

O Diretor da Escola do Bem fitou seu reitor.

"Rafal te deu um pedaço da *alma* dele?"

"Para depois escolher *você* e me abandonar", Hook disse com uma piscadinha. "No fim, eu vou embora e vocês terão um ao outro. Felizes para sempre. Mas como e quando eu vou vai depender de você. Então cuidado com o que deseja." Ele abriu um sorriso atrevido.

Rhian não conseguiu conter o sorriso. Agora entendera por que Rafal tinha se afeiçoado a James Hook. O garoto era irresistível. Rhian sentiu uma pontada de culpa no estômago... a sensação de que havia tomado algo que não lhe pertencia... Tentou enterrá-la. *Ele* era o irmão do Bem. Rafal era o do Mal. Contanto que ele confiasse em seus sentimentos, sua alma sempre o orientaria na direção do caminho certo. Na direção da Bondade. E tudo em sua alma lhe dizia para confiar em James.

Ele olhou nos olhos do reitor.

"Tive uma ideia", Rhian disse.

11

A mente de Rafal se iluminou como o sol.

Rhian trapaceando?

O que ele está tramando agora?

Ele pensou em voltar voando para a escola e pegar o irmão com a mão na massa. Mas lembrou que também estava no meio de uma trapaça, vagando pelo meio de Além da Floresta, à procura de uma Leitora para sequestrar. Uma Leitora que subverteria tudo. Então os gêmeos estavam enganando um ao outro, esperando que ninguém descobrisse.

Uma briga justa, Rafal teve que admitir.

Ainda assim, a ideia o incomodava. Sempre que ele deixava Rhian sozinho, o irmão se desviava do Bem. Construindo um novo castelo, contratando um substituto para seu gêmeo, escolhendo um ladrão para lutar pelos Sempres, quase perdendo o Storian para um pirata por causa disso, e agora… *trapaceando?* Todos esses anos, Rafal achou que Rhian *o* mantinha na linha, mas agora pareceria ser o oposto.

"Rafal?", uma voz falou.

Ele olhou para cima e viu a fada Marialena voando na direção das pessoas.

"Se alguém do vilarejo vir a gente, vão surgir perguntas", ela disse, olhando para seus cabelos brancos espetados e o terno azul e dourado. "Pode fazer alguma coisa para passar despercebido?"

"Você não consegue *ver* o que eu posso fazer?", Rafal a alfinetou.

"Só vejo os pontos principais do futuro, não os detalhes triviais", a fada afirmou, escondendo-se nos cabelos dele ao se aproximarem das vias do mercado. "Sugiro que se apresse ou eles podem te queimar vivo como um bruxo. A imortalidade pode impedir que vire um monte de cinzas?"

Rafal não pretendia descobrir.

Invisibilidade não era uma opção – era um feitiço muito inconveniente –, então ele acendeu o brilho do dedo com um encantamento sussurrado e se transformou em um homem corcunda e enrugado, de barba grisalha, que caminharia pela multidão sem ser notado.

"Tinha que virar alguém tão lento?", Marialena reclamou.

Mas, depois de cem anos como adolescente, Rafal amava a sensação de ser velho. O peso dos anos vividos. A massa da experiência agitando seus ossos. Finalmente, um corpo que combinava com sua alma.

BEM-VINDO A GAVALDON, dizia a placa na praça do mercado.

Um nome mágico para uma cidadezinha nada mágica.

Ele observou o vilarejo – estradas de terra simples, placas velhas nas lojas, canteiros de tulipas descuidados, cheios de cocô de cachorro – tudo tão comum, mundano e imperfeito, e por um breve momento ele desejou permanecer naquele corpo e viver como um daqueles Leitores, sem o peso de uma escola, um irmão gêmeo e responsabilidades. O Storian o puniria com a mortalidade, sem dúvida. Ele morreria naquele corpo decrépito e seria enterrado com o restante daquelas almas condenadas. Se ele fosse *realmente* do Mal, faria isso. Iria se esconder ali e nunca mais voltaria... Rhian certamente o faria. Alegaria que era a coisa certa a fazer e depois esperaria que Rafal o resgatasse da confusão.

A ideia fez o Diretor da Escola do Mal rir alto.

"Vire naquela alameda", a fada sussurrou em seu cabelo.

Rafal obedeceu, entrando onde havia uma fileira de casinhas. Seus pés e costas doíam, os joelhos latejavam pela idade.

Ele voltou atrás no desejo de permanecer velho.

"Ali", Marialena disse.

A primeira casa, com calhas azul-claras, porta amarela e, aparecendo pela janela...

...a *menina*.

Sentada na cama, enquanto do outro lado da casa, por outra janela, Rafal via sua mãe na cozinha, chamando o nome dela:

"Arabella! Você precisa sair para a escola!"

"Vá", Marialena sussurrou para Rafal, saindo do meio de seus cabelos. "Vá falar com ela."

Rafal semicerrou os olhos.

"Você se aliou a Vulcano contra mim. Queria que eu ficasse preso para sempre na Monrovia. O que mudou? O que você e sua mãe sabem? Por que eu deveria *confiar* em você?"

Marialena ficou séria. Olhou bem nos olhos dele.

"Uma nova escola vai surgir, Rafal. E *você* será o Escolhido."

"Sua mãe disse a mesma coisa", Rafal respondeu, se esforçando para entender. "Como vai haver um Escolhido, se existem dois?"

Algo se agitou dentro dele.

A lembrança de outra profecia.

"Traição. Guerra. Morte."

"Vá", a fada insistiu. "Antes que seja tarde demais."

Alguns minutos depois, a garota ainda fazia hora no quarto, ignorando os pedidos da mãe para ir à escola, quando se virou e viu um jovem sentado em sua cama.

"Olá, Arabella", Rafal disse.

A menina não gritou. Analisou o Diretor da Escola com olhos pretos sólidos como botões. O vestido era em um tom mais fraco de vermelho que os cabelos. Ela tinha um nariz longo e curvo, lábios sem cor e sardas nas bochechas. À primeira vista, não parecia muito mais nova que Rafal.

"Quem é você?", ela perguntou.

"Você acredita em contos de fadas?", Rafal questionou.

A garota perdeu o fôlego, observando o rosto do Diretor.

"Você é meu príncipe?"

"Você gosta de princesas?"

"Não."

"Então vai gostar da minha escola."

A garota piscou.

"Uma escola?"

"A Escola do Bem e do Mal", Rafal disse. "Você gostaria de vir comigo?"

"Como chegamos lá?", ela perguntou.

"Eu te levo voando até o meu castelo", Rafal explicou. "E você nunca vai voltar."

Por um instante, ela pareceu assustada.

"Arabella!", sua mãe chamou.

A menina contraiu os lábios.

Ela olhou para Rafal com expectativa.

"O que vou fazer na escola?"

"Vai ser minha aluna de confiança." Os olhos dele brilhavam como pedras preciosas. "Minha companheira leal."

Arabella suspirou.

"Me leve."

O Diretor sorriu.

Mas... não se mexeu.

Devagar, o sorriso se dissolveu.

Ele era do Mal, sim.

Sempre foi do Mal.

Mas sequestrar uma menina?

Roubá-la de sua família?

O sangue de Rafal gelou.

Por que ele estava *realmente* ali?

Não era para descobrir uma arma invencível contra o Bem.

Nem para trapacear em um jogo.

Mas para encontrar um novo Hook.

Encontrar alguém em quem confiar como antes confiava em seu irmão.

Encontrar um aluno para substituir seu gêmeo.

Seu coração encolheu-se no peito.

O tempo todo, ele achou que era Rhian que havia perdido a fé em seu próprio sangue.

Mas não.

Era *ele*.

Era Rafal que não tinha perdoado o irmão por se desviar.

Era Rafal que duvidava da força do amor deles.

"Traição. Guerra. Morte."

E se isso fosse o que os Sader previram?

Rafal que não conseguia perdoar totalmente.

Rafal que não conseguia recuperar o equilíbrio.

Era por isso que o Bem continuava ganhando?

Porque o Mal não conseguia deixar para lá?

E agora estava chegando ao ponto... de roubar uma criança...

Traição.

Guerra.

Morte.

E se ele tivesse o poder de impedir isso?

E se pudesse evitar que a profecia se concretizasse?

Fazendo uma Boa escolha em vez de uma Má escolha?

A porta do quarto se abriu e a mãe de Arabella entrou.

"Você está atrasada para a escola!", ela berrou.

Mas a filha estava sentada na cama, mãos ocupadas por lençóis vazios, como se tivesse encontrado e perdido um fantasma.

Rafal também tinha perdido alguma coisa.

Do lado de fora, procurou por Marialena.

Mas a fada não estava em lugar nenhum.

12

"Não é trapaça desbloquear nossa magia antes dos Nuncas?", Rufius perguntou, enfileirado com os outros Sempres ao pôr do sol. "Não deveríamos receber o brilho do dedo ao mesmo tempo que eles?"

"Se o Diretor da Escola do *Bem* aprova, como pode ser trapaça?", o Reitor Hook respondeu, virando para o companheiro. "Certo, Diretor?"

"Os Nuncas nascem com talentos mais fortes para a magia", Rhian respondeu enquanto observava seus Sempres reunidos no bosque atrás da escola, que levava à floresta mais ampla. "É por isso que o Mal gravita na direção da bruxaria e da feitiçaria. Se formos competir com eles no Circo, precisamos saber quem são nossos Sempres mais talentosos. Como vamos fazer isso sem ver o que vocês podem fazer em termos de magia? Eu informaria Rafal de minhas ações, é claro, mas ele não está aqui. Quando retornar, vou informar a ele, que rapidamente vai desbloquear o brilho de seus Nuncas. Assim o Circo vai ser mais justo. Então, não. Não é trapaça. É… *iniciativa*."

Alguns Sempres murmuraram.

"Não parece certo…", Kyma começou a dizer, contudo, Rhian já estava com uma chave prateada e brilhante na mão, um pouco pontuda e afiada como uma adaga.

"Sempres, mão direita, por favor", instruiu o Reitor Hook, ao lado do Diretor.

Aladim era o primeiro.

Ele não estendeu a mão.

James a agarrou, estendendo o segundo dedo do garoto.

Aladim resistiu.

"Espere… o que você…"

Rhian enterrou a chave prateada na ponta do dedo de Aladim. A pele ficou transparente e a chave atravessou o tecido, veias, sangue e aderiu ao osso. Rhian virou a chave e o osso completou uma rotação de forma indolor. A ponta do dedo do garoto assumiu um brilho dourado por um instante, e apagou quando Rhian retirou a chave. Pasmo, Aladim inspecionou o dedo enquanto Rhian desbloqueava os outros Sempres.

"Só existe uma regra ao usar o brilho. A magia acompanha o sentimento", Rhian instruiu ao terminar. "Com o foco e direcionamento corretos, qualquer emoção forte pode ativar seu brilho. Mas é preciso direcioná-lo com intenção. Sentimentos turvos produzem feitiços turvos. Então experimentem como quiserem. Vejam aonde seus talentos os levam. Os melhores Sempres vão ser escolhidos para nossa equipe do Circo. Vamos nos redimir pela Prova!"

(Aladim fez barulho de peido.)

Alunos sacudiam e esticavam os dedos, esforçando-se para dominar as emoções, mas logo eles começaram a acender e a brilhar, cada um com uma cor singular. Quando estava escurecendo, havia alguns feitiços de iniciantes: filetes de fumaça, sombras de fantasmas e pequenas nuvens de chuva.

"Amadorístico", Rhian reconheceu. "Mas é um começo."

Seu reitor olhou para a densa cobertura de galhos e folhas no alto, protegendo-os da visão do castelo do Mal.

"Eles podem treinar aqui até a hora do jantar, onde os Nuncas não conseguem vê-los."

"Logo vai ficar escuro", Rhian disse, aflito. "Tivemos sorte de ninguém ter sido morto durante a Prova, mas não vamos deixar cinquenta alunos que não sabem usar magia sozinhos aqui."

"Acho que vamos precisar de um pátio para a escola, então", Hook disse. "Um pequeno bosque onde possam praticar como se estivessem na floresta. Podemos até fazer as árvores e as flores de cores diferentes. Rosa, roxo ou lilás. Para que não confundam o mundo real com seu doce espacinho seguro."

"É uma boa ideia", Rhian concordou.

"Eu estava brincando", Hook disse, constrangido.

Diretor e reitor se olharam e caíram na gargalhada.

"Primeiro um castelo de vidro e agora um Bosque Lilás", Rhian ironizou. "Rafal me mataria na hora."

Hook parou de rir.

"Você tem tanto medo de seu irmão, mas ele é que deveria ter medo de você."

"Por que diz isso?"

"Você é mais arrojado", Hook afirmou.

Eles olharam um nos olhos do outro por um momento.

"Pode me desbloquear?", James perguntou.

"O quê?"

Hook esticou o dedo.

"Quero tentar."

Rhian riu.

"Para quê? Para poder entrar na equipe?"

"Quero saber como é", James disse com firmeza.

"Não em seu primeiro dia."

"Ainda não confia em mim."

"Não se trata de confiança…"

Um raio de luz vermelha foi lançado entre eles, quase acertando o olho de Hook.

"Desculpe!", disse um Sempre atrás deles.

James não recuou.

"Vamos, Rhian…"

Rhian suspirou.

"Tudo bem, mas por pouco tempo", ele resmungou. "Depois bloqueio de novo até eu decidir se sua indicação para a vaga de reitor vai além da brincadeira."

James estendeu o dedo e Rhian enfiou a chave.

Uma luz azul pulsou da ponta do dedo de Hook e ele o apontou imediatamente para as árvores.

"Vamos ver se conseguimos tornar o patiozinho da escola de Rhian… azul… como as florestas da Terra do Nunca."

Nada aconteceu.

Rhian riu.

"O brilho do dedo de iniciantes não consegue fazer nada disso. Talvez nem com muito treino."

Hook franziu a testa.

"Então, se eu quiser construir torres, castelos ou uma ponte sobre o mar…"

"Isso exige feitiçaria", o Diretor da Escola explicou. "Uma alma como a de Rafal. Ou a minha."

"Entendi. Por isso talvez seja hora de você colocar um pouco da sua alma dentro de mim", James disse com um sorrisinho. "Já tive seu irmão, afinal. Mas não tive você."

Rhian ficou tenso. Ele pegou a mão de James.

"Já chega de feitiçaria por hoje", ele disse. E, virando a chave com força, tomou de volta a magia do reitor.

13

Pouco depois, Rafal retornou.

Ele mal notou o tempo passar, perdido em pensamento e na paz do voo, a tarde virando poente e depois noite, até ele visualizar as sombras dos castelos e a torre dos Diretores no reflexo iluminado no lago. Estava prestes a descer quando algo chamou a atenção dele no bosque que ficava atrás das escolas. Raios de luz em meio à copa das árvores. De cores variadas e ritmo frenético.

Devagar, Rafal afundou no céu e pousou em silêncio sobre uma árvore, esticando-se entre os galhos como um morcego, braços e pernas abertos, equilibrando o corpo com cuidado. Com a ponta dos dedos, afastou as folhas e espiou.

Sempres praticavam feitiços no escuro, iluminados pelos raios do brilho de seus dedos, que erravam o alvo e ricocheteavam nas árvores, criando uma névoa de luz nas cores do arco-íris. Lá estava Aladim, jogando raios de luz em Hefesto, que os desviava com um escudo mágico. E a Princesa Kyma, conjurando um clone de si mesma, ao lado de Rufius, que tinha aumentado um cogumelo e o transformado em pão de passas. Enquanto isso, Rhian observava.

"Muitas emoções conflitantes, Madigan... Kyma, sustente seu brilho por mais tempo se quiser que seu clone *faça* algumas coisa... Rufius, se o cogumelo for venenoso, seu pão também vai ser, então sugiro que pare de comer..."

No alto das árvores, os olhos espiões de Rafal brilhavam.

Trapaceirozinho sujo, ele pensou.

"Hora do jantar!", uma nova voz chamou de repente. "Terminem os últimos feitiços e vamos voltar para o castelo!"

O coração de Rafal saltou.

Aquela voz...

Uma silhueta esgueirou-se das árvores para o meio dos alunos.

"Aproveitem para caprichar no último feitiço!"

Não dava para Rafal enxergá-lo no escuro, mas logo o brilho dos dedos virou um caleidoscópio de luzes e lá estava ele, como um fantasma em um arco-íris.

James.

James?

James!

Rhian bateu palmas.

"Pessoal! Acompanhem o Reitor Hook de volta para o castelo!"

Rafal despencou da árvore.

Caiu no gramado atrás de uma cortina de vinhas, a 3 m de onde seu irmão e os Sempres estavam. A batida forte fez os alunos gritarem de susto e Rhian apontou seu brilho dourado como uma tocha para as vinhas, iluminando a sombra de Rafal atrás deles.

"Quem está aí?", Rhian perguntou.

Rafal não respondeu, vendo a silhueta do irmão se aproximar.

"Fiquem todos aí!", Rhian disse.

Rafal prendeu a respiração, calculando os movimentos.

"Você também, James", Rhian ordenou.

A silhueta do Diretor da Escola do Bem foi ficando cada vez maior contra as vinhas.

"Apareça!", Rhian exigiu. "Não toleramos invasores!"

Em questão de segundos, ele tiraria as vinhas da frente e encontraria seu gêmeo.

Mas Rafal não queria ser pego daquele jeito. Não até entender por que Hook estava ali... por que seu irmão o chamava de reitor...

Rhian aproximou a mão das vinhas.

Rafal cambaleou para trás.

Não havia tempo para fugir.

Apenas para se disfarçar.

Mas que disfarce? Eles realmente não toleravam invasores.

A *menos que...*

Rhian puxou as vinhas e iluminou o espaço.

O Diretor da Escola do Bem ficou paralisado.

"Quem... quem é você?"

Um garoto alto e magrelo olhava para ele com um nariz comprido e torto, olhos pretos como carvão e cabelos castanhos em um corte tigelinha.

"Fala", ele respondeu com um sotaque jovial e truncado.

"*Fala?*", Rhian perguntou, boquiaberto. "Mas você não é o garoto... aquele que o Storian..."

"Seu irmão", Fala interrompeu. "Ele me mandou para cá. Para ser aluno novo da Escola do Mal."

"*Rafal* te mandou?", Rhian perguntou.

Fala fez que sim com a cabeça.

"Ele disse que Mal tem aluno a menos. Pássaro de ossos veio. Me jogou na floresta. Tenho que ir para escola do Mal. Ser novo aluno de Rafal."

Rhian olhou para ele com ceticismo.

"E onde está Rafal?"

"Ele disse que ir para Blackpool para visitar amigo chamado Hook", Fala respondeu.

Rhian ficou duro como um cadáver, arregalando os olhos. Depois assentiu.

"Certo. Tudo bem." Ele virou-se de repente, puxando a cortina de vinhas. "Vá se juntar aos outros. Vou te levar para o Reitor Humburg."

14

Eles fizeram o caminho mais longo de volta para as escolas, dando a volta no lago. Os Sempres olhavam para Fala com desconfiança e Hook olhava para ele com mais desconfiança ainda, como se pudesse sentir que havia algo errado. Mas, depois de um tempo, eles chegaram ao castelo do Bem e o reitor entrou com os Sempres, deixando Rhian sozinho com Fala. Eles seguiram, vendo seus reflexos no lago ao longo do caminho, até a Escola do Mal.

O tempo todo, Rafal avaliava o irmão com cuidado. Os punhos rígidos. As piscadas duras, furtivas. A forma reveladora com que mastigava o lábio, pensando, pensando, pensando. Rafal podia ler o irmão muito bem. Os sinais de culpa. Os rubores de vergonha. E agora a tentativa febril de manter a trama fraudulenta que estava criando. Vilões tinham que fazer isso o tempo todo, o Diretor da Escola do Mal pensou. Mas era estranho ver o grande líder do Bem preso nas próprias tramoias.

"Rafal disse por que estava indo visitar Hook?", Rhian perguntou.

Fala riu.

"Por que ele me diria?"

"Certo, certo", Rhian murmurou.

Quando entraram no castelo do Mal, passando o saguão, dava para ver pelas portas abertas do Salão do Mal os quarenta e nove Nuncas praticando seus talentos. Escondido no corpo de Fala, Rafal mal conseguia acompanhar a exibição – Asrael engolindo fogo, Nagila dançando e conjurando uma serpente a cada passo, Gryff criando escamas de couro e uma carapaça, Fodor tirando o olho e o balançando como uma bolinha de gude, Timon equilibrando machados na ponta dos dedos… Havia, contudo, uma disciplina silenciosa entre eles, uma intensidade e um foco que fez Rafal ver seus Nuncas com outros olhos. Sim, eles tinham sido desleais. Sim, eles o haviam traído… Mas também tinham crescido. Eram muito superiores aos Sempres, agora que ele se permitia enxergar isso. Por isso Rhian se sentia tão ameaçado por eles. Por isso Hook tinha ficado tão impressionado com sua união e força. Força que Vulcano tinha gerado por meio da empolgação e Rafal tinha alimentado por medo.

No entanto, agora, quando viram o Diretor da Escola do Bem ali parado com Fala, o treinamento foi interrompido.

Todos os olhos se voltaram para o jovem estranho com cabelo tigelinha e nariz grande.

"O que significa isso?", perguntou uma voz. Humburg passou pela multidão, braços finos cruzados sobre a túnica preta. "Espionando nossos alunos antes do Circo?"

Circo?, Rafal pensou, confuso.

Rhian empurrou Rafal para a frente.

"Este é Fala", Rhian disse, apontando para o menino soturno de cabelos escuros. "Seu novo aluno que veio substituir Marialena. Rafal o mandou."

O Reitor Humburg olhou Fala dos pés à cabeça, nada impressionado.

"Você tem algum talento?"

Fala o encarou.

"Meu pai é o grão-vizir Impala, Mestre das Artes Obscuras. O que acha?"

Humburg soltou uma risada. Ele virou-se para Rhian.

"Como Vulcano gostava de te chamar? Patinho feio?" Ele olhou para Fala. "Bem, aqui temos outro. Está bem, então, Patinho das Artes Obscuras. Mostre seus talentos."

Fala não fez nada.

Humburg empurrou seu peito.

"Eu disse: mostre seus…"

Fala esticou a mão e um fantasma saiu de seu peito, um patinho preto e peludo, que pegou Humburg com suas garras, levantou-o até o teto e o pendurou de cabeça para baixo no lustre com chamas acesas. A túnica do reitor foi parar sobre a cabeça, revelando cuecas com babados. Antes que os Nuncas pudessem rir, o patinho começou a crescer, crescer, transformando pelos em penas e abrindo gloriosas asas, até que mergulhou no ar e voou pelo salão, soltando um grito profano na cara de todos, parando e se curvando diante de Fala e voltando a entrar em seu coração. O garoto não parecia afetado, exceto por uma única gota de suor na testa.

"Patinho, não", Fala disse. "*Cisne.*"

O silêncio preencheu o salão escurecido.

Humburg disse do teto:

"Bem-vindo à equipe."

Todos vibraram e comemoraram a chegada do novo aluno do Mal.

Menos Rhian.

15

Na hora do jantar, Fala pegou seu prato de rabanetes, batatas e porco e se sentou na ponta da mesa mais cheia, onde Nuncas conversavam.

"Espero que Rafal não volte nunca mais", disse um garoto de cabeça raspada.

"Eu também", disse outro de cabelos e pele muito brancos. "Ele nos castiga por escolher Vulcano em vez de perguntar por que preferíamos ele."

"Rafal sempre olha para nós como se quisesse se livrar de todos", disse uma garota extremamente alta. "Parece que sente repulsa pelos próprios alunos ou algo do tipo. Vulcano tinha orgulho de nós."

O garoto careca mordeu a carne de porco.

"O que fizeram com vocês na Sala Maldita?"

Ninguém respondeu. Cada um olhou para sua comida.

"Talvez Rafal não volte", ele disse. "Estamos bem mais felizes com Humburg. Até termos um lugar melhor para ir. Onde se importem com a gente, como Vulcano se importava."

"Se Vulcano tivesse uma escola no Inferno e fosse preciso morrer para estudar lá, vocês iriam?", o garoto negro perguntou. "Quem iria levante a mão."

Todos levantaram.

"Temos que vencer o Circo", afirmou o garoto de cabelos brancos. "Isso vai provar que não precisamos de Rafal. Que somos Nuncas melhores sem ele."

"Um brinde a não precisarmos de Rafal", disse a garota alta, erguendo o copo.

"A não precisamos de Rafal!", os outros vibraram, unindo os copos e tomando as bebidas.

Então viram o garoto novo olhando fixamente para eles com seus olhos muito escuros.

"Hum... seu nome é Fala?", perguntou o de cabelos brancos. "De onde você é?"

Fala olhou com raiva.

"Do Inferno."

Ninguém o questionou.

16

Rafal deitou-se na antiga cama de Marialena, olhando para o teto.

Antes Diretor da Escola. Agora aluno.

Como tudo tinha dado tão errado?

Aladim.

Tudo tinha começado com Aladim.

Será que tinha mesmo?

Porque ele e o irmão tinham concordado que o garoto pertencia ao Mal.

Até o Storian o colocar no Bem.

A *Pena*.

A Pena era a encrenqueira.

A Pena que os havia nomeado Diretores da Escola.

Um do Bem, outro do Mal.

A Pena que confiou que eles saberiam quem era quem.

Para depois trocar um aluno e subverter o equilíbrio.

Rafal esperou pela batida na porta.

Quando a ouviu, reverteu para o corpo de Fala bem a tempo de o Reitor Humburg espiar no escuro para fazer a conferência noturna.

A porta voltou a se fechar.

Então ele saiu pela janela, voando sobre o lago, espiando o castelo do Bem em busca de sinais de seu irmão. O vidro não permitia que Rhian se escondesse, então ele o encontrou, na sacada mais alta da torre mais alta, conversando com Hook. Rafal se posicionou embaixo e ficou olhando entre as colunas, vendo seu irmão andar de um lado para o outro enquanto o novo reitor permanecia calmo no lugar.

"Não sei por que ele iria até a Blackpool falar com você!", Rhian disse.

"Você devia estar feliz", James respondeu. "A Blackpool fica a uma boa distância. Quando ele voltar, o Circo vai ter terminado. Ele não vai poder mudar nossa conduta."

O Diretor da Escola do Bem parou de andar. Rhian virou para James, seus olhos grandes e cabelos dourados iluminados na escuridão.

"Por que o Circo tem tanta importância para você? Por que veio para cá, na verdade, *Reitor* Hook?"

James riu.

"Aquele garoto Nunca mexeu com você, não é?" Ele tocou o braço de Rhian. "Mesmo ele sendo uma criança e você o Diretor da Escola."

Rhian o encarou.

"Ele *está* no conto do Storian, James."

Hook balançou a cabeça, sem entender.

"A Pena", Rhian explicou. "Está escrevendo seu conto de fadas enquanto conversamos. E agora ele vem parar na nossa escola? Não estou gostando disso. Tem alguma coisa acontecendo…"

James estreitou os olhos, como se tudo aquilo fosse pouco relevante para ele. Depois os arregalou.

"É claro! Não vê? Primeiro você perdeu a Prova. E agora *isso*? A Pena está te alertando de que o Mal está em ascensão. Ela não escreveu sobre você perder a Prova. Você teve sorte. Mas esse Nunca é uma ameaça. Ele veio para vencer o Circo. Para humilhar você e sua escola. E desta vez o Storian vai contar a vitória dele e a derrota do Diretor da Escola do Bem. A notícia de sua derrota vai se espalhar por todos os lados, a sequência de vitórias do Bem finalmente sendo interrompida. Temos que vencer, Rhian. Para proteger sua escola. Para proteger o *Bem*."

Rhian suspirou, como se não tivesse considerado aquilo. Começou a andar mais rápido de um lado para o outro.

"Isso não pode acontecer. Se o Mal quebrar a sequência de vitórias do Bem, então… Não. O equilíbrio favoreceu o Bem por uma razão. Porque o Bem mantém a Floresta equilibrada e em paz. As coisas precisam continuar do jeito que são. Com o Bem supremo. Invencível. Você tem razão, James. O Circo é importante. O futuro do Bem está em jogo. Temos dois dias. Não me importa que tipo de magia proibida vamos ter que ensinar para eles. Precisamos que nossos Sempres *vençam*."

"É assim que se fala!", Hook exclamou, colocando o braço ao redor do Diretor e o levando para dentro.

Nenhum dos dois viu a figura subir na sacada quando eles saíram, observando o irmão e o amigo abraçados ao entrar no castelo do Bem.

Rafal ficou um bom tempo lá depois que eles saíram.

Mas só estava pensando em uma coisa.

Rhian tinha sido sincero com Hook.

Mais sincero do que jamais tinha sido com seu irmão gêmeo.

Mas Hook?

Hook com certeza estava mentindo.

17

Na manhã seguinte, bem cedo, o Reitor Humburg estava orientando a prática dos Nuncas.

"Quando nosso brilho do dedo vai ser desbloqueado?", um garoto perguntou. "Nós nos sairíamos muito melhor do que com os talentos que temos. Poderíamos aprender feitiços de verdade!"

"O brilho de vocês vai ser desbloqueado junto com o do Bem, mais para o fim do ano", disse o Reitor Humburg. "É o mais justo. Sempres e Nuncas devem estar em iguais condições. Vocês têm seus talentos mágicos inatos, equilibrados pelos armamentos e pela força do Bem…"

As portas do Salão do Mal se abriram e Fala entrou pisando forte, braços cruzados, olhos em ebulição e voz como um rosnado inquieto.

"Vou treinar todos vocês", ele disse. "Sejam quais forem seus talentos… Vamos jogar fora e começar de novo."

Humburg zombou dele.

"Não seja ridículo. Você não está no coman…"

Fala ejetou uma tempestade de brilho da mão, jogando Humburg pela janela.

Ele virou para os alunos.

"O Bem vai fazer de tudo para ganhar. Vocês acham que nosso lado é do Mal? Eles são piores. Não se importam nem um pouco com o equilíbrio. O que dizem que é do Bem? Equidade? Justiça? Somos *nós*. Se me ouvirem, vamos ganhar. Se não me ouvirem, seremos eternos perdedores."

Ele esperou por divergências. Ninguém disse nada.

"Vamos começar."

Durante os dois dias seguintes, Fala conduziu as práticas, avaliando o potencial de cada aluno e tentando encontrar seu talento mais viável. Humburg acabou voltando com a túnica meio rasgada (tinha ido parar no ninho de stymphs adormecidos e recebido tratamento adequado). Mas desta vez o reitor ficou assistindo humildemente enquanto o novo Nunca trazia à tona as qualidades de seus colegas.

"Equilibrar machados, fazer malabarismo com espadas... Isso é um pouco básico, não?", Fala perguntou a Timon depois que o caolho metade ogro finalizou uma exibição de força. "O que você quer mostrar de verdade?"

Timon pareceu ofendido.

"Que sou forte."

"Por quê?", Fala perguntou.

O ogro coçou a cabeça. Ninguém nunca havia lhe perguntado nada parecido.

"Para ninguém mexer comigo."

"Por quê?", Fala insistiu. "Por que é importante que ninguém mexa com você?"

Timon ficou com o rosto corado, mas não respondeu.

"Ser forte por dentro é melhor que ser forte por fora. Devemos procurar poder em nosso interior. É assim que encontramos talentos *de verdade*", Fala afirmou. "Então, diga: por que as pessoas não devem mexer com você?"

O jovem ciclope evitou o olhar dele.

"Porque já mexeram comigo antes e eu não pude me defender."

"Seu pai", Fala disse.

Timon fez que não com a cabeça.

"Mãe."

Na defensiva, ele passou os olhos pelo salão, pronto para ir para cima de qualquer um que zombasse dele, mas os Nuncas estavam ouvindo em silêncio, de cabeça baixa.

Fala tocou o ombro dele. Timon se encolheu.

"Você está zangado. Envergonhado. Esqueça isso! Ficou no passado, Timon. O que você quer fazer? Lutar contra fantasmas? Ou encontrar seu poder?"

Devagar, Timon levantou a cabeça.

"Feche os olhos", Fala disse. "Veja o que surge."

Timon obedeceu.

Ele respirou fundo.

O brilho de seu dedo acendeu em um tom azul-prateado.

"Como ele está fazendo isso?", Fala ouviu Brinsha sussurrar para Nagila atrás deles. "Ainda não tivemos o brilho do dedo desbloqueado!"

Fala sabia a resposta, é claro – a magia acompanha a emoção e algumas emoções são tão fortes, tão essenciais à alma, que ativam uma magia além do controle. Mas ele não compartilhou isso. Quanto menos se falasse sobre tal magia, mais ela apareceria.

O peito de Timon encheu e esvaziou, o ritmo de sua respiração foi acalmando e a cor de seu brilho ficando mais forte.

"Encha o peito", Fala disse. "Não com raiva. Com *poder*."

Timon sorveu o ar lentamente, com segurança, como se engolisse o mar.

"Depois deixe o ar sair", Fala disse.

Timon expirou e de sua boca saiu um filete de fumaça azul-prateada que formou um ovo fantasma no chão do Salão do Mal, do tamanho de uma criança crescida. Pouco a pouco, o ovo quebrou e uma cabecinha saiu, olhos do mesmo tamanho de seus dois pequenos chifres, e com duas garras em formação ele quebrou o resto da casca, revelando um dragão azul, cambaleante, piscando de medo. Ele tossiu um pouco de fumaça e olhou para todos os Nuncas que o observavam.

"Sua mãe foi embora", Fala sussurrou para o garoto, ainda de olho fechado. "Quem é você *agora*?"

Os olhos do dragão mudaram. Estreitaram-se e ficaram mais duros. A criatura se aprumou. Algo crescia dentro dela...

Então, com um rugido, ele soltou um jato de fogo azul-prateado, tão forte e intenso que o dragão teve que girar para controlá-lo, imolando o Salão do Mal com chama fantasma, o cômodo inteiro queimando e queimando, o garoto soltando a respiração contida, até ficar sem ar e cair de joelhos, ofegante.

O fogo desapareceu, o Salão voltou a ser como era.

Timon abriu o olho.

"O que aconteceu?", ele perguntou. "Foi bom?"

Fala sorriu.

"É um começo."

Ele ouviu Brinsha dizer atrás dele.

"Imagine se Rafal se importasse assim com a gente", ela sussurrou para Nagila. "Imagine o que essa escola poderia ser!"

Uma dor aguda atingiu o coração de Fala.

Mas ele a engoliu.

"Quem é o próximo?"

Era tudo o que podia fazer, aluno após aluno, hora após hora – perguntar quem era o próximo e dar a atenção e o apoio que mereciam e nunca tinham recebido do líder ausente da escola. Logo, os Nuncas começaram a olhar para o jovem Fala como um dia olharam para Vulcano. Com confiança e respeito. Com algo que um Sempre poderia chamar de amor.

Quando ele escolheu os dez melhores para o Circo, ninguém o questionou.

Nem mesmo Humburg.

O garoto tinha se tornado Diretor da Escola deles.

18

Pouco depois do pôr do sol, Fala reuniu seus Nuncas em frente ao castelo do Mal.

Os dez participantes do Circo encabeçavam o grupo, Timon à frente, logo atrás do jovem líder, dando a volta no enorme lago, a caminho do Bem.

O céu escureceu. A lua tomou o lugar do sol.

Ele andava fazendo muitas dessas viagens nos últimos dois dias, Fala pensou com ironia no caminho tortuoso entre as escolas. Espionando o Bem. Descobrindo suas mentiras e tramoias que pareciam muito coisas do Mal.

Talvez precisemos de uma ponte sobre o lago, ele pensou. *Isso permitiria que o Mal vigiasse mais de perto o Bem. Mas então o que impediria o Bem de se infiltrar no Mal?*

Não.

Nada de ponte.

Rafal viu seu reflexo na água, o rosto de Fala o encarando. Conteve uma risada. Em algum lugar por aí, o verdadeiro Fala estava preocupado com amor e beijos. Enquanto isso, este Fala precisava vencer um Circo para manter intacto o equilíbrio da Floresta. Se o Bem triunfasse esta noite, Rhian tomaria como prova de que ele estava do lado do que era certo, independentemente do quanto suas ações fossem corruptas – exatamente como havia confessado a Hook. Todo aquele falso moralismo ordinário sobre equilíbrio. Rhian não estava nem aí para o equilíbrio! Ele havia admitido em voz alta! Só queria que o Bem continuasse vencendo, mesmo que fosse preciso trapacear. Se vencesse esta noite, nada mais o impediria de fazer qualquer coisa para manter a supremacia do Bem. Veja do que já era capaz! Desbloquear magia antes da hora. Ensinar feitiços ilegais. Roubar o único amigo que seu irmão tinha feito na vida. Tudo jogos do Mal, agora adotados pelo Bem.

Mas por que Hook estava aqui? Essa era a verdadeira questão. O rapaz era um péssimo mentiroso e tudo o que havia dito sobre precisar do Circo para proteger o Bem não passava de mentiras. Então por que ele tinha saído da Blackpool para ser reitor de Rhian? Seria para se vingar de Rafal por não ter ido com ele para a Terra do Nunca? Não, certamente não. James não precisava de um feiticeiro do Mal para matar Pan. Só precisava de uma tripulação capacitada. Por que ele deixaria de lado seu objetivo de vida e sua identidade de pirata para ser um subordinado do Bem? Com certeza Rhian tinha feito as mesmas perguntas. Mas seu irmão havia acreditado... ou *desejado* acreditar... em qualquer coisa que Hook lhe dissera.

"Fala?", alguém o chamou.

Ele virou para os alunos.

"Chegamos", disse uma garota.

O castelo do Bem cintilava sobre eles, milhares de pequenas velas com chamas de cores diferentes tremeluziam pelas escadarias, como um sonho de uma noite de verão.

Um novo teatro tinha sido construído para a ocasião, substituindo o antigo ginásio do Bem. Um corredor de mármore prateado dividia o espaço em dois lados, um para os alunos do Bem, com bancos rosa e azuis, frisos de cristal e buquês brilhantes de flores de vidro. O outro lado era para o Mal, com bancos de madeira empenada, gravuras de assassinatos e torturas e estalactites afiadas saindo do teto. Juntos, ficavam de frente para um grande palco de pedra com uma rachadura no meio, enquanto acima, nas vigas, uma sinfonia de grilos tocava uma marcha dramática.

Os Sempres estavam sentados e vibrando a plenos pulmões quando os Nuncas chegaram. Os alunos do Bem ostentavam placas ("MAL = OTÁRIOS", "NUNCAS = SEM TALENTO!") e insultavam seus oponentes. Os Nuncas seguiram a orientação de Fala e ocuparam seus lugares sem dar um pio. Era o oposto da Prova, quando os Nuncas foram grosseiros e estavam convencidos de que venceriam, ao passo que os Sempres ficaram mudos e receosos. Enquanto os Nuncas aguardavam em silêncio, Rhian observava de um camarote vestindo uma túnica branca de pena de cisne. Ele notou a quietude dos Nuncas, os olhares duros, como se compartilhassem um segredo. Um arrepio subiu pela espinha do Diretor da Escola. Ele não tinha com que se preocupar. Sua equipe tinha sido escolhida a dedo. Seus Sempres preparados com cuidado. Nada que o Mal fizesse poderia derrotá-los.

Então ele viu Fala se virar na plateia e olhar diretamente para ele, como se lesse seus pensamentos. O menino Nunca esboçou o menor dos sorrisos e depois voltou a olhar para a frente.

O coração de Rhian gelou.

O Reitor James Hook surgiu no palco vestindo um terno azul e dourado cujas mangas ele tinha arrancado e enfeitado com uma série de correntes de ouro.

Em seu assento, Fala ficou inquieto. Reconheceu que era um dos ternos de Rhian.

Hook e seu irmão estavam compartilhando *roupas*.

Rafal fervilhava na pele de Fala.

Esse pequeno detalhe... esse pequeno detalhe idiota...

De que Hook trocaria tão facilmente um gêmeo pelo outro.

De que Rhian o acolheria como família no instante em que perdesse o irmão de vista.

Antes que pudesse se conter, Rafal imaginou os dois mortos.

Com os rostos virados para baixo, em poças de sangue, lado a lado.

Seu coração ficou acelerado.

Ele nunca tinha desejado a morte de seu irmão gêmeo antes.

A ideia o assustou.

Como se, no fundo, ele nunca tivesse acreditado de verdade que fosse do Mal.

Até agora.

"Bem-vindos ao Circo de Talentos!", Hook declarou, dançando com alegria a cada palavra dita. "Que lado vai reinar supremo? Que lado vai causar inveja em toda a Floresta? Que lado vai fazer o equilíbrio pesar a seu favor?"

Sempres começaram a entoar – *"Bem! Bem! Bem!"* – enquanto o Mal permanecia tranquilo, como se só estivessem competindo consigo mesmos.

"As regras são simples", Hook disse. "O Bem vai apresentar seus talentos. Depois o Mal vai ter sua chance. No fim, um júri imparcial vai decidir e o lado vencedor vai sediar o Circo em sua escola no próximo ano. Quanto ao júri de extrema dignidade e neutralidade..."

As portas do teatro se abriram, todos viraram e viram o Capitão Pirata da Blackpool caminhando pelo corredor, usando seu característico manto preto e um chapéu de aba larga, movendo os dedos ao som da sinfonia dos grilos.

Rhian arregalou os olhos. Assim como Fala.

"Quando James me escreveu para dizer que tinha fugido para assumir um cargo aqui, tive que vir ver com meus próprios olhos", o Capitão disse. "Foi ideia dele me botar para trabalhar enquanto eu fazia isso."

Ele encontrou um lugar na última fileira, tirou um pequeno frasco do bolso e tomou um gole.

"Certo, *Reitor* Hook. Vamos começar esse show de palhaços."

Fala alternou o olhar entre o Capitão Pirata e Hook.

Hook, aqui na escola – e agora o *Capitão* também?

Tinha algo estranho acontecendo... alguma reviravolta que estava prestes a se revelar... como se o Circo fosse uma fraude... mas o Capitão dirigiu a atenção com seriedade para o palco e Hook fez um gesto para os Sempres, convidando-os a se apresentarem.

Se os Nuncas estavam esperando os talentos comuns do Bem – tocar alaúde, arabescos e arremesso de martelos –, logo se surpreenderam. Hefesto foi o primeiro a ocupar o palco, acendendo o brilho do dedo vermelho e se transformando em um tigre vivo, passando sobre os bancos dos Nuncas, rugindo na cara dos alunos do Mal e quase os matando de susto. Antes que os Nuncas pudessem se recuperar, Rufius ergueu o brilho do dedo e transformou dois bancos do Mal em pão crocante, que esfarelou sob o peso dos alunos, fazendo os Nuncas caírem pelos corredores. Madigan concluiu o ato se transformando em uma nuvem de tempestade que se agigantou sobre o lado do Mal e começou a chover, deixando todos encharcados. Os Sempres se mataram de rir.

"Trapaça! Trapaça!", os Nuncas gritaram em protesto. "Eles têm o brilho no dedo!"

Enquanto os Sempres os insultavam, Kyma franziu a testa:

"O Diretor da Escola prometeu que seria justo", ela disse, virando para Aladim, que vaiava o outro lado. "Não era para termos magia se eles não têm!"

"Ah, deixe de ser tão certinha", Aladim a alfinetou, pegando pedaços de pão do corredor e os atirando nos alunos do Mal. "O propósito desta escola é *vencer*, não é?"

Kyma estava prestes a retrucar, mas olhou ao redor e viu que todos os Sempres compartilhavam da mesma visão, importunando e vaiando o oponente, satisfeitos pela vantagem.

"O que aconteceu com a gente?", ela perguntou em voz baixa.

Ela virou-se na direção do Diretor da Escola do Bem, sentado no camarote, esperando que ele concordasse com sua reprovação. Mas Rhian estava... *sorrindo.*

Devagar, ele baixou os olhos e encontrou os dela. O Diretor notou a expressão em seu rosto. Então friamente voltou a olhar para o palco.

"Próximo", ele chamou.

Apesar dos protestos dos Nuncas, todos os Sempres escolhidos usaram o brilho do dedo – sendo o mais notável Aladim, com um feitiço tão avançado que deixou a pele de todos os Nuncas transparente, revelando seus órgãos e veias.

Um feitiço que fez Fala pular da cadeira.

Com certeza o garoto tinha aprendido aquilo com Rhian.

Porque muito tempo antes, Rhian tinha aprendido com seu gêmeo do Mal.

Magia obscura, agora arma do Bem.

No fim, apenas Kyma rejeitou as táticas de seu lado, usando sua vez para erguer o dedo aceso no ar, enquanto os grilos rufavam seus diminutos tambores... e apagar seu brilho de forma teatral.

"O maior talento do Bem?", Kyma declarou. "É permanecer fiel a si mesmo."

Os dois lados a vaiaram. (E os grilos também.)

Desanimada, ela voltou para o lado de Aladim, porém, viu seu namorado se afastar sutilmente. Ela o fitou, magoada, mas ele fingiu não notar e continuou torcendo alto pelo último garoto, que fez dois Nuncas serem possuídos por espíritos maliciosos, incitando-os a se baterem com violência até um nocautear o outro.

Assistindo aos Sempres chocarem os Nuncas com suas proezas, Rhian ria em seu assento. Eles haviam sido bem orientados, é claro, tiveram seus talentos escolhidos pelo Diretor da Escola em pessoa. Mesmo assim, eles fizeram precisamente o que ele tinha mandado e agora estavam com a vitória garantida. Uma rebelião sufocada. Uma ameaça extinta. O Bem dominando o Mal mais uma vez. Ele procurou Hook no teatro, ávido por compartilhar o triunfo, e o encontrou agachado ao lado do Capitão Pirata, ambos cochichando enquanto Hook tomava nota.

Como se já não estivéssemos ganhando de lavada!, Rhian pensou com um sorriso. *Agora o Reitor do Bem está conspirando com o jurado!*

James não estava deixando nada ao acaso.

O que fazia Rhian sorrir ainda mais.

Em seu lugar, Fala também notou Hook com o Capitão e estreitou os olhos com desconfiança, mas James já tinha guardado as anotações que fizera no bolso e retornado para a frente, voltando sua atenção para Fala e sua equipe.

"O palco é todo de vocês", disse o Reitor do Bem, acrescentando uma reverência travessa.

Por um instante, Fala esqueceu que era Fala e os olhos de Rafal brilharam sob seu disfarce. Nitidamente, a intenção de Hook era que os Sempres vencessem a competição – tanto que tinha trazido o Capitão Pirata para garantir isso –, o que deixou Rafal se perguntando... *Por quê?* Por que James Hook tinha ido para a Escola do Bem e do Mal? Por que ele tinha organizado esse Circo? E por que agora, depois de ajudar o Bem a fazer uma apresentação deslumbrante, ele estava observando os alunos do Mal com tanta atenção, praticamente lambendo os beiços, como se estivesse desesperado para ver a defesa que haviam montado? Em alguma parte de Rafal, todas as pistas se juntaram... tão perto da verdade... como se ele próprio fosse o Storian, pronto para escrever a resposta.

"E então, Humburg?", uma voz o interrompeu.

Ele virou-se para o camarote e viu Rhian olhando feio para o Reitor do Mal.

"Os Nuncas têm algo para mostrar ou já estão desistindo?", o Diretor da Escola do Bem provocou.

Os Sempres assobiaram e gritaram.

Humburg olhou para Fala.

"Ah, entendi! O garoto está no comando", Rhian contemplou, avaliando a nova aquisição do Mal. "Fala era seu nome, não é? Refresque minha memória. Fala de..."

Rafal ouviu o irmão que tinha imaginado morto.

Mas, em vez de a fantasia voltar, desta vez o impulso enfraqueceu.

Fala de...

Suavidade crescia nas sombras da amargura.

Mesmo depois de tudo isso... ele amava o irmão.

Um amor pleno.

Não porque o Storian exigia.

Porque era verdade.

Mesmo se seu irmão desejasse o pior para ele e seus alunos. Mesmo se seu irmão desejasse que ele perdesse para sempre. Nada mudava o que Rafal desejava.

Que eles pudessem voltar a se amar.

Que pudessem *confiar* um no outro.

Como era antes, quando um era puro e um era perverso e eles permaneciam fiéis a seus papéis.

Fala de...

Seus olhos ficaram pretos, o Diretor da Escola voltou ao corpo de aluno.

Ele olhou para Rhian.

"Fala do *Bem*", ele disse.

Rhian riu. Ele arqueou a sobrancelha como um sorriso dourado.

"Certo, então, Fala do Bem", ele disse. "Vamos ver seu primeiro ato."

Fala acenou com a cabeça para seus Nuncas.

Timon se levantou.

Não foi surpresa para os Sempres, que já esperavam que o concorrente mais forte do Mal abrisse a apresentação, e eles bocejaram fingindo tédio.

Até que mais oito Nuncas levantaram e se juntaram a Timon no palco.

Os alunos do Bem ficaram paralisados, sem saber o que estava acontecendo.

Rhian virou para Hook, pois alguma regra certamente havia sido quebrada, mas James só assistia com curiosidade, encostado na parede, sem dar impressão nenhuma de que aquilo não era permitido. O Capitão Pirata também tinha se inclinado para a frente no assento da última fileira, olhos escuros brilhando, como se apenas agora o Circo tivesse começado de verdade.

Nove Nuncas se reuniram em um círculo no palco, de mãos dadas.

Abaixaram a cabeça, conversando em silêncio, tão focados e resolutos que respiravam em ondas alinhadas.

Então, um a um, os Nuncas levantaram o pescoço e sopraram uma parede de névoa, cada uma de uma cor singular... verde-água, azul-escuro, vermelho-escarlate... como se em vez de uma luz no dedo, tivessem manifestado uma luz digna da alma.

Dentro de cada névoa, apareceu uma cena.

Uma visão do futuro dos Nuncas.

Ou de como sonhavam que seria o futuro.

Brinsha, salvando um ninho de trolls bebês de um príncipe com uma espada.

Fodor, escondendo uma bruxa do mar na relva submarina, enquanto tritões e sereias passavam com tridentes nas mãos.

Nagila, conjurando uma caverna cheia de serpentes letais para proteger um dragão e seu ouro do exército de um rei.

Gryff, criando escamas e uma carapaça para absorver os golpes de duas princesas guerreiras enquanto uma família de gigantes fugia descendo por um pé de feijão.

Um Nunca após o outro mostrando um futuro em que vilões salvavam vilões, e Mal era Bondade. Futuros repletos de honra, valor e propósito, cada missão tão corajosa e sincera que os Sempres assistiam ao seu desenrolar de olhos arregalados, em suspense, quase torcendo para seus oponentes triunfarem.

Rhian se lamentou em voz alta.

"O que vem agora? O Mal apaixonado?", ele zombou. "Felizes para *Nunca*?"

Seus Sempres saíram do transe e começaram a vaiar.

"*Uuu! Uuuuuuu!*"

Mas tinha chegado a vez de Timon, último Nunca do círculo, que em vez de mostrar seu próprio futuro, ficou olhando para os alunos do Bem. Seu único olho estava esbugalhado, vasos sanguíneos escurecendo, os músculos tensionando e, respirando bem fundo, ele soprou uma onda azul de chama fantasma que engoliu os Sempres, iluminando seus espíritos abaixo – rostos deteriorados e cheios de cicatrizes, corpos deformados, a feiura de suas almas arrogantes e trapaceiras trazidas à tona.

Só Kyma permaneceu como era, em choque enquanto seus colegas de turma se tornavam monstros sob a luz de Timon.

Berros e gritos vinham do Bem, os Sempres tropeçavam e corriam para as portas, mas o olho de Timon queimava com o brilho azul e, em resposta, as portas se fecharam, trancando-os lá dentro. Seu fogo ficava cada vez mais intenso, encontrando até a última alma, mesmo as escondidas sob os bancos ou encolhidas nos cantos, e o fogo revelava vermes em seus olhos e cinzas sob rostos esfolados, todo o horror que o Bem havia se tornado, um bando condenado, retorcido e se empilhando uns sobre os outros, presos em seu próprio círculo do Inferno.

O fogo cessou.

Timon caiu de joelhos, esvaziado.

Aos poucos, os Sempres levantaram a cabeça e olharam para as mãos para se verem como eram, jovens e luminosos, o exterior intocado.

Mas pela forma como se entreolhavam, ficava claro que o dano era invisível.

Um silêncio violento recaiu sobre eles.

James Hook e o Capitão Pirata trocaram olhares. Suas expressões eram impenetráveis.

Rhian levantou-se com o rosto corado.

"Bem, um show de luzes em grupo não pode ser suficiente para derrotar o que fizemos. Não estou certo, Capitão Pirata..."

"Ainda não terminamos", disse alguém.

Rhian olhou para baixo e viu Fala, ainda sentado.

"Foram nove", disse o rapaz. "Temos mais um."

Rhian resmungou, como se soubesse a resposta:

"Quem?"

Fala levantou-se.

"Eu."

Ele não subiu no palco.

Ali mesmo, a face de Fala começou a mudar, o nariz ficou mais reto, os cabelos viraram cachos dourados e revoltos, o rosto ganhou um bronzeado, até que lá estava ele, olhando para Rhian, a cópia do Diretor da Escola. Antes de Rhian ter tempo de reagir, o rosto de Fala rachou no meio, torso e pernas também, separando lado direito do esquerdo, que se transformaram em corpos completos, *dois* novos Rhians em vez de um. Só que ele estava se dividindo de novo e, de repente, os Sempres ficaram em posição de sentido, vendo um Nunca não só se transformar no líder do Bem, mas em três dele, cinco, *dez*, que depois voltaram a se juntar, como cartas de um baralho. Os cabelos ficando crespos e escuros, braços e pernas esticando, pele empalidecendo e se tornando mais rosada, até que ele não era mais Rhian, e sim... Hook.

Encostado na parede, James inclinou a cabeça.

"Caramba!"

No tempo de ele pronunciar a palavra, o rosto de Fala tinha virado metade James e metade Rhian, Diretor e reitor em um só corpo. Os dois lados de seu rosto se alternavam, de James e Rhian para Rhian e James, e, assim por diante, cada vez mais rápido, borrando e misturando, até que da confusão saiu um novo rosto, com olhos da cor do céu, pele de alabastro e cabelos brancos e espetados.

Até os alunos do Mal ficaram sem palavras ao verem seu temido Diretor da Escola de volta, principalmente quando seus pés levantaram do chão e ele começou a voar, pairando sobre Sempres e Nuncas, derrubando o chapéu do Capitão Pirata, até subir mais alto que o camarote do teatro e parar diante de Rhian.

O Diretor da Escola do Bem não disse nada nem se mexeu, seu rosto estava tão pálido quanto o do irmão do Mal e ele ficou arraigado na cadeira como se estivesse amarrado nela, mesmo quando seu irmão levou a mão ao peito e tirou um punhado de brilho dourado do coração.

Ele gentilmente torceu o brilho, formando uma orquídea, e a entregou como uma oferenda.

Confuso, Rhian pegou a flor mágica.

"Rafal", ele sussurrou. "É você…"

Nas mãos de Rhian, a flor apodreceu e esfarelou.

O irmão do Bem perdeu o fôlego e voltou a olhar para cima, mas o gêmeo do Mal já estava chegando ao palco, o rosto mudando, cabelos ficando castanhos e com corte tigela, e o nariz voltando a ser um gancho volumoso.

"Não", o garoto respondeu, voz aguda e nítida. "Só Fala, Fala, Fala."

Uma lágrima escorreu do olho de Rhian.

O teatro ficou em total silêncio.

Todos os alunos se viraram, olhando para o Diretor da Escola.

Um Diretor que tinha confundido um aluno com seu irmão gêmeo.

Como um tiro de canhão, os Nuncas urraram com a vitória. Invadiram o palco e ergueram o menino nos ombros, rejeitando a necessidade do veredito de um jurado.

"FALA! FALA! FALA!"

Os Sempres não fizeram nada para contestar o resultado ou para se promover. O lado do Bem estava mudo e sério como os Nuncas haviam ficado quando entraram no teatro. Carregando Fala pelo corredor, os Nuncas dançavam e gritavam seu nome.

O Reitor Hook observava tudo com uma expressão curiosa no rosto – então notou Rhian fugindo do teatro pelo camarote.

James foi atrás dele.

Nos bancos do Bem, Kyma balançava a cabeça, abalada.

"É isso que acontece quando o Bem age como se fosse do Mal."

Aladim olhou para ela, envergonhado.

"Só fiz o que os outros fizeram. Você sabe… acompanhar o pessoal do Bem…"

Kyma o fitou.

"Mas não somos mais do Bem. Não percebe?"

"Talvez a Pena estivesse errada a meu respeito", Aladim admitiu. "Talvez eu seja do Mal."

"Quanto mais ficarmos nesta escola, mais vamos ser", Hefesto disse, de cara feia do outro lado dele. "Perdemos nosso rumo. Perdemos o propósito de estarmos aqui."

"Talvez vocês precisem de um *novo* propósito, então", alguém disse atrás deles.

Eles se viraram.

O Capitão Pirata sorriu para eles.

19

Em uma floresta escura, duas sombras se movimentavam entres as árvores.

Caminhando sobre as copas, Rafal as observava.

"Rhian, pare!", Hook gritou.

Rhian virou-se, olhos ferozes, pele manchada pelo luar, como um animal noturno.

"É culpa *sua*. O Circo foi ideia *sua*. Vir para a minha escola foi ideia *sua*. E agora... e agora...", ele arranhava o pescoço. "Eles viram quem somos. E aquele garoto... ele viu quem sou. É Rafal... só pode ser Rafal..." Rhian balançou a cabeça. "Mas o Storian estava escrevendo sobre o garoto bem antes disso... Então *não pode* ser..." Ele estremeceu e seguiu em frente. "Foi por isso que Rafal o escolheu. Para mexer com a minha cabeça, Ele agora tem um aluno imbatível. Um aluno como *ele*. O que vai acontecer quando meu irmão voltar da Blackpool? Ele encontrou a rachadura na armadura do Bem... em minha armadura..."

"Então reaja", James disse.

Rhian parou e olhou para ele.

"Como? Aquele garoto é forte como Rafal. O que se pode fazer?"

"Só há uma coisa a ser feita", Hook admitiu.

O Diretor da Escola o encarou.

"Você não quer dizer..."

"O que você acha que eu quero dizer?", James perguntou com um brilho nos olhos.

Rhian ficou muito pálido.

"Vo-você qu-quer... você quer que eu..."

"Faça ele desaparecer?", James propôs. "Isso resolveria tudo, não é?"

No alto das árvores, o gêmeo do Mal ficou gelado.

Rhian forçou uma gargalhada.

"Não seja idiota. Meu dever é preservar esta escola. Preservar o equilíbrio."

"Se livrar dele só corrigiria o equilíbrio", James afirmou. "Você mesmo disse: ele é imbatível. A arma de Rafal para te derrubar. Enquanto Fala estiver na escola, o Bem sempre vai ser subordinado ao Mal."

Rhian se encolheu, mas acenou com as mãos como se repelisse o golpe.

"Existem regras. O Bem não ataca o Mal. O Bem não *mata* o Mal."

"Mesmo se for seu inimigo mortal? Sua nêmesis?", James se aproximou, tocando o ombro de Rhian. "Ele só vai ficar mais forte conforme você fica mais fraco. Enquanto esse garoto estiver aqui, você não vai ter paz."

Rhian olhou para ele... então o empurrou.

"Não posso." Ele saiu andando e de repente desapareceu do campo de visão de Rafal.

"Mas eu posso", Rafal ouviu James dizer.

Rhian ficou quieto.

Seus passos haviam cessado.

"E vou", James afirmou. "Contanto que faça uma coisa por mim."

Rafal desceu para o chão para conseguir ver. Seus cabelos e pele cor de neve chamavam a atenção no escuro. Logo, ele se camuflou com os cachos escuros de Fala e ficou espiando detrás de uma árvore.

"O que você quer?", Rhian perguntou em voz baixa, encarando James.

"Me dê sua magia", Hook disse. "Um pedaço de sua alma, coloque dentro de mim como seu irmão fez."

Rhian suspirou alto.

"James..."

"É o único jeito de eu me livrar dele", Hook disse bruscamente. "Você viu como ele é poderoso. Se está assustado demais para fazer isso, eu faço. Eu te ajudo, Rhian. Porque gosto de você. Mais do que gostava do seu irmão. Você pode transformar o Bem no que quiser. Supremo. Invencível. Desta vez, com um companheiro *de verdade* ao seu lado. Em quem pode confiar, diferente de Vulcano ou seu irmão. Sem ninguém no caminho para nos deter." Ele colocou a mão sobre o peito de Rhian. "Mas preciso da sua magia para executar o trabalho."

Rhian não se mexeu.

Estava com a respiração acelerada, os olhos muito arregalados.

Fala os observava com o coração na boca.

Seu irmão estava prestes a cruzar a linha imperdoável para o Mal.

Não faça isso.

Por favor.

Por favor, Rhian.

Devagar, a sombra de seu irmão se inclinou para a frente, encontrando a sombra oposta a ele, as mãos entrelaçadas.

Rafal se sentiu sufocado.

A pintura do livro.

O último conto do Storian.

Era isso.

Duas sombras na floresta.

Fala as observando.

Não, Fala perdeu o fôlego.

Rhian se inclinou e encostou os lábios nos de Hook, soprando brilho dourado dentro dele. O peito de James se encheu de luz, as costas arquearam, tensionando com poder e vibração, e a transferência estava feita...

Um grito cortou o céu.

Hook e Rhian olharam para cima.

Mas não havia nada lá.

20

Rafal voou para a torre dos Diretores da Escola.

O Storian estava no meio de um traço, pintando Fala se transformando de volta no Diretor da Escola do Mal ao fugir de seu irmão e do amigo traidor, humilhado, envergonhado.

"Seu mentiroso! Seu trapaceiro!", Rafal gritou com a Pena, tentando acertá-la com violência.

O Storian cortou seu braço, espirrando sangue nas paredes de pedra.

Rafal soltou a Pena em choque.

Ofegante, ficou olhando para o ferimento, esperando que ele se curasse magicamente.

Não aconteceu.

Pingava sangue sobre o livro aberto da Pena.

Rafal encostou na parede.

Uma lembrança da voz da Pena perfurou seu coração.

A única vez em que ela falou.

Todo Diretor da Escola passa por um teste.

O de vocês é o amor.

Traiam esse amor e não passarão no teste.

Agora o amor deles tinha sido traído.

Sua imortalidade roubada.

Não tinham passado no teste.

Tudo o que os Diretores da Escola defendiam – alunos, equilíbrio, *vida* –, apagado.

Ele olhou para a Pena, que tinha virado a página.

Ela desenhava uma nova cena.

Uma cena de muito tempo atrás.

Irmãos gêmeos, um dourado, de cabelos revoltos, outro frio e espetado, diante do Storian no dia em que chegaram à Escola do Bem e do Mal.

O dia em que o Storian confiou o equilíbrio a eles.

Rhian para o Bem.

Rafal para o Mal.

Exatamente como a Pena havia dito.

Rafal ficou olhando por mais tempo para a pintura em que ele estava com o irmão.

Mas ela disse isso?

Ou disse outra coisa?

O sangue latejava em seu ferimento.

Escolho vocês.

Dois irmãos.

Um para o Bem.

Um para o Mal.

A Pena nunca tinha dito quem era quem.

Eles tinham escolhido.

Eles tinham presumido.

Eles não tinham dúvida.

Pelo que achavam que sabiam um sobre o outro.

Pelo que achavam que sabiam sobre si mesmos.

Rafal não conseguia respirar.

Impossível.

Impossível!

Rhian era o gêmeo do Bem.

Rafal era o do Mal.

É claro que era.

O pai da família Sader tinha confirmado!

Ele tinha dito em sua profecia no fundo do mar...

"*A Pena sente uma alma inquieta, Rafal. Questionando se o amor de um irmão é suficiente...*"

O estômago de Rafal revirou.

Ele nunca disse que a alma era Rafal.

Porque não era Rafal.

Nunca foi Rafal.

Era *Rhian*.

Rhian, a alma inquieta que desejava mais. Rhian, a alma que se desviou para Vulcano, para o Capitão, para Hook. Rhian, a alma que estava sempre testando a paz que ele e seu irmão deveriam proteger.

"*É por isso que o Mal sofre*", Sader previu.

Era por isso que o Mal sempre perdia.

Porque Rhian era do Mal.

E Rafal não.

O Diretor da Escola do Mal que não conseguia vencer...

...até se dar conta de que, na verdade, não era Diretor da Escola do Mal.

Rafal gritou horrorizado. O som explodiu pela torre, ressoando nas duas escolas.

Em algum lugar da floresta, Rhian ouviu também.

E soube que seu irmão tinha voltado.

21

Rhian se mexia, balbuciando durante o sono.

"Fala... Fala... Fal..."

Ele acordou de repente, levantando-se cambaleante, sentiu as costas contra uma parede de tijolos, olhos bem arregalados.

Onde estou?

Mas ele estava exatamente onde deveria estar: em sua cama, nos aposentos dos Diretores da Escola, com a poeira da luz do sol entrando pelo canto, vindo do cômodo ao lado.

A segunda cama estava vazia.

Rhian tentou se lembrar do que tinha acontecido na noite anterior.

Primeiro, o Circo... depois o acordo com Hook na floresta...

Ele sentiu um peso no estômago ao pensar naquilo.

Empurrou a sensação de lado.

Era a escolha certa.

O que ele e Hook tinham decidido...

Tinha que ser feito.

Por isso ele havia se distanciado de Hook e ido para a torre, procurando por Rafal. Ele suspeitava que seu irmão estivesse de volta; o quarto, no entanto, estava vazio e a torre emanava uma paz misteriosa.

Ele caiu na cama aliviado.

Seu irmão ainda estava fora.

Fala logo estaria fora também.

O Bem de novo em ascensão.

Dormir era sempre uma luta para Rhian, mas não naquele dia.

Ele tinha dormido melhor do que nos últimos cem anos.

Já estava de manhã.

O trabalho de Hook já devia estar terminado.

Ele saiu da cama, seus passos eram frios sobre a pedra matizada, até que entrou em um cômodo totalmente ensolarado.

Rhian esticou os braços e deu uma olhada nas estantes. Contos de fadas iluminados por raios dourados, parecendo milhares de joias.

Foi quando ele notou o Storian, em repouso.

Sob ele, o novo conto estava finalizado e esperava que o Diretor da Escola o colocasse na estante. Rhian se aproximou do livro, capa verde-esmeralda fechada, com o título *Fala e seu irmão* entalhado na madeira. Rapidamente o abriu, ansioso para ler o final.

Um enorme berro cortou o silêncio.

Zurros, gritos terríveis do lado de fora.

Rhian olhou pela janela e paralisou.

Mas o quê...

Havia uma ponte sobre o lago.

Uma ponte, onde antes não havia nada.

Ele esfregou os olhos, sem saber se estava sonhando.

Mas, não, lá estava ela: uma passarela de pedra sobre o lago, ligando o castelo de vidro do Bem e a fortaleza negra do Mal.

Mais gritos.

Frenéticos, insanos.

Vinham de uma figura *sobre* a ponte.

Humburg.

Por um instante, o Diretor sentiu uma pontada de alívio. Fala estava morto... Humburg o havia encontrado...

Mas depois ele ouviu o que Humburg estava dizendo.

"Eles se foram! Todos eles se fooooram!"

Rhian mergulhou no lago, usando um feitiço para chegar mais rápido às margens mais distantes, ao Reitor do Mal que vinha aturdido da ponte, olhos vidrados de choque, agarrando o Diretor da Escola pela túnica branca, transbordando palavras.

"Hook e o Capitão Pirata... roubaram eles... nossos melhores Nuncas... *todos eles*... toda a equipe do Circo... Eles tinham magia, não sei como – magia de feiticeiro! – e conjuraram a ponte à noite para saírem com eles... Timon deixou um bilhete... Hook ofereceu a eles um lugar no Jolly Roger... para serem sua tripulação e lutarem contra Peter Pan... tomar a Terra do Nunca para os piratas... Eles não queriam mais ser alunos de Rafal. Fala tinha dado a eles um vislumbre de uma vida melhor. Então eles foram com Hook... Queriam que Fala fosse junto, mas não o encontraram. Ninguém sabe onde ele está! Levaram os melhores Sempres também... *Seus* Sempres, que acham que o Bem está perdido..." Humburg sacudiu Rhian pelo colarinho. "Não percebe? Hook veio para roubar nossos melhores alunos! Ele e o Capitão tinham tudo planejado! Fizeram você de bobo!"

Rhian não conseguia respirar, seu rosto estava vermelho, nada além de saliva saía de sua boca.

"Não... não."

Ele tirou Humburg do caminho, correndo sobre a ponte e atravessando o lago na direção da Escola do Bem. Os pés descalços batiam no trecho de pedra, construído com magia de feiticeiro, *sua* magia, dada a Hook para matar um garoto, porém usada contra ele. Ele abriu as portas de seu castelo, subindo as escadas para o primeiro andar...

Dezenas de olhos foram parar sobre ele.

Sempres de pijama e roupão se reuniam como garças assustadas no fim do corredor.

"Quem?", Rhian perguntou, ofegante. "Quem eles levaram?"

Rufius apontou para as portas.

Três estavam escancaradas.

Os nomes nas portas riscados.

~~ALADIM.~~

~~KYMA.~~

~~HEFESTO.~~

Havia um pedaço de pergaminho pregado à porta de Kyma.

Desculpe, querido. Uma vez pirata... sempre pirata.

Hook

O rosto de Rhian empalideceu, horrorizado.

Ele já estava correndo... para longe dos alunos... descendo as escadas... saindo do castelo e entrando na floresta...

Quando chegou à praia, conseguiu ter o último vislumbre do navio pirata, bandeira preta tremulando, até ele desaparecer na névoa como uma miragem.

Rhian caiu de joelhos na areia.

Reviravolta nas escolas.

Alunos foragidos.

Bem, o perdedor.

Esse era o fim que ele merecia.

Por ter tido pensamentos do Mal.

Por ter feito coisas do Mal.

Por ter traído seu irmão e o equilíbrio.

O que Rafal vai dizer?

O que ele vai fazer?

Ele chorou cobrindo o rosto com as mãos.

"Sou do Bem... eu juro... posso consertar isso... Vou ser Bom de novo..."

"Se ao menos fosse uma promessa que você pudesse cumprir", disse uma voz.

Rhian levantou os olhos.

"Rafal?", ele sussurrou.

O irmão estava sobre uma pedra, como se tivesse sido invocado feito um gênio, como se estivesse ali observando o tempo todo. Com as pernas dobradas sob o corpo, ele desenhava algo na rocha com a ponta do dedo.

"Não importa o que você é", Rafal disse. "Só importa o que você *faz*."

Devagar, Rhian levantou-se e viu que seu irmão estava desenhando dois cisnes entrelaçados, um preto e um branco. Havia um ferimento perto de seu cotovelo, e sangue novo.

Rhian ficou surpreso.

"Rafal, seu braço! Por que não está curan..."

"Ideal para a insígnia de nossa escola, não acha?", Rafal disse, sem olhar para ele. "Alguns vão dizer que o cisne branco é do Bem... o cisne belo... porque o preto é nitidamente do Mal. Mas outros vão achar que o cisne preto é Bom e belo, por se destacar em um bando todo branco. Bem e Mal. É o que você vê, não é? A Pena nos alertou para aquele garoto. Foi como tudo começou. Um alerta de que entendemos tudo errado. De que o que aconteceu com Aladim poderia acontecer conosco."

Rhian engoliu em seco.

"Do que está falando?"

Rafal continuou desenhando.

"Uma vidente me disse uma vez. Que meu amor nunca seria suficiente. Achei que ela queria dizer que seu amor nunca seria suficiente para mim. Que eu nunca poderia ser feliz ao seu lado. Que minha alma sempre te trairia. Mas não foi isso que ela quis dizer. Ela estava falando de você. Meu amor nunca vai ser suficiente... para *você*."

Rhian se aproximou.

"Não entendo."

Seu irmão gêmeo não disse nada.

Continuou desenhando seus cisnes.

"Rafal", Rhian disse. "Eles foram embora."

"Hã?"

"Nossos alunos. Os seus e os meus. Os melhores se foram."

"Compreendo."

A sombra de Rhian cobriu seu irmão.

"O que vamos fazer?"

"Vamos conseguir outros, é claro", Rafal disse.

"Onde?", Rhian perguntou. "Onde podemos encontrar alunos tão bons quanto os que perdemos?"

"Tem um lugar", Rafal respondeu de cabeça baixa. "Uma terra mais além, onde nossas histórias vivem apenas em sonhos. Uma terra repleta de almas novas, melhores do que qualquer uma que já encontramos. Esperando para serem levadas. Uma nova escola vai surgir. E tudo vai mudar."

"Onde fica esse lugar?", Rhian perguntou, enchendo-se de esperança. "Como se chama?"

Rafal olhou para o irmão com o rosto gélido.

"Gavaldon."

Este livro foi composto com tipografia Electra e impresso
em papel Off-White 70 g/m² na Formato Artes Gráficas.